야동중독에서 탈출하기

아무도 알려주지 않는
끊기의 기술

아무도 알려주지 않는 끊기의 기술

발행	2019년 03월 25일
저자	김종현
펴낸이	한건희
펴낸곳	주식회사 부크크
출판사등록	2014. 07. 15(제2014-16호)
주소	경기도 부천시 춘의동 202 춘의테크노파크2차 202동 1306호
전화	1670-8316
E-mail	info@bookk.co.kr
ISBN	979-11-272-6665-3

www.bookk.co.kr

야동중독에서 탈출하기

아무도 알려주지 않는
끊기의 기술

김종현 지음

BOOKK✎

CONTENTS

저자소개   7

들어가며   8

CHAPTER 1.
야동에 중독된 대한민국

1. 야동의 시대 그 서막을 알린 '그녀들'   15

2. 야동의 시작 - 김본좌 이야기   20

3. 야동에 중독 된 사회   24

4. '참지 못한 자' 의 최후   29

5. '성재기' 가 바란 세상   36

CHAPTER 2.
야동의 폐해

1. 육체적 폐해   41

   1) 만성피로   43

   2) 피부 트러블   43

   3) 심장에 악영향   44

   4) 면역력 약화   46

   5) 시력 감퇴   47

   6) 탈모   48

   7) 비만 야기   49

8) 그 밖의 육체적 문제점　　　　　　　　49

2. 정신적 폐해　　　　　　　　　　　　51

　1) 사유의 정지 (멍 때림)　　　　　　51

　2) 기억력 감퇴 및 뇌기능 저하　　　　53

　3) 폭력성의 증가와 참지 못하는 삶　56

　4) 게으름　　　　　　　　　　　　59

　5) 자신감 상실　　　　　　　　　　62

3. 현실과의 괴리　　　　　　　　　　66

4. 여성의 성적 대상화　　　　　　　　77

5. 위기의 부부 - 섹스리스　　　　　　85

CHAPTER 3.
야동을 못 끊는 이유

1. 전문가의 이상한 면죄부 - 3일　　　91

2. 습관의 무서움　　　　　　　　　95

3. 1인 가구의 증가　　　　　　　　98

4. 연애가 어려운 세상　　　　　　102

5. 견물생심　　　　　　　　　　109

6. 지금 내 인생이 잘 안 풀리는 진짜 이유　113

CHAPTER 4.
30일 끊기에 도전하자 !

1. 이제 야동과 결별할 때가 되었다　　123

2. 닥치고 30일 끊기에 도전하자 !　　133

CHAPTER 5.
30일 끊기의 기술

1. 처음 3일은 무조건 버티자   139

2. 스마트 폰 '잠금'을 생활화 하자   143

3. 원인을 차단하라   148

4. 혼자 있는 시간을 줄여라   154

5. 청소 - 주변을 깨끗이 정리하자   159

6. 찬물 '바가지' 샤워를 하라   164

7. 일찍 자고 일찍 일어나라   168

8. 자연을 자주 접하라   174

9. 운동은 필수다   179

10. 습관의 역이용   183

11. 이성을 만나라   188

12. 의지를 도울 협조자를 만들자   193

13. 30일 스케줄 표를 만들어보자   200

14. 단기 목표를 세우고 달성하자   205

15. 세 가지 당부 사항   209

16. 자책하지 말자. 다시 시작하자. 포기하면 안 된다.   212

마치며   216

저자소개

김종현

사람은 눈감는 순간까지 끊임없이 정진해야 한다는 신념을 가지고 있으나, 실상은 정체된 삶 속에서 매번 현실의 벽을 통감하며 마냥 고군분투하고 있는 직장인이다. 중국어를 전공한 덕분에 언어 실력을 매개로 서비스업, 제조업, 무역업, 석유화학업을 거쳐 자영업까지 섭렵할 수 있었던 보기 드문 경력을 가지고 있다. 어쩌다 보니 현재는 공공기관에서 근무하고 있으며 대한민국의 웬만한 직업군을 두루 거치며 쌓은 다양한 경험으로 무엇이든 할 수 있다는 자신감 하나는 과하게 충만하다. 어린 시절부터 꿈꿔온 작가의 삶을 위하여, 독서와 글쓰기는 삶의 영원한 자양분이라는 진리를 잊지 않고 항상 함께하는 생활을 이어왔다. 더는 마음의 소리를 외면할 수 없어 글 쓰는 인생을 살기로 마음먹었고, 참신하고 공감 가는 글쓰기로 언젠가 인생의 역작을 내는 것이 삶의 최종 목표이다.

이메일: ghlove98@gmail.com

들어가며

중독사회. 나는 우리 사회를 중독사회라고 정의 하고 싶다.

어느 무엇인가에 중독되어 있지 않으면 삶이 재미없고, 무의미해 보여 어떻게든 중독되는 그 무언가를 가지고 싶어 하는 사람들이 점점 많아지는 것 같기 때문이다.

우선, 앞으로 이야기하고자 하는 '중독'은 무엇인가에 열정을 가지고 빠져드는 '몰입' 과는 다른 개념임을 밝혀 둔다. 말 그대로 열정을 가지고 노력하여 긍정성에 집중하는 것이 '몰입' 이라면, 무의식적이고 습관적이며 나에게 해가 될 수도 있음을 알면서도 순간의 쾌락을 위해 몰두하는 것을 '중독' 이라고 개념 정리를 해 둔다.

예전부터 우리 선조들은 이러한 '중독'을 경계하며 '과유불급(過猶不及)'을 강조하고, '중용(中庸)'의 미덕을 삶의 중요한 가치로 여겨 왔다. 그런 선조들이 타임머신을 타고 현대에 와서 뒤죽박죽 삶의 조율이 안 되고 중독에 몰두 되어있는 현대인들을 봤다면, '후대인들은 물질만 풍요롭지 정신은 빈약 해졌구나' 하며 안타까워하실 것 같다.

우리를 둘러싼 중독을 살펴보자. 쉽게 떠오르는 것이 마약중독 같은 무시무시한 중독이지만, 실제 우리 주변에는 귀여운 것처럼 보이면서도 치명적인 중독들이 넘쳐나고 있다. 흔하게 스마트 폰 중독과 미디어 매체 중독, 청소년들에게 특히 해로운 게임중독이나 흡연중독, 그밖에 알코올중독, 야동과 자위중독, 쇼핑중독, 카페인중독, 성형중독 등등 너무나 많다. '나는 어느 것 하나도 중독된 것이 없다' 는 사람을 찾기가 더욱 어려운 시대이다.

이러한 '중독'은 삶의 균형을 무너트리고, 더 나은 삶으로 나아가는 것을 가로막고 있어서 제대로 된 삶을 원하는 사람들은 그 중독을 스스로 벗어나고자 자각한다. 바로 '중독사회'를 인식하는 것만으로도 중독에서 벗어나려는 노력이 시작되는 것이다. 또한 누구라도 효율적인 노력과 꾸준한 의지만 있다면 어떠한 중독도 벗어날 수 있고 더 가치 있는 인생을 만들 수 있다고 확신한다. 이러한 중독사회에서 탈출을 원하는 사람들에게 조금이나마 도움이 되고 위로와 힘을 드리고자 이 글을 쓰기로 마음을 먹었다.

여기서 주로 다루고자 하는 중독은 수많은 중독 중에서도 개인적으로 직접 겪고 있고 많은 사람들도 심각성을 절감하는, 그렇지만 사회적으로 그다지 수면위로 올려서 해결하려고 하지 않고, 노력의 흔적도 잘 안 보이는, 그런 '중독'에 관한 이야기다.

그것은 바로 '야동과 자위' 중독이다. 이 글을 읽는 남성분들이라면 '풋'

하고 웃음기가 돌지 모르겠다. 하지만 한편으로는 분명히 수긍하고 있을 것이라고 생각 된다.

예전 인터넷과 컴퓨터가 발달하지 않은 시절. 포르노 비디오와 잡지를 몰래 돌려 보며 부모님이 오실까, 또는 애들이 깰까, 노심초사 하며 몰래 성욕을 해소하는 시절이 있었다. 인간의 자연스러운 욕구임에도 뭔가 '불법적인' 일을 저지른다는 죄책감과 불안감에 항상 주위를 경계했고, 공유자간에 비밀 유지는 필수였다. 실제로 그 시절 남자 중 고등학교에서 불시 가방검사를 했을 때 해당 불온물품이 나오면, 학생부 선생님의 매질과 함께 징계를 받았고, 집에서도 몰래 보다가 부모님에게 걸릴 때 면, 보수적인 아버지에게 따귀를 맞고 혼나던 현재 기성세대들의 아찔한 경험들이 과거 '야동'과 마주했던 시대적 모습이었다.

2000년대가 오고 혁명적이라고 할 수 있는 인터넷의 발달과 파일공유 시스템의 보급은 비디오를 돌려보던 세대가 상상도 할 수 없을 만큼, 포르노에 대한 접근을 아주 쉽게 할 수 있도록 '개선' 해주었고, '머리는 반일, 허리 밑은 친일' 이라는 말처럼 이웃나라 일본은 개방된 성문화로 수만 편의 포르노를 제작하고 유통시키며 ,대한민국 사회가 야동 중독 사회로 접어드는 기반을 만들어 주었다.

하지만, 그때까지도 공공의 영역에서는 터부시되며 몰래 집에서나 보는 개인적 영역으로만 머물던 '포르노 시청'이 아주 친숙하게 사회적으로 수면 위로 오르게 된 사건이 발생된다.

바로 2006년 말 MBC 시트콤 '거침없이 하이킥'에서 가부장적이고 고지

식한 할아버지인 '이순재'분이 가족들이 없는 사이 몰래 포르노를 시청하다가 결국 가족들에게 들키는 에피소드가 대히트를 친 것이었다. 이를 통해 이순재씨는 '야동순재'라는 별칭을 얻었고, 거침없이 하이킥도 높은 시청률로 승승장구 하였다.

그 이후로 '포르노'는 그전의 불법적이고 음성적이라고 생각했던 어두운 영역 속 존재에서 명칭도 '야동' 이라는 귀엽고 친숙한 애칭으로 공식 인정 받으며, 누구든 쉽게 볼 수 있고, 봐도 큰 문제가 되지 않으며, 오히려 남녀노소 모두 즐길 수 있는 하나의 '문화기재'처럼 인식되어져 갔다. 그런 인식 전환을 계기로 자본과 결합 된 야동 유통은 폭발적으로 늘어났고, 우후죽순처럼 생긴 'P2P 파일공유 싸이트' 들은 더 많은 야동을 보유하고자 경쟁을 하게 되었다. 그 결과 현재는 스마트 폰으로 단돈 몇 천원만 결재하면 원하는 성적 판타지를 모두 채워줄 수 있는 야동을 실시간으로 볼 수 있는 세상이 되었다. 정말 포르노를 몰래보다 걸려서 따귀를 맞던 기성세대들이 봤을 때, 그야말로 천지가 개벽할 만큼 세상이 바뀌었다.

그런 야동을 보는 현대인. 그것을 비판할 생각은 없다. 그럴 주제도 못되고 나 역시도 야동중독자였기 때문이다. 그런데 이렇게 야동에 접근이 쉬워졌고, 모두 현상을 인정하면서도 야동이 주는 폐단과 문제점에 대해서는 또다시 과거 포르노 시청을 금기시 했듯이 공론화를 잘 안하는 분위기가 있다. 야동이란 것이 엄연히 성인의 영역이 되어야 함에도 청소년들 심지어는 초등학생들에게도 접근이 용이하여 잘못된 성의식과 관념을 심어주고 있고, 야동시청에 이은 과도한 자위행위로 머릿속 '마구니'가 떨쳐지지 않아 정상적 일상을 보내지 못하는 무기력한 중독된 삶들에 대해서는, 또다시 개인이 알아서 해결해야 하는 사적인 영역으로만 치부해 버리고 있다.

다시 본론으로 돌아와서, 나는 잘못된 성관념을 바꾸고자 청소년들에게 성교육을 할 수 있는 능력은 되지 않지만, 나의 경험에 비추어 야동과 자위 행위에 중독되어 있는 사람들에게 그 중독에서 벗어나서 더 나은 일상을 찾고, 더 높은 목표와 이상향을 달성할 수 있게, 건강과 사랑, 그리고 본인 이 가치 있어 하는 그 무언가에 몰두 할 수 있도록 작은 도움을 드릴 수는 있다고 생각한다. 그 모든 것을 이루는 일은 간단하다. 바로 야동과 자위를 '끊는' 것이다.

'에이, 야동을 어떻게 끊어?', '글 쓰는 너도 솔직히 못 끊었잖아?' 충분히 이렇게 생각할 수 있다고 여긴다. 그러나 여기서 말하는 '끊기'란 아예 야동 시청 금지, 자위행위 금지가 아니다. 내가 강조하는 '끊기'란 중독에서 벗어 나서 스스로가 본인의 성욕과 몸을 컨트롤할 수 있는 상황을 말한다. 중독 은 결국 '과유불급'에서 너무 '과'하게 될 때 중독이 되는 것이다. 과하지 않 고 스스로 조절이 가능하고 만족한다면 야동과 자위행위는 삶의 중요한 요 소가 될 수 있는 부분이다.

참고로 야동을 보고, 자위를 하는 것이 인생의 큰 행복이며 중독이 되더 라도 조절할 생각이 없고, 그런 생활을 계속 하고자 하는 분들이라면 굳이 이 글을 계속 읽지 않으셔도 된다고 말씀 드리고 싶다. 여기까지만 읽고 책 을 덮으셔도 된다. 그렇지만 이건 뭔가 아닌 것 같고, 반복되는 답답함에 한 줄기 동아줄 같은 대안을 찾고 싶은 분이라면, 꼭 글을 다 읽고 제시하는 방 법들을 체현하여 궁극적으로 삶이 변화되는 경험을 하시길 바란다.

이 글은 야동과 자위 중독으로 인해 고충을 겪는 남성들을 대상으로 쓰 여 졌으며, 어떤 종교적 영향과 전혀 관계없는 개인적인 경험을 통한 글쓰기임을 밝혀둔다. 또한 앞으로 '야동과 자위 중독'을 줄여서 '야자중독'이라고 표현하겠다. 그 이유는 야동시청은 대부분 자위행위로 이어지며 실질적인 자위행위의 반복이 건강과 정신을 해치는 주된 원인이기 때문이다.

'야자중독'에서 벗어나 자신이 원하는 진정한 삶을 살 수 있도록 스스로 '해 보겠다!' '할 수 있다!'라는 마음가짐을 가지고 글을 읽어 나가길 바란다. 글을 다 읽을 때 쯤 이면 분명히 할 수 있을 것이다. 야동. 그게 뭐라고 끊지 못하고 매일 후회만 반복하는 자신의 모습을 한번 돌이켜보자. 솔직히 좀 우습지 않은가. 이제 지긋지긋한 그 생활을 벗어날 때가 되었다.

CHAPTER 1.

야동에 중독된 대한민국

1. 야동의 시대 그 서막을 알린 '그녀들'

'야동'이란 말은 '야한 동영상'의 줄임말로 인간의 성행위를 묘사한 영상인 '포르노그래피' 즉 '포르노'의 귀여운 애칭이다. 그렇지만 포르노와 야동이 주는 어감과 이미지는 확연히 다르다.

'포르노'는 왠지 부모님 몰래 친구들끼리 모여, 침을 꼴깍 삼키며 봐야하는 불법적이고 불온한 행위의 대상처럼 느껴지지만, '야동'이라 불리면 그냥 평범한 일상 속에서 문화생활을 즐기듯이 아무 거리낌이 없고 많은 사람들의 취미생활 같은, 그래서 떳떳한, 우리 사회의 한 '문화장르' 같은 느낌을 연상시킨다.

'조삼모사'라고 바나나를 아침에 3개, 저녁에 4개 줄때는 화를 내더니, 아침에 4개, 저녁에 3개를 주었더니 만족했다는 원숭이의 일화처럼, 단순히 '용어' 만 바뀌었을 뿐인데, 엄숙하고 비밀스럽던 불온 행위가 자연스럽고 일상적이며 오히려 즐길 수 있는 사회의 한 문화기재가 되어 있다. 과거와 확연히 다르게 관대해진 우리 사회가 참 아이러니하다.

물론, 단순히 용어의 변화만이 야동에 관대해진 사회를 만든 주된 이유는 아니다. 사회 변화에 따른 사람들의 성의식의 전환이 가장 큰 이유일 것이다. 과거, 남녀간의 사랑은 감성적이고, 내면적인 마음과 마음의 교류가 우선이며, 그에 따른 성행위는 무언가 부끄럽고, 죄악시되며, 동물적 본능을 숨기지 못하는 인간의 어두운 단면처럼 인식 되었다. 여성의 정조를 중시하는 유교적 관념과 성욕 억제의 미덕을 강조하는 종교적 영향, 먹고살기 바쁜 세상에 같이 거친 세상을 헤쳐 나갈 수 있는 생존에 적합한 배우자를 찾는 것이 우선이었던 탓에 우리 사회는 '성'에 대해서 '유희' 보다는 '금기'의 대상으로 드러내지 않는 것이 미덕이었다.

그러나 세월이 흐르고, 경제가 발전하며 더 이상 먹고 사는 걱정이 최우선 과제가 아닌 '무엇이 행복한 삶인가'를 고민하는 '삶의 질'을 논하는 시대가 되었고, 그에 따라 성에 대한 사람들의 의식도 변화되었다. 즉, 사랑은 정신과 육체의 결합임을 인정하였고, 성관계에 대한 즐거움과 쾌락이 더 이상 부끄러운 본능이 아닌, 행복한 삶을 위한 자연스러운 부분으로 받아들여졌다.

'엄숙한 포르노의 시대'에서 '관대한 야동의 시대'로 넘어가는 그 시기. 이 때가 바로 대중의 성의식이 크게 전환을 맞이했던 시기라고 할 수 있다. 어떠한 전환기에는 항상 기폭제가 있기 마련이다. 4.19 혁명의 시작에는 김주열의 사진이 있었고, 6월 항쟁의 시작은 박종철과 이한열의 희생이 있었다. 이렇듯 '야동'의 시대에도 그 시작을 여는 기폭제 역할을 한 주요 사건들이 있었다. 바로 '빨간마후라'와 'O양', 'B양' 사건이다.

우선, 이들의 이야기를 하기 전에 실명을 기재하지 않을 것임을 밝힌다. 그 이유는 당사자들에게는 큰 아픔이었던 사건들을 이 내용을 계기로 다시 회자시켜 같은 아픔을 주고 싶지 않기 때문이다. 하지만 사건이 주는 영향력이 엄청났으므로 야동의 시대를 이야기 하는 나로서는 언급을 안 할 수가 없는 부분임을 양해 바란다.

1997년 7월경. MBC 뉴스데스크에서 충격적인 내용이 보도가 된다. '10대 청소년들 직접 출연한 음란 비디오 제작'이 보도 타이틀이었다. 이른바 '빨간마후라' 사건이 발생된 것이었다. 서울 천호동 인근에서 남자 고등학생 2명과 여중생 1명이 성행위를 하는 장면을 캠코더로 촬영하여 영상을 비디오로 제작하였다는 것이 보도의 주된 내용이었다. 영상의 제목은 '비디오를 보다'였지만, 당시 영상 속 여중생이 목에 빨간 스카프를 두르고 있어서 '빨간마후라'라는 이름으로 더 유명해진 사건이었다. 이 동영상을 현재의 야동에 익숙해진 성적 관점으로 다시 본다면 '뭐 별것도 아니구만..' 할지도 모르겠다. 하지만 그 당시 '엄숙한 포르노의 시대'에서 학생이, 그것도 여중생이, 성행위를 한 것을 영상으로 만들었다는 것은 말 그대로 세상이 거꾸로 돌아가는 '미친 X들의 못된 짓'이었다. 그런데 문제는 영상을 제작만 한 것이 아니고, 돈을 받고 유포를 시켰는데, 이것이 걷잡을 수 없이 복제되고 전파되어 전국적으로 퍼져나간 것이었다. 당시에 2만원에서 10만원까지 청계천 일대에서 거래되며 불법복제 비디오가 전파되었으며, 어느 학교에 비디오가 돌았다는 이야기가 전해지면, '우리 학교는 언제 비디오가 입수되나' 하며 호기심의 촉을 바짝 세우고 서로 눈치를 보던 시기였다.

나도 사건이 터지고 한참 뒤, 이제는 호기심의 정도가 많이 둔감해졌을 무렵, 이제는 낡고 닳은 비디오테이프를 입수한 같은 반 친구 집에서 친구들 여럿이 모여 빨간마후라를 봤던 기억이 난다. 그 영상을 보고 난 후, 집에 돌아오기 위해 버스정류장에서 버스를 기다리는데, 거기 있던 교복 입은 여학생들이 그전과는 다르게 성적 대상으로 보이는 야릇한 느낌이 들었다. 이건 나뿐만이 아니라 그 당시 영상을 접한 친구들의 공통된 반응이었고, 실제로 빨간마후라 이후 유사 영상을 제작하여 만드는 사건들도 연이어 터졌었다. 당시 사람들의 성의식에 큰 충격을 준 이 사건은 영화의 소재로도 쓰여 져 2006년에 '여교수의 은밀한 매력' 이라는 영화로도 만들어졌다. 그 시절 성인들만의 영역이고, 금기시되던 '성적쾌락'이란 주제를 그것도 10대들이 사회적 수면위로 올려놓은 '빨간마후라' 사건은 앞으로 펼쳐질 야동의 시대를 예고하는 확실한 기폭제였다.

빨간마후라 사건이 터지고 몇 해가 지나서 새천년을 맞이할 때 즈음, 빨간마후라에 버금가는 충격적 사건이 연이어 터진다. 바로 'O양, B양 비디오' 사건인데, 유명 탤런트 O씨와 인기가수 B씨가 남자친구와 성행위를 하는 장면이 담긴 영상이 각각 유출된 사건이었다. 영상을 촬영한 남자 쪽의 악의적 배포로 해당 연예인은 활동을 중단하고 잠적하는 등 여성의 일방적인 피해가 입증되며 해당 남성을 향한 국민적인 공분이 일어나기도 하였었다.

당시 사건은 유명 연예인이 이런 영상을 촬영 할 만큼 연예계의 어두운 뒷모습을 비추기도 하였지만, 젊고 아름다운 두 여성의 영상이라는 점이 남성들의 성적 호기심을 자극하여, 영상이 일파만파 퍼지는 현상이 발생되었다. 이때 비로소 영상을 'CD에 굽는' 방식이 일반화 되었고, 컴퓨터를 통한 야동시청이 일상화되기 시작했다. 즉 혼자 있을 때 CD만 있으면 컴퓨터를 통해 몰래 영상을 볼 수 있게 된 것이었다. 내 주위에도 O양, B양 동영상을 보기위해 컴퓨터를 배우고 CD 굽는 법을 익히는 사람이 있을 정도였다. '야동의 개인 PC화'를 이루어 낸 두 연예인의 동영상으로 인해, 컴퓨터 앞에서 야동을 보고 성적 욕구를 해소하고자 하는 남성들의 '현재의 포지션'이 그때부터 세팅 되었다.

하지만, 이런 일을 겪으면서도 한국 사회가 진보했다고 느낀 점은 그런 사건이 있었음에도 예전 같으면 연예계에서 사라졌을 법한 엄청난 일임에도, 두 연예인은 다시 재기 하였으며, 사회적으로 위로를 받았고, 현재까지도 승승장구하고 활동 잘하며 행복하게 살고 있다는 점이다. 개인적으로도 두 사람 모두 계속하여 활동 열심히 하고 행복했으면 하는 바람이다.

이와 같은 일련의 사건들을 겪으면서 사람들, 특히 남성들은 사회적인 '성적 문란'을 욕하면서도, 스스로 호기심에 동화되어 갔다. 즉 '자극이 계속되면 강도가 낮아진다' 는 베버상수의 개념을 굳이 꺼내지 않아도, 같은 데 계속 맞으면 덜 아픈 느낌이 있는 것과 같이, 2000년대를 맞이하며 센 걸로 두세방 맞은 대한민국 사회는 성적 자극에 둔화되는 느낌을 받으며 더 강한 자극을 은밀히 원하고 있었는지도 모르겠다. 본격적인 야동의 시대가 열릴 수 있는 심리적 기반이 갖춰진 것이었다. 그때 이러한 욕구를 충족시키며 야동의 시대를 만든 '문제적 인물'이 한 사람이 나타난다. 그의 진짜 이름은 아직도 알 수 없으나 사람들은 그를 이렇게 불렀다. '김. 본. 좌.'라고.

2. 야동의 시작 - 김본좌 이야기

'본좌' 라 함은 무협지에 나오는 용어로 최고의 경지에 도달하여 더 이상의 경쟁자가 없는 극강의 실력자를 일컫는다. 야동과 관련하여 '본좌'라는 별칭을 얻은 사람이 있었으니, 그의 야동 관련 업적(?)이 얼마나 대단했는지 미루어 짐작할 수가 있겠다.

빨간마후라 와 O양과 B양 사건이 휩쓸고 간 2000년대 초반. 한국은 IT 강국으로 도약하며 집집마다 랜선이 들어오고, 퍼스널컴퓨터(개인PC)의 시대가 시작 되었다. 정보통신과 네트워크의 발달은 생활의 편리함을 가속화시켰고, 이와 함께 컴퓨터는 은밀한 성적 호기심이 모여드는 성적 일탈의 탈출구로 이용 되었다.

자극적 채팅방이 난무했고, 모르는 사람을 만나는 번개팅이 성행했다. 나도 그즈음 채팅으로 알게 된 아이디 '김희선'을 까페에서 실제로 봤을 때,

너무도 두꺼비를 닮은 김희선이 앉아 있어서 깜짝 놀라 뜨거운 커피 한 잔을 초고속으로 마셨던 철없던 기억이 있다.

대중문화에서도 그 당시 분위기를 반영한 영화 '접속'이 대히트를 쳤었는데, 현실에서도 한석규와 전도연의 아름다운 사랑이야기 같은 설레는 만남이 많을 것 같았지만, 실제로는 '접속'을 통하여, 만나서 술 마시고 '원나잇 스탠드'를 노리는 사람들이 더 많았다. 그때쯤 포르노 웹사이트도 하나둘씩 생겨났고 사이버 상에서라도 성적욕구를 해소하고자 하는 그런 욕망들이 들끓고 있었다.

수요가 있으면 공급이 있다고 했던가. 이런 욕망을 간파한 사람들은 파일공유 시스템(P2P)을 만들어 야동을 공유하기 시작했고, 웹하드를 이용해서 이를 사업화 하는 사람들이 생겨났다. 바로 이 시점 나타난 이가 '김본좌' 이다.

2003년 당시 인천에 살던 직장인이었던 28살의 '김모'씨가 파일공유 싸이트에 야동을 몇 편 올리면서 그의 영웅담(?)은 시작 된다. 일본야동을 몇 편 올렸는데 사람들의 반응이 너무 좋고, 감상 댓글도 계속 늘어나는 것이었다. 그래서 꾸준히 야동을 올렸더니 해당 파일공유 사이트의 사장이 아예 전속계약을 하자고 제안을 하게 된다. 다운로드 당 10%의 수익을 김씨가 가져가는 계약을 맺은 후, 김씨는 아예 회사를 그만두고 야동 업로드를 전업으로 삼는다.

그는 일본 현지에서 매일 업데이트 되는 야동을 실시간으로 내려 받은 후, 하루에 20~30편을 자세한 설명까지 덧붙여서 '파일 공유 싸이트'에 꾸준히 업로드를 하였다. 그의 대한 소문이 퍼지면서 다른 웹하드 업체에서 스카웃 제의가 들어오게 되고, 무려 50대 50의 파격적인 이익 분배 조건을 제시받은 김씨는 해당 업체로 옮겨서 더욱 더 업로드를 많이 하게 된다.

옮긴 웹하드 업체에서 이익금을 제대로 지급받지 못하자 결국 그는 야동 업로드를 중단하였는데, 약 3년의 시간동안 2만여 편의 야동을 업로드 했으며, 저장 용량만으로도 100테라바이트가 넘었다. 당시 대한민국 일본 야동 유통의 70%는 그의 손을 거친 것이었고, 현재까지도 그가 유통시킨 야동들이 파일 공유 싸이트에 돌고 있다하니, 가히 '본좌'의 칭호를 붙인 것이 과한 것이 아니었다.

결국 2006년 말 '음란물 유포죄'로 경찰에 구속되었고 그의 화려한 경력은 그렇게 막을 내리게 된다. 그렇게 3년 가까운 시간동안 주말도 없이 매일 10시간 정도를 야동 업로드에만 매진하면서도, 정작 벌어들인 수익은 5천여 만원 이었고, 실질적인 5억원 넘는 이익은 웹사이트측에서 가져갔다하니, 그의 명성에 비해서는 초라한 결말이라 할 수 있겠다.

이러한 김본좌를 두고 네티즌은 익살스럽게도 야동계의 '콜럼버스', '슈바이처', '문익점'이라는 비유를 들며 은퇴를 안타까워 했는데, 사실 이러한 김본좌 같은 사람들이 몇 명은 더 있었다. 이들 역시도 공권력의 처벌을 피해갈 수 없었지만, 이러한 '본좌'들의 많았다는 것은 결국 과거 포르노라고 불리던, 비디오로 돌려보는 희소성 높았던 '야동'이 이제는 어마어마한 물량으로 인터넷상에서 유통되기 시작하였다는 것이고, 결국 통제 불가능한 단계에 이르러 현재처럼의 음란물이 넘쳐나는 '야동의 시대' 대한민국을 만들었다는 것이었다.

김본좌는 그 후 2007년에 집행유예로 풀려난 뒤 과거를 청산하고 경기도 인근 제조업체에서 직장생활을 시작했다고 한다. 평범한 회사원으로 다시 돌아간 것이다. 그렇지만 현재 야동 유통은 그가 활동하던 시절보다 몇 배는 더 늘어났다.

3. 야동에 중독 된 사회

나는 이미 결혼 했지만, 과거 소개팅 자리를 돌이켜 보면 그때마다 스스로 난감한 적이 있었다. 취미를 이야기 할 때 '독서'라고 이야기를 했지만, 진짜 취미는 '야동' 같다는 생각이 머릿속에 맴돌았기 때문이었다. 무언가 주기적으로 즐기면서 꾸준히 하는 것을 '취미'라고 한다면, 아마도 대한민국 많은 남성들의 공통된 취미는 '야동시청' 일 것 같다.

취미를 자주하게 되면 자연스럽게 전문가가 된다. '1만시간의 법칙'이라고 있다. 무엇이든 1만 시간정도 꾸준히 하면 어느 정도 전문가의 경지에 오른다는 것이다. 그것은 일반적으로 대략 10여년의 시간을 꾸준히 하는 경우를 말하는데, 10대 때부터 꾸준히 야동 시청을 해 와서 20대, 30대가 된 대한민국 남성들은 아마도 야동에 있어서는 준전문가가 다 되어 있다 해도 과언은 아닐 것 같다.

어떤 파일공유 싸이트가 야동이 많은가부터 시작하여, 일본의 주요 배우들 이름, 레전드 품번, 주요 AV회사 메이커, '국NO, 일NO' 처럼 검색어를 찾는 요령, 데뷔 와 은퇴한 배우들, 아마추어 영상과 기획 영상, 부가케, 중출, 파이즈리 같은 AV 용어와 요즘 카톡에서 도는 동영상이 무엇인지 등등 수많은 야동관련 이슈들에 관하여 더 이상 설명하지 않아도 다 알아 듣고 미소 짓는 사람이라면 이미 준전문가의 포스라고 할 수 있을 것이다. 그러면서도 이미 '야자' 중독자는 아닌지 스스로 반문해 보기를 바란다.

문득, 우리 사회 남성들이 얼마나 야동과 자위에 노출되어 있는지 궁금해 졌다. 관련 통계를 찾아봤는데, 결과는 예상했던 바와 크게 다르지 않았다. 정확한 자료를 확인하고자 통계청 자료를 찾아봤지만 좀 오래된 자료여서, 최근 자료 위주로 다시 찾아보았는데, 그 결과 인터넷 성교육 방송인 '딸바TV' 라는 곳에서 2015년도에 수도권 및 전국에 사는 남성 500명에게 모바일로 '자위'와 관련한 설문조사를 실시한 자료를 다행히 확인 할 수 있었다. 조사 내용이 꽤 신선하고, 유의미해서 같이 공유해보고 싶다. 참고로 설문에 응한 연령대는 20대가 46%, 30대가 54%로 20~30대가 대다수였는데, 만약 10대를 대상으로 했다면 더욱 더 충격적인 결과가 나오지 않았을까 상상하면서 조사 결과를 살펴본다면 더욱 흥미로울 것이다.

이 설문조사 결과를 전부 신뢰할 수는 없겠지만, 타인의 상황이 늘 궁금했던 남성들로써는 꽤 참고할 만한 내용이라 생각된다. 모바일 질문은 다음과 같이 총 3가지였다.

1. 언제 자위를 시작했는가?
2. 음란물을 얼마나 자주 보는가?

3. 자위를 얼마나 자주 하는가?

먼저, '언제 자위를 시작했는가?' 대한 답변은 다음과 같았다.

* 초등학교 때 (16%)
* 중학교 때　(61%)
* 고등학교 때 (18%)
* 성인이 된 후 (4%)

초등학교 때와 중학교 때를 합치면 거의 80% 가까운 남성들이 이른 시기에 자위를 시작한다는 것이 놀라웠다. 자위는 야동시청이 동반되는 경우가 많으므로, 매우 이른 시기에 음란물에 노출이 되고 있는 현실을 나타내는 결과이기도 하다. 초등학교 때부터 체계적인 조기 성교육이 반드시 필요한 이유이다.

둘째, '음란물을 얼마나 자주 보는가?' 대한 답변도 흥미롭다.

* 거의 매일 본다 (12%)
* 매주 1회~3회　(35%)
* 매월 1회~3회　(44%)
* 안 본다　　　(8%)

결과에 따르면 거의 92%에 달하는 남성들이 한 달에 몇 번씩은 야동을 보고 있다. 물론 조사 대상이 20대~30대 로 한창 피 끓는 청춘인 점을 감안하고 분석한다 하여도, 거의 50%나 되는 남성들은 매일 또는 매주 끊임없이 '취미' 삼아 야동을 보는 결과는, 야동이 삶에서 분리시키기 힘든 '일상'이 되어버린 현실을 말해주고 있다.

마지막, 제일 궁금했던 '자위를 얼마나 자주 하는가?' 에 대한 답변은 더욱 흥미롭다.

* 매일 한다 (3%)
* 매주 4회~6회 (8%)
* 매주 1회~3회 (33%)
* 매월 1회~3회 (45%)
* 안 한다 (11%)

매일 또는 매주 자위행위를 한다는 남성들이 44%로 거의 절반에 육박하고, 매월 한번 이상 하는 사람들을 모두 포함하면 90% 가까운 남성들이 자위를 하고 있다. 이는 야동을 보는 비율과 비슷한 수치로, 조사자 10명중 9명은 한 달의 최소 몇 번은 야동을 보며 자위행위를 한다는 결론을 말해준다. 특히 절반의 가까운 남성들이 매 주마다 몇 번씩 꾸준히 자위를 하고 있다는 결과를 주목해 볼 필요가 있다. 나는 이들이 '야자중독'에 매우 근접해 있는 실질적이 수치라고 생각한다. 습관적으로, 자동적으로 행위가 진행되는 그런 단계라고 할 수 있으며, 바로 이런 분들에게 자위와 야동으로부터 몸과 정신을 지키는 방법을 강조하고 싶다.

대한민국이 '야동과 자위에 중독된 사회' 임을 개개인의 경험을 통해서도 느낄 수 있었고, 실질적인 통계자료를 통해서도 확인 할 수 있었다. 야동이 아주 만연해진 우리 사회는 자칫 방심하면 쉽사리 현혹 되어 정신이 황폐해지기 쉬운 사회가 되어버린 것이다. 인정하긴 싫지만 야동은 이미 대세가 되어버렸다.

그렇지만 떳떳하지 못한 이 '취미생활'을 이젠 좀 벗어나고 싶지 않은가? 어차피 황색 살결의 향연이고, 똑같은 패턴과 거기서 거기인 내용. 눈은 뻑뻑하고, 어깨는 뻐근해 지는데도 피곤함을 짓누르고 꿋꿋하게 밤을 지새우며, 야무지게 다운 받은 모든 영상들을 필 받을 때 까지 계속 보다가 결국은 사정하고 허탈감과 자괴감으로 늘 마무리 되는 이 신물 나는 취미생활. 이젠 좀 안 지겨운가?

티슈에서 죽어간 나의 생명들과 멍해지며 떠나간 나의 영혼을 다시금 붙잡아서, 나를 일으켜 앞으로 나아가는 에너지로 돌려 보자. 세상이 아무리 어떻다 하여도, 한 가지는 잊지 말자. 나는 소중하다. 두 번 다시 오지 않을 나의 인생은 너무나 소중하다.

4. '참지 못한 자'의 최후

야동과 자위가 만연한 이 시대에 경종을 울릴만한 두 사나이의 이야기를 하며, 경각심을 되새기고자 한다. 단순히 자위를 참지 못해서 자기 인생의 큰 오점을 남겼을 뿐 아니라, 대한민국 사회를 떠들썩하게 했던 두 사람의 웃픈(?) 사건 이야기다.

먼저 첫 번째 남자를 만나보자.

2014년 8월 12일 밤12시쯤 제주도의 어느 한 경찰서로 112 신고가 들어왔다. 제주 소방서 인근 중국집 근처를 지나던 여고생이 자신을 향해 아주 요상한(?) 행위를 하는 사람을 보고 기겁을 해서 가족에게 도움을 요청했고, 가족들이 바로 112에 신고를 한 것이었다.

여고생에 따르면 밤에 중국집 근처를 지나는데, 어느 50대쯤 보이는 남성이 대로변에서 술에 취한 채 갑자기 지퍼를 열고 자위행위를 하고 있다는 것이었다. 신고를 받고 즉시 출동한 경찰은 인근에서 해당 남성을 발견하고 공연음란죄 현행범으로 체포를 하였다.

신원조회 과정에서 처음에 인적사항을 거짓으로 말하던 남성은 지문검식을 통해 신원이 밝혀졌으며, 알고 보니 놀랍게도 그 당시 제주도 검사들의 수장인 제주지검장(제주지방검찰청 검사장) '김모' 지검장이었던 것 이었다. 사실 처음 조사할 때는 경찰도 제주지검장일 것이라고는 상상도 못하였고, 본인도 누명을 쓴 것이라고 강하게 주장을 하여, 10여시간만에 김씨를 풀어주고 일단락 된 사건이었다.

하지만, 결국 그가 제주도에서 권력 랭킹 몇 위 안에 들어가는 고위직인 '제주지검장'이라는 것이 사실로 밝혀졌고, 이는 언론에 대서특필 되며, 검찰내부 뿐만이 아니라 대한민국 공직사회가 발칵 뒤집히는 충격적 사건으로 변모 하였다.

그러나 검찰은 그를 공연음란죄나 성추행 등으로 기소하지 않았고, 김 지검장이 '성선호성 장애'로 '성장과정에서 비롯된 억압된 분노감이 본능적 충동으로 분출 된' 증상이라는, 잘 이해가 가지 않는 '질병'의 일환으로 인정하여, 기소유예 처분을 한다. 검찰의 제 식구 감싸기라는 비판과 함께 김씨는 별다른 징계를 받지 않고, 사건 발생 6일 만에 자진 사표를 제출하며 지검장직에서 물러났다. 그렇게 한동안 시끄러웠던 사건은 마무리가 되었다. 김씨는 그 후 얼마 안가서 변호사로 개업 하고 법률 활동을 재개했다. 하지만 그도 철면피가 아닌 이상 세상의 시선을 마주하기가 힘들 것이다. 최소한 젊은 여성들은 웬만한 사고를 친 다해도 그를 변호사로 수임하기는 아마도 쉽지 않을 것 같다.

여담이지만, 제주지검장 정도면 어느 정도 유흥을 즐길 수도 있을 것 같은데, 동네 마트에서 만원짜리 베이비로션을 사서 밤에 동네를 돌아다니면서 욕구를 해소하고 다녔다는 것이 오히려 '청렴한 공직자'의 표상(?) 아니었느냐 하는 웃지 못 할 옹호론자들도 있었다.

이 사건을 접하고 '성선호성 장애'를 가진 김 지검장에게 잠시 감정이입을 해보고, 그의 인생을 상상해보았다. 과연 어떤 삶이 '성장과정에서 비롯된 억압된 분노감이 본능적 충동으로 분출'이 될 수 있었을까? 궁금했다. 그래서 작가적 관점으로 일부 팩트만을 가지고 다음과 같은 '소설'을 한번 써 보았다.

"어린 시절부터 명석하고 공부를 잘했기에 집안의 기대를 한 몸에 받고 자란 그는 부모님과 세상의 기대를 저버리지 않기 위해 악착같이 공부하여 대학(연대)에 갔다. 법대에 들어가자마자 이번에는 사법고시를 준비하였고 긴 고시생활을 시작하였다. 인간관계를 등지고 법전과 씨름하며 젊은 시절 내내 골방에서 공부만 했다. 결국 서른 즈음 사법고시를 합격하고 검사로써 출세의 문 앞에 서게 되었다. 이제 나는 검사지만 그동안 연애다운 연애도 제대로 못해보고 어린 시절부터 자신의 욕망은 억누르며 세상에 기대에 맞추고자 스스로를 다그치기만 했다. 검사가 되었으니 이제라도 젊고 예쁜 여성들을 만나서 개인적 욕망을 해소하고 억눌린 자존감을 되찾고 싶지만, 이제 와서 그런 삶이 그리 쉽지도 않았다.

경직되고 보수적인 검찰 조직 내에서 어떻게든 성공하고 싶었다. 조직에 충성을 다했고, 그의 욕망은 그렇게 조직에 더 향한 채 어느덧 시간이 훌쩍 흘렀다. 조직은 그를 인정하여 제주지검장에 임명하였고, 그도 아름다운 제주도에 부임한 후, 치열했던 그 동안의 삶을 돌이켜보고, 조금은 업무와 떨어져서 여유를 찾고 싶었다. 돈과 여유 그리고 고위층이라는 자신감이 충만해지자 어린 시절부터 억눌렸던 욕망이 다시 꿈틀거렸다.

검사로써 수장의 자리까지 올랐고, 원하는 것을 거의 이뤘다. 자신감은 충만했으나 한 가지 얻지 못한 게 있었으니, 그것은 지금까지 억눌려 왔던'성적 욕구'의 해소였다. 이는 고위 공직자로서는 더욱 더 해결하기 어려운, 그래서 여유로운 제주도에 있다는 현실이 역설적으로 더욱 더 불만으로 느껴지는 상황이었다.

그래서 낮에는 근엄한 지검장의 얼굴을 하다가도, 밤이 되면 그동안 꼭 한번 살고 싶었던 난봉꾼 같은 모습으로 스스로를 달래보고 싶었다. 어느 날 밤. 혼자 밖으로 나왔는데 막상 갈 때가 마땅치도 않고, 여자 있는 곳에 혼자 가기도 좀 어색했다. 그냥 술이나 한잔하고 마음을 달래고 들어가려는데 아무래도 오늘은 욕망이 주체가 안 되었다. 술기운에 호기로 일단 동네마트에서 베이비로션을 하나 샀다. 어떻게든 분출을 해야 욕망이 사그라질 것 같았다. 주변을 살피며 대상을 물색해 봤다. 마침 어린 여자애가 지나간다. 그냥 조용히 지퍼를 내렸다."

소설을 쓰며, 그의 억눌린 욕망을 공감해보려 노력했으나 솔직히 크게 공감은 되지 않았다. 하지만 이러한 자위행위를 참지 못하고, 성욕을 조절하지 못한 한 순간의 실수가 결국은 인생의 가장 큰 오점이 되어, 지금껏 쌓아올린 윤택했던 삶 자체가 한순간에 몰락했다는 점은 결코 잊어서는 안될 교훈이라 하겠다.

다음 '자.못.남'(자위 못 참은 남자)의 이야기도 꽤 흥미롭지만 안타깝다.

2008년 베이징 올림픽에서 모든 게임을 전승으로 금메달을 땄던 야구 대표팀의 영향으로, 당시 국민들은 야구에 열광했고, 그 인기는 국내 프로야구로 이어지며 열기가 식지 않았다.

국민적 인기를 뒤로하고 새롭게 맞은 2009시즌 프로야구에서 한명의 걸출한 스타가 탄생한다. 무서운 타격력으로 한 시즌 최다 만루홈런 기록을 세우며 거포의 본능을 보여준 '김상사'라는 별칭의 '김모' 선수였다. 그는 당시 기아타이거즈 소속으로 1997년 해태타이거즈 시절 우승이후, 우승에 목말라 있던 기아타이거즈를 12년 만에 정규시즌 우승을 만들고, 여세를 몰아 한국시리즈까지 우승으로 이끌었던, 그야말로 2009년 최고의 선수였다. (정규시즌 MVP)

그 후, 2013년에 그가 SK와이번스로 트레이드 되자 기아타이거즈는 1위를 달리다가 점점 하향세를 보이더니, 최하위권으로 시즌을 마치었고, 2014년도에도 기아는 최하위권을 맴돌았다. 이를 두고 호사가들은 보스턴 레드삭스가 홈런왕 베이브루스를 뉴욕 양키스로 트레이드 한 뒤, 월드시리즈에서 우승을 하지 못 하는 것을 '밤비노의 저주'라고 하는 점을 빗대어, '김상사의 저주' 라는 말이 생겨났을 정도였다.

그렇게 대단한 선수였던 그는 그 이후로도 팀을 옮기며 여러 부침을 겪긴 했지만 꾸준한 실력을 보여주었다. 그런데 예상치도 못했던 사건으로 그는 갑작스레 프로야구를 떠나게 되었다.

2016년 6월 16일 오후 4시 50분께 전북 익산의 한 원룸 앞. 본인의 차에 타고 있던 '김선수'는 한 여대생이 지나가자 그 여성 옆에 차를 세우고 창문을 연 후, 갑자기 자위행위를 시작했다. 이후 긴급하게 차를 돌렸지만, 놀란 여대생은 차량번호를 기억했고 이를 가족에게 알리며 경찰에 신고를 하게 되었다.

이 후, 그가 '김선수'였음이 밝혀지고, 그도 자신의 행동을 시인하며 사건은 일단락이 되었다. 하지만 이 내용은 한 달 여 뒤인 7월 12일에 기사화 되었고, 기사 보도 후에도 같은 날 경기에 출전을 하며 논란에 중심에 섰다. 당시 소속팀이었던 KT위즈 측은 상황을 몰랐었다고 해명했고, 경기 도중에 그는 결국 교체 되었다. 그리고 다음날 야구선수의 품의를 손상시키고, 구단의 이미지를 훼손하였다는 이유로 팀에서 임의 탈퇴 되었고, 그 후 1년 뒤 결국 방출되며 프로야구를 떠나게 되었다.

연습생 신화를 이끌며 거포의 반열에 올랐던 성실과 근성의 대명사였던 그는 한순간의 '실수'로 자신의 분신과도 같은 사랑하는 야구와 이별하게 되었다. 현재는 독립야구단에서 활동하며 재기를 꿈꾸고 있으나 그가 다시 메인 무대에서 활동 할 수 있을 것이라는 시각은 사실상 많지 않다. 본인 뿐 아니라, 대한민국 야구계를 위해서도, 그를 좋아했던 야구팬의 입장에서도 굉장히 안타까운 일이다.

역시 여담이지만, 남성 야구팬들은 그의 야구 실력을 안타까워하며 '창문이라도 닫고 하지..' 하며 씁쓸해 했다고 한다.

두 사나이의 사례에서 볼 수 있듯이, 뒤틀린 욕망이 잘못 분출 될 수밖에 없었던 각자의 이유가 무엇이었는지는 우리는 알 수 없다. 하지만 그 잠깐의 행위 자체로 그들은 수십 년간 누구보다도 열심히 최선을 다해 살아오고 일가를 이루었던 자신들의 삶이 한순간에 몰락하는 경험을 했다. 자위 중독, 야동이 만연한 대한민국에 수많은 예비 '김지검장'과 '김선수'가 있을 것이라고 생각 된다. 두 사람을 꼭 반면교사 삼아 인생의 교훈으로 삼아야 할 것이다.

이들의 이야기를 통해 기억해두자. 개인의 삶은 물론이고, 주변 사람들에게도 많은 상처를 주고 지금껏 쌓아올린 명예와 돈, 자존감마저도 모두 잃게 되는 상황이 그야 말로 한순간에 벌어질 수 있다는 사실을. 바로 '자위'를 못 참으면 그렇게 될 수도 있다는 것을.

5. '성재기'가 바란 세상

　　대한민국이 야동의 천국이 되도록 야동 보급화에 큰 기여(?)를 한 사람이 '김본좌'였다면, 야동을 보는 남성에게 '그거 자연스러운 거니까 숨을 필요 없어'라며, 남성의 성적 욕망을 '골방 음지'에서부터 '사회적 공론화의 장'으로 끌고 나온 이가 있었다. 야동을 보는 많은 남성들의 의견을 대변하고, 공감을 사게 했던 문제적 인물이 또 한명 있었으니, 그가 바로 고 '성재기'씨다.

　　2013년 고인이 된 성재기씨는 아직까지도 논란의 중심이고, 그를 옹호하는 사람들과 그를 비판하는 사람들의 경계가 분명하다. 나는 그를 옹호하거나 평가할 생각은 추호도 없지만, 그가 외쳤던 주장이 야동이 만연한 사회에 어떤 영향을 끼쳤고, 또 그는 어떤 사회가 되기를 꿈꿨는지, 한번은 짚고 넘어갈 만한 가치가 있는 부분이라 생각되어 이야길 하고자 한다.

그는 대한민국 최초로 '남성'의 인권을 지키고자 노력했던 남성인권운동가였다. '남성연대'라는 조직을 만들어 한국 사회에서 남성이 오히려 여성에 의해 역차별 받고 있는 현실을 강조하며, 여성부 등에서 여성에 대한 우대와 보호정책을 펼치려 할 때, 늘 대척점에서 치열하게 토론했던 다소 좀 특이하게 보일 수도 있는 인물이었다.

그의 어록을 살펴보면 수많은 일화가 있는데, 여기서는 야동에 관련한 부분만 살펴보도록 하겠다. 특히 그가 야동을 보는 남자들에 대한 평가와 시각에 대해서 이야기 했던 부분이 있는데, 그 유명한 '아.청.법 공개토론'이 그것이었다.

때는 바야흐로 2012년 11월 12일. '아동청소년의성보호에관한법률(이하 아청법) 개정을 위한 아동음란물 규제 어떻게 할 것인가?'를 주제로 국회의원 주재의 공개 토론이 열렸다. 패널 중에 한 사람이었던 성재기씨는 이날 공개 토론장에서 열변을 토하였다. 특히 쟁점이었던 '성범죄의 원인이 될 수 있는 아동음란물 제제를 위해서 아동청소년처럼 나오는(실제는 아니더라도) 영상물이나 야동 애니등도 규제해야 한다' 는 야동 전반에 대한 규제를 암시하는 주장에 대해 성씨는 설득력 있는 논증으로 아주 많은 남성들의 지지를 이끌어 냈다. 바로 그 유명한 '바바리맨' 논증이다. 잠시 토론장에서 그의 이야기를 들어보자.

"아청법이 과연 아동성범죄로부터 아이들을 보호하기 위해서 만든 것이 목적인지, 아니면 모든 남성들의 성욕을 억제하고, 죄의식을 억누르게 하기 위한 것이 목적인지, 그것을 묻고 싶어요. 야동이 남성들의 성충동을 증폭시켜서 성범죄의 원인이 된다? 아주 무식한 소리 하지 말란 말입니다. 이

건 남자들을 몰라도 너무 모르는 말 아닙니까? 지금 이 이야기도 남자들의 성적 메카니즘을 단 1%라도 알았다면, 이런 발상이 나오지 않습니다. 저도 야동 봅니다. 왜 볼까요? 야동이 말이에요. 남자들의 성욕을 그 자체로 완화하고, 해소하고, 배설하는 수단이란 말입니다. 야동이 남성들의 성충동을 더욱더 증폭시켜서 새로운 성범죄를 가하고, 바깥에 나가서 성범죄를 저지르는 원인이 된다? 소설 좀 쓰지 마세요. 소설 좀. 남자들이 야동 보고 나서, 컴퓨터 전원 끄고 나서, 나가서 성폭행의 대상을 찾아 헤맨다? 차라리 이게 문제가 된다면, 술 금지 시키고, 담배를 금지시키세요. 왜 이걸 금지시키세요? 표현의 자유를 아예 헌법에서 없애십시오. 그럼. 아동 청소년들을 성범죄의 대상으로 삼고 음란물을 만드는 것은 당연히 다 잡아 들여야지요. 종신형을 시켜야지요. 사형도 시켜도 되지요. 하지만, 바바리맨 잡으려고, 바바리를 남자에게 못 입게 하지는 말자는 말입니다!"

샤우팅 창법으로 토론회장을 압도했던 그의 외침은 수많은 동영상으로 촬영되었고, 실시간 검색어에 오르는 등 야동에 대한 사회적 환기를 불러일으키기에 충분했다. 특히, 야동이 성범죄의 원인이 될 수 있다는 지적에 대해, 수많은 남성들을 예비 성범죄자로 볼 수 도 있을 법한 암울한 상황에서 성씨는 남성들의 '성적 메카니즘'을 근거로 사이다 같은 논증을 하여, 많은 남성들의 엄청난 지지를 받았다.

나 역시도 성씨의 논증에 동의하며 야동의 폐해를 알리기에 앞서, 야동이 필요한 긍정적 이유가 성적 욕구의 적절한 완화와 조절에 있다는 것을 인정한다. 그렇기 때문에 대세가 되어버린 세상에 대해, 오히려 이제는 스스로를 지킬 수 있게, '과'하지 않은, '중독 없는' 야동의 시대를 만들고자 이런 글을 쓰고 있는 것이다.

성재기씨는 레전드 토론 이후, 방송활동 등 여러 활동을 지속하였지만, 사이다 같은 발언만 있었던 것은 아니었다. 논란이 되는 어록들이 점점 늘어갔고, 사회적 관심에도 조금씩 멀어져갔다. 그렇게 남성연대를 운영하는 재정적 어려움에 빠지자 그는 이슈를 만들고자 노력 하였고, 2013년 7월 '한강 투신 퍼포먼스'를 기획하였다. 많은 우려에 대해 안전장치가 있음을 강조했던 그는 실제로 한강에 투신하였고, 결국 그렇게 고인이 되었다.

 짧은 시간 우리 사회에서 불꽃같이 살다간 문제적 인물 '성재기'
 특히 야동에 관련하여 솔직한 발언과 속 시원한 이야기는 앞으로도 계속 회자 될 만하다. 그러나 그가 바란 세상은 야동을 보는 현상에 대한 인정이고, 남성들이 남성성을 지키고 유지할 수 있는 세상인 것이지, 토론에서처럼 과해져서 범죄로 이어진다던지 또는 중독이 되어 스스로를 주체하지 못하고 사회 문제가 되는 작금의 현상을 바랬던 것은 절대 아니었을 것이라고 믿는다. 야동이 그러한 '필요악'이라면 긍정성을 강조하고, 부정성을 줄여서 잘 운영만 한다면, 인간의 삶의 적절한 '조미료'의 역할을 하기에는 충분하리라 생각된다.

 다만, 부정성을 어떻게 깎고 다듬어 잘 조율할 수 있느냐. 그 조율의 정당성에 대해서 동의 하여준다면, 야동의 부작용과 그 개선안에 대해서 계속 이야기를 해 나가고 싶다.

CHAPTER 2.

야동의 폐해

1. 육체적 폐해

지금부터는 과도한 야자행위를 하는 경우 발생되는 수많은 폐해에 대한 이야기를 하고자 한다. '과도한 야자중독'의 기준이 어느 정도이고 일주일에 몇 회 이상인지 구체적 수치를 댈 수는 없다. 사람의 신체적 조건과 체력의 수준이 모두 다르기 때문이다. 하지만 스스로가 자위로 인해 평소 몸이 버티는 수준을 벗어나서, 정신적으로나 육체적으로 힘겨운 느낌이 든다면 그것은 분명한 위험신호임으로 바로 그쳐야 할 것이다. 그러나 그 이상으로 몸이 보내는 신호를 간과하고 지속적으로 무리한다면, 그것은 '과도한 중독' 상태라고 볼 수 있을 것이다.

야자 중독으로 인한 잦은 사정은 우선적으로 육체적 피로와 함께 많은 부차적 문제점을 유발한다. 정액은 80%정도가 수분이고 나머지 20%는 에너지원으로 쓸 수 있는 것들인지라 사정을 해도 크게 문제가 없는 것처럼 알려져 있다. 금세 에너지원이 복구 될 수 있을 만큼 적은 양이라는 것이다.

하지만 과도한 정액유출을 통해 그 에너지원이 지속적으로 소비된다면 결코 몸에 좋지 않다. 어찌되었건 나의 신체 중 일부가 지속적으로 소진되면서 사라지는데, 이를 두고 '물과 같은 거니 몸에는 이상이 없을 거다.' 라고 한다면 어느 의견에 더 신뢰가 가겠는가? 더구나 정액은 나의 후손을 만들 수 있는 내 몸의 정수가 담긴 엑기스 중에 엑기스 이고, 수천만 마리의 운동성 정자들이 그 안에서 활발히 움직이고 있다. 이러한 정액을 무가치하게 계속 낭비하는 현상을 마치 소변 보는듯한 가벼움으로 치부할 사항은 아니라고 생각된다. 그러므로 이러한 정액의 무분별한 낭비는 체력소모 등 몸 상태에 분명한 영향을 끼친다고 봐야 할 것이다.

고등학교 시절 별명이 '다크'인 친구가 있었다. 눈 밑이 팬더처럼 '다크써클'이 가득했고, 눈도 항상 게슴치레 떴기에 붙여진 별명이었다. 당연히 등교 후 수업시간 내내 '다크 사이드'에서 꾸벅꾸벅 졸았고, 점심시간 때 딱 한번 행복한 뒤, 또 계속 꾸벅 거리다 종례시간 즈음 눈이 반짝거리던 친구였다. 학원은 또 꾸준히 다니 길래 처음에는 학교공부를 포기하고 야간에 학원 등에서 공부해서 늘 피곤한 것이라고 생각했다. 하지만 늘 성적은 바닥권이었다. 그래서 언젠가 짝이 되었을 때, 혹시 자위 관련해서 슬쩍 물어보았었다. 그때 그 친구의 답변이 아직도 생생하다. '진짜 미치겠다. 돌아버릴 것 같아. 근데 끊을 수가 없어..'

자위에 중독된 자신이 너무 싫다는 이야기였다. 결국 피곤한 이유도, 성적이 안 나왔던 이유도 눈가의 '다크써클'을 항상 달고 다닌 것도 다름 아닌 '자위' 때문이었다.

'다크'의 예에서 보았듯이 야자중독이 신체적 활동에 영향을 끼치는 부분은 꽤 다양하다. 그러나 나는 의사가 아니기에 야자중독이 육체적으로 영향을 주는 사항을 의학적 근거를 가지고, 명암이 확실한 설명은 할 수가 없다. 다만 오랜 경험자로써 자위를 통한 신체의 변화를 실제 체험한 근거로, 많은 타인의 이야기와 의학적으로 검증된 자료들을 덧붙여, 야자중독이 남성의 신체에 미치는 부정적 폐해들을 알리고자 하겠다.

1) 만성피로

두 번 말해 무엇 하랴. 잦은 자위로 에너지원이 계속 방출 되어 몸속이 허해 졌는데, 그런 몸 상태로 힘을 내서 움직일 수 있겠는가? 조금만 움직여도 쉽게 피로하고, 활동적인 운동이라도 하게 되면 그야말로 방전된다. 이것은 자위를 좀 해본 '선수'들이라면 쉽게 공감 가는 상황일 것이다. 푹 잤어도 피로감이 가시질 않는 사람, 숟가락 들 때 부들거림을 느껴 본 사람, 앉았다 일어서는 게 그렇게 쉽지만은 않았던 사람, 광고 속 '아로** 골드' 복용을 진지하게 고민해 본 사람은 자위로 인한 피로감을 느껴 본 사람이다. 그야말로 뭘 해도 힘이 안 나는 상태가 된다. 끊임없이 자위를 해서 에너지가 지속적으로 소모되는데, 당연히 뭘 해도 힘이 안 날 수밖에 없지 않겠는가? 매일 장어를 몇 마리씩 먹고, 보약을 몇 첩씩 먹지 않는 이상, 야동과 자위를 끊지 않고서는 만성피로에서 벗어날 수가 없다.

2) 피부 트러블

야자중독과 피부와의 연관 관계에 대해서는 의견이 분분한 부분이 많으므로 타인들의 경험과 전문가의 소견 등을 적절히 배합하여 이야기 해보도록 하겠다. 우선 '야동을 많이 보면 여드름이 나냐' 는 의견에 대해서, 청소년들이 호르몬의 변화를 겪으며 여드름이 나는 시기에 마침 야동을 접하면서, 야동으로 인해 여드름이 났다고 인과관계를 짐작할 수도 있다. 그러나 야동과 여드름의 관계는 직접적이지 않다는 것이 중론이다. 그럼 '간접적인 이유는 있느냐' 에 대해서는, 피부트러블과 야자중독은 간접적으로 영향은 있다고 보여 진다. 그 이유는 야동을 한번 보게 되면 피곤함을 무릅쓰고 야심한 시각까지 계속하게 시청하게 되어 피곤함과 스트레스가 쌓인다는 점, 또한 과도한 자위행위로 열기가 얼굴로 올라와 열꽃 같은 트러블을 유발하고 안색을 안 좋게 하는 점, 그 밖에 늦게 자고 늦게 일어나는 생활을 부추기므로 생활 리듬을 잃게 되고 푹 쉬지 못해서, 피부도 생기를 잃고 칙칙해져서 까칠해진다는 점, 피곤함을 겨우 버티는 생활을 하게 되면서 땀 흘리는 운동에 소홀하게 되고, 청결히 얼굴과 머리 관리를 못하게 되는 점 등을 종합해 볼 때, 야자중독으로 인해 어떤 병리학적인 인과관계로 피부가 안 좋아졌다라고 하기보다는 야자중독이 만든 생활패턴이 피부에 악영향을 계속 끼치게 되어, 결국 상하게 만든다는 것이 설득력 있는 내용이라고 보여 진다. 즉, 야자중독 인해 피부가 안 좋아 질 수 있음은 맞는 말이다.

3) 심장에 악영향

자위는 결국 사정으로 이어진다. 사정을 위한 필수 단계는 음경의 확대 즉 '발기' 이다. 발기가 되는 원리는 어떠한 자극을 통해서 음경 내 '해면체' 라는 곳에 혈액이 평소보다 6배에서 8배까지 모이게 되면, 음경이 커지고 딱딱해 지는 것이다. 이러한 발기는 평소 성적인 자극 외에도 아침에 자고 일어났을 때라던 지, 소변이 마려운 경우 등에도 종종 생기는 자연스러운 현상이다.

그런데 발기가 되도록 음경에 피를 모으는 역할을 누가 할까? 야동을 보고 있는 눈과 머리가 시키는 것 같지만, 사실은 뇌에서 나온 호르몬의 의뢰를 받은 부신(콩팥)이 심장에게 오더를 내려, 열심히 펌프질해서 혈액을 빨리 음경으로 보내라고 재촉하는 것이다. 결국 심장의 고된 노동이 있어야 발기가 완성이 된다. 즉 자연스러운 발기가 아닌, 인위적이고 갑작스레 진행되는 자위행위는 심장에 갑작스런 발주를 주는 상황이 되어, 심장에 무리를 주는 상황을 만들게 된다. 가끔씩 하는 자위라면 괜찮겠지만, 중독성 자위라면 심장은 상시 철야 근무 상태가 되어, '콩닥콩닥' 계속 과도한 작동을 하게 된다.

자위 후 심장의 두근거림을 느껴 본 사람이라면, 그 경각심이 바로 생길 것이라고 생각 된다. 예를 들어, 공장에서 물건을 생산하려면 오더(주문)도 주기적이고, 그에 따른 적정한 재료도 있어야 할 것이며, 근로자도 충분히 휴식을 취해야 제대로 된 물건이 차질 없이 나오는 것인데, 갑자기 한밤중에 공장 문 두드리며 당장 물건 내놓으라고 한다면, 재료도 부실하고, 만드는 사람도 피로하며, 물건도 엉망이 될 것이다. 그 공장이 우리 몸으로 치면 바로 심장인데, 한두 번도 아니고 수시로 공장 문 두드리며 물건 빨리 내놓으라고 한다면 심장은 무리를 할 수밖에 없을 것이다.

그러므로 과도한 자위는 심장 및 심혈관에 부정적 영향을 줄 수 있다. 특히 심장 및 심혈관계 질환이 있는 사람들이나 부정맥등 약을 지속적으로 복용하시는 분들은 더욱 조심해야 할 것이라고 생각 된다. 심장이라는 우리 몸의 공장장이 제발 좋은 물건을 만들면서 오래 공장을 운영할 수 있도록 자위를 줄이고 운동 등 몸 관리에 힘을 써야 할 것이다.

4) 면역력 약화

'면역력'이라 함은 TV속 광고에서 투명한 캡슐이 사람을 감싸고 있는 것처럼, 인간을 유해한 물질 또는 환경에서 보호하는 스스로의 치유 능력을 말한다. 즉 웬만한 유해물질, 병균 등이 체내에 침투해도 우리 몸은 그것들과 싸워 이길 수 있는 면역체계를 갖추고 있는 것이다. 면역력은 면역세포를 만드는 능력을 말하는데, 그 면역세포를 만드는 물질은 도파민, 아세틸콜린, 세라토닌 같은 신경전달 물질이라고 한다.

그 중에서 '도파민'을 주목해 볼 필요가 있는데, 이는 환희와 쾌락 또는 재미와 즐거움을 느낄 때 생성되는 신경전달물질이며 뇌신경 세포에 흥분전달 역할을 한다. 일상의 재미와 의미를 찾고, 즐거운 자극을 계속 받으면서 설레는 경험을 하게 된다면 적절한 도파민이 나오고 이는 행복감을 느끼게 하여 면역력의 증가를 가져 온다. 새로운 취미생활이나 새로운 인간관계, 창의적 발상으로 원하는 일을 주도적으로 한다거나, 익사이팅한 활동을 하면서 힐링 받는 느낌이 그런 것이다.

이러한 도파민은 당연히 성적 쾌락을 느낄 때에도 분비가 된다. 즉 야동을 볼 때 중간에 끊을 수 없을 만큼 계속 잔상이 머릿속에 남는 현상은 쾌락전달 물질인 도파민의 지속적인 분비로 뇌신경이 흥분되었기 때문이다. 즉 도파민은 적절히 분비되면 인체의 약이 되나 과도하게 분비되면 그 흥분을 잊지 못하게 하여 '중독'을 만든다. 마약중독, 도박중독, 게임중독 등등 모든 중독이 원인이 이 '도파민'이란 놈 때문이다. 그런데 과도한 중독 상태가 지속되면 쾌락의 만족도가 오히려 감소하여 뇌의 도파민 수용 능력 역시 감소하게 된다고 하니, 결국 중독이란 '욕구는 계속되는데 쾌락이 만족되지 않는 스트레스' 라고 이해할 수 있다. 더불어, 현실도피, 체력저하, 과한 에너지 소비를 동반한다. 즉, 몸과 정신이 '해피' 해져야 면역력이 증가된다는 면역세포의 생성원리에 비춰 보면, 몸도 망가지고 정신이 피폐해지는 야자 중독이 면역력에 도움이 될 리는 만무하다.

실제 개인 및 타인의 경험담을 통하여 보면 잦은 자위행위 후 알레르기 비염과 재채기 등이 심해졌으며, 감기도 잘 안 떨어지고, 푹 쉬어도 개운하지 않으며, 겨울이 찾아 올 때쯤이면 내복부터 챙기게 되는 몸 상태가 되었다는 이야기가 많다. 모두 면역력이 떨어졌을 때 나오는 증상들이다. 결론적으로 야자 중독이 된 몸 상태가 면역력 저하를 가져오고, 몸을 허약하게 만든다는 것은 정설이라 할 수 있겠다.

5) 시력 감퇴

단순히 생각해도 야자중독에 따른 시력감퇴는 자연스럽게 발생되는 질환임을 알 수 있다. 모니터 화면과 작은 스마트 폰 화면을 장시간 시청하고 청색광에 지속적으로 노출이 되면, 눈의 피로감은 계속 증가되며, 눈이 충혈 되거나, 뻑뻑해지고, 안구 건조증의 증상이 유발된다. 그러므로 시력 감퇴는 야자중독의 예정된 수순이다.

그런데 시력만 나빠지면 문제가 그나마 덜 하는데, 지속적인 안구의 피로 누적과 자위행위를 통한 혈압상승의 반복 등은 눈의 '안압'을 상승시킨다는 것이 더 큰 문제이다. 안압이 상승되고 적절한 조치가 행해지지 않으면 시신경이 파괴되고, 녹내장등 심각한 안구 질환을 유발하여, 결국 실명에 까지 이를 수 있다고 한다. 비약이라 해도 야동 보다가 실명 되었다면 얼마나 우습겠는가? 그러므로 평소 모니터나 스마트 폰 밝기를 낮추고, 조금 멀리 떨어져서 시청하며, 적정 시간만 시청하도록 조절하여 눈에게 휴식을 주고, 수면을 깊게 취하여 눈의 회복시간을 부여하는 적절한 노력이 필요하다. 그러나 아직은 젊다고 눈의 중요성을 못 느끼고 혹사 시키는 사람들이 많을 것이라고 생각된다. 상관없다. 노안을 빨리 앞당긴다 해도 자업자득 아니겠는가.

6) 탈모

'야한 생각을 많이 하면 머리가 빨리 자란다' 라든지 '대머리가 정력이 좋다'라는 속설이 있듯이 성호르몬과 탈모는 뭔가(?) 연관이 있을 것 같은 느낌이 있다. 전문가에 따르면, 탈모의 원인은 매우 다양하고, 특히나 자위행위가 탈모의 직접적인 영향은 주지 않는 다는 것이 지배적 인식이라고 한다.

그렇지만 한의학적 기준에서는 '동의보감'에서 '과도한 자위행위는 몸을 병들게 하고, 몸 안의 에너지와 신정(콩팥의 부신) 고갈 시킨다'라고 명기 되어 있는 부분에 주목한다. 즉 과도한 자위행위는 에너지 소모는 물론 성호르몬을 관장하는 '부신'을 소진시키고, 고갈시키는 것인데, 이 '부신고갈'이 탈모의 한 원인이 될 수 있다고 한다. 그러므로 과도한 자위행위는 결국 탈모에 영향을 끼친다는 말이 된다. 그래서 아마 많은 탈모인들은 자위행위를 할 때 고민이 많을 것 같다. 하지만 전문의의 표현에 따르면 '적당한 자위는 윤기 있는 피부와 건강한 머릿결을 만들 수 있다' 고 여지를 남겨두었다. 그러나 '적당함'의 기준이 개개인 마다 다르므로, 그냥 자위를 '확' 줄이는 것이 탈모 방지를 위해서도 좋을 듯하다.

7) 비만 야기

야자 중독이 비만을 유도 하는 것도 야자 중독이 만든 생활 패턴 때문이다. 자위로 황폐해진 우리 몸은 앞에서 언급한 만성피로와 체력저하, 면역력 감소로 인하여, 이를 회복하고자 에너지원의 빠르고 적절한 보충을 원한다. 이 경우, 고칼로리 음식을 먹는 경우가 대부분인데, 무기력한 몸 상태로는 음식 섭취 후에도 운동 대신 휴식을 취하게 된다. 그런데 휴식만 취하면 좋으련만, 순간을 못 참고 다시 야동을 보면서 또 자위를 하고 만다. 이에 사정 후 또 다시 허기가 지면 고칼로리 음식을 먹고 다시 휴식을 갖던지 잠을 잔다.

이러한 생활 패턴에 익숙해지면 팔다리는 얇아지고 배만 볼록 나온 전형적인 복부비만자가 되기 쉽다. 그러므로 음식을 섭취하였으면, 모니터와 스마트 폰을 뿌리치고 밖으로 나와 동네를 한 바퀴 뛰던지, 산책을 하던지, 하다못해 줄넘기나 팔굽혀펴기라도 하며 몸을 움직여 야동과 비만과의 연결고리를 끊으려 노력해야 한다. 그렇지 않고 무의식적인 야자중독과 음식섭취로 비만에 가까운 몸이 되면, 더욱 움직이기 싫어지고, 호미로 막을 것을 가래로도 못 막을 더 큰 '귀차니즘'에 직면하게 된다. 갈수록 몸속은 골골해지고, 외모도 자신감을 잃게 되며, 의욕마저 상실한다. 그러다 결국 또 '야동'을 찾고 만다. 지속되는 악순환이다. 정말 지겹고 암울한 상황이지만 안타깝게도 우리 주변에 말을 안 할 뿐 이런 생활패턴을 가진 사람들. 꽤 많다.

8) 그 밖의 육체적 문제점

* 성기능 장애

자위행위로 인한 성욕감퇴와 발기부전 등 성기능 장애도 야자중독으로 인한 심각한 문제점 중에 하나이다. 적절한 자위는 성기능 향상에 도움을 준다고 하지만, 중독성 자위를 꾸준히 하게 되면, 자극에 둔감해 지고, 성욕이 감퇴되며, 전립선염이나 발기부전 등 성생활에 치명적인 장애가 올 수 있다는 점을 잊지 말아야 한다.

* 괄약근 약화

항문의 조임 운동을 관장하는 '괄약근'은 음경의 사정을 조절하는 '항문거상근'과 연결이 되어있다. 빈번한 사정을 하게 되면 항문거상근이 약화되고, 그에 따라 괄약근도 약화될 수 있다. 즉, 괄약근 약화로 대변이 나오는 것을 제때 참지 못하여, 지하철이나 버스에서 원치 않는 거사(?)를 치르는 치명적 우려가 있는 것이다. 이를 방지하고자 전문가들은 '케겔운동'을 권장하는데, 항문을 오므렸다 폈다하며 근육을 수축 이완하는 케겔운동을 평소에 연습해 둔다면, 항문근육 뿐만 아니라 사정을 조절 할 수 있는 능력도 강화되어, 정력이 강해지는 효과가 있다고 한다.

* 콩팥(부신) 및 간 기능 장애

앞서 탈모부분에서 언급하였지만, 지속적인 자위행위는 정액을 통한 성호르몬의 배출로 인하여, 성호르몬을 관장하는 콩팥(부신)과 간의 기능에 무리를 주어 장애를 일으킬 수 있다.

2. 정신적 폐해

야자중독은 육체적 폐해 못지않게 정신적인 폐해도 상당하다. 사실 정신이 황폐해지는 것이 야동으로 인한 더 큰 문제라고 할 수 있다. 정신의 황폐가 결국 육체적 문제를 야기 시키기 때문이다. 과거 조선 시대 유학자들이나 불교에 입문한 스님들처럼 스스로 마음을 돌아보고 욕구를 억제하며, 성인의 경지나 성불의 수준만큼 정신수양 하는 것은 무리겠지만, 그래도 맑은 정신과 바른 마음가짐을 가지고 매사에 임해야 조금 더 가치 있고 나은 삶이 될 것이 자명하다. 그러나 야동에 익숙해진 머릿속 정신세계는 365일 먹구름이 낀 것처럼 어둡고 앞이 잘 보이지 않는 '흐린 날씨'와 같은 모습이라 늘 개운하지가 않다. 왜 그런지 하나씩 살펴보자.

1) 사유의 정지 (멍 때림)

일단 야동 속의 '살색'을 보게 되는 순간, 앞에서 언급한 도파민이 뇌신경을 자극하여, 지금 무얼 하고 있건 간에 머릿속 우선순위는, 지금 방금 봤던 그 행위를 계속 봐야 하는 것이 1순위가 된다. 그리하여 시험이고, 과제고, 중요한 업무이고 나발이고 눈앞에서 펼쳐진 영상을 통한 성적 욕망과 기대 치의 해결이 가장 먼저 해야 할 일이 된다.

만약 욕구가 해소되지 않고 성적인 발동이 걸린 상태로 일상생활을 하게 되면, 업무를 하여도, 공부를 하여도, 또는 사람들과 대화를 하면서도 문득 문득 영상 속 잔상이 계속 머리에 남아 집중을 방해하고 잡념이 떨쳐지지 않는다. 이러한 머릿속 '마구니'는 스트레스가 되어 정상적인 사고를 하고 중요한 결정을 할 때 지속적인 방해를 한다. 그래서 결국 '욕구를 해결 하면 머릿속이 좀 나아지겠지', '다른 것에 집중할 수 있겠지' 하며 자위행위로 이어지는 경우가 많다. 결국 영상을 시청하고 '200미터 전력질주'와 비슷 한 체력소진이라는 사정을 하고나면, 일단, 원하던 대로 머릿속 잡생각이 안 드는 상태가 되기는 한다. 그런데 잡생각만 사라지면 참 좋을 텐데, 일시 적으로 모든 생각이 다 귀찮은 사유의 '정지' 상태가 오면서, 눈은 뜨고 있 는데 잠을 자는 것 같고, 눈 초점이 뭘 보고는 있는데 어딜 보고 있는 건지 정확하지 않은 '멍' 때림의 상태가 이어진다. 그나마 '마구니'를 떨쳐버리고 '멍' 때릴 수 있는 것이 다행이라면 다행이겠다.

이것이 바로 야자중독자의 반복되는 사유체계다. 물론 매순간 이런 사람 은 드물겠지만 (있을 수도 있다!) 기본적으로 이런 '잡념과 멍 때림의 반복' 은 올바른 사유와 깊은 고민, 발전적 생각을 할 수 없도록 항시 머릿속을 가 로 막는다. 그래서 깊은 사유나 고민이 필요한 상황이 되면 일단 피하고 싶 고, 남이 해주길 바라며, 어쩔 수 없이 꼭 스스로 해야 되는 상황이면 되도 록 뒤로 미루고 하기 싫어져서 현실을 잊고 싶어 한다. 그래서 위안을 얻고자 또 야동을 찾는다.

이런 패턴은 당연하게도 학습능률 저하, 업무 능률 저하, 판단 능력의 저하를 가져 오게 되며, 결국 무기력함에 빠져 스스로를 자책하는 마음상태가 된다. 정신적으로 하나 이득 될 것이 없는 것이다. 야동으로 인한 이러한 '생각의 정지' 상태가 이성을 마비시키는 제일 큰 정신적 폐해이다.

(아. 그런데 삶이 너무 복잡하고 생각할게 많아서 일부러 멍 때리기를 원한다면 적당한 '야자'가 방법일 수도 있다. 요즘 '멍 때리기' 대회라는 것도 있던데, '야자' 한 10번 하고 대회에 한번 참가해보라. 다크써클과 퀭한 눈동자로 분명 대상 탈 수 있을 것이다!)

2) 기억력 감퇴 및 뇌기능 저하

야자중독은 기억력에도 심각한 영향을 끼친다. 전문가들에 따르면 "음란물 중독이 뇌 기능을 망가뜨릴 수 있다"고 경고한다. 성인물 시청 시 '19금'으로 연령을 제한하는 이유가 아직 판단력이 미숙한 청소년들과 어린이들에게 성인물의 접근을 제한시켜, 이러한 뇌기능의 성장을 보호하고 자칫 중독으로 빠지는 위험을 막고자 함이다.

성인 역시도 음란물에 적절한 조절과 제한을 두지 않고 중독적 탐닉에 빠진다면 뇌기능에 현저한 저하를 가져 올 수 있는데, 이는 어찌 보면 육체적인 여러 폐해보다 더 심각성을 느껴야 하는 문제이다. 쉽게 말해 머리가 점점 바보가 되어 가고 있는 것이다!

야자중독이 기억력 감퇴에 큰 영향을 미친다는 것은 독일 뒤스부르크-에센 대학교 연구진의 2012년 연구결과에서도 살펴 볼 수 있다 (중앙일보 2015.10.04 기사 참조)

연구진은 평균연령 26세인 성인 남성 28명을 대상으로 음란물이 기억력에 미치는 실험을 진행하였다. 연구진은 먼저 실험 참가자들에게 '성적인 사진'과 '그렇지 않은 사진'들을 섞은 다음 컴퓨터 화면으로 하나씩 보여줬다. 그리고 방금 본 사진을 기억하는지 여부를 확인했다.

그 결과, 성적인 사진을 보고 난 뒤에는 다른 사진을 보고 난 후보다 기억의 정확도가 떨어졌다. 즉, 성적인 것과 상관없는 사진을 본 후에는 기억의 정확도가 80%에 달했지만 성적인 사진을 본 뒤에는 정확도가 67%로 떨어졌다. 살색 잔상이 기억의 능력을 조금씩 갉아먹은 결과이다. 연구진은 이를 근거로 내용를 종합하여 "음란물이 뇌의 기억력에 영향을 끼친다는 것"을 설명했다.

또한, 고대 병원 정신의학과 원은수 교수는 "음란물 같은 자극적인 영상을 자주 보면 뇌에서 도파민이 과하게 분비되고, 이런 상태가 지속되면 결과적으로 도파민 수용체 숫자가 줄어 뇌 기능에 문제를 야기할 수 있다"고 말했다. 즉, 도파민을 받아들 수 있는 몸의 능력은 한계가 있는데, 도파민은 계속 나오니 넘쳐나는 도파민 때문에 뇌기능에 문제가 생길 수 있다는 것이다. 이는 기억력뿐만 아니라 뇌에서 자극과 보상체계를 담당하는 영역의 부피를 작게 만든다고 한다. 즉 뇌의 일부가 쪼그라든다는 얘기다.

독일 막스플랑크 인간개발연구소는 2014년에 21~45세 성인 남성 64명을 대상으로 음란물 시청에 따른 뇌 용량 변화를 조사해 그 결과를 발표 하였는데, 연구 참가자들의 음란물 노출 정도와 FMRI(기능적 자기공명영상) 뇌 영상을 비교 분석하였다. 참고로 참가자들의 평균적인 음란물 노출 시간은 일주일에 4시간 정도였다.

분석 결과, 음란물을 보는 시간이 많을수록 뇌의 '선조체' 및 '미상핵' 의 부피가 반비례하는 것으로 나타났다. 즉 음란물을 많이 보는 사람일수록 뇌 회백질 부피가 작다는 것이다. 뇌 '선조체'는 행동과 의사결정에 관여하는 영역을 말하며, '미상핵'은 뇌의 보상회로에서 중요한 역할을 하는 곳이다. 즉 뇌가 '쪼그라들면' 행동과 의사결정의 문제가 발생되며, 뇌 보상체계가 정상 작동이 되지 않아서 일상적 자극으로 만족을 못하는 상태가 되는 것이다.

원 교수는 "이 연구결과는 음란물 중독이 뇌의 보상회로 안에서 서로 같이 상호작용 하는 체계 자체에 이상을 가져왔다는 것" 이라며 "그만큼 음란물로 인해 정상적인 뇌의 기능이 떨어진다는 의미로 볼 수 있다"고 말했다.

이 연구결과는 야자중독이 기억력 감퇴는 물론이고, 뇌 기능 손상을 초래하여 삶의 만족도 자체를 떨어트리는 원인이 된다는 결론을 보여주고 있다. 실제로, 뇌의 보상체계가 망가진 마약중독자의 경우 손자가 앞에서 재롱을 부려도 아무 기쁨을 느끼지 못했다고 한다. 중독이 만든 뇌의 '쪼그라듦' 이 의미가 있는 삶의 모든 것들을 가치 없게 느껴지도록 만든 것이다.

야자중독 역시도 성적인 영역에만 머무르지 않고 생활 전반의 모든 영역에서 보상의욕과 만족감을 떨어지게 한다. 보람 있고 가치 있는 삶을 위해

야자중독에서 벗어나야 함을 고민해야 하는 이유이다. 밝은 미래를 위해 야동이 주는 기억력 감퇴와 삶의 몰가치성을 항상 잊지 말고 기억해두자. 특히나 뇌가 아직 성장하고 있고, 공부하고 습득해야 할 것이 많은 청소년들은 반드시 명심하자. 야동을 볼수록 나의 뇌가 쪼그라들고 있다는 사실을.

3) 폭력성의 증가와 참지 못하는 삶

2009년 EBS TV 프로그램 '다큐프라임-아이의 사생활Ⅱ' 편에서 매우 흥미로운 내용을 방영했다. '야동 시청과 공격성의 연관성'을 실험 한 것이었는데, 그 결과 야동이 다른 영상물에 비해 시청자로 하여금 공격성을 뚜렷이 증가시킨다는 내용이었다.

실험 내용은 남자 대학생 120명을 세 그룹으로 나눠 각각 세 가지의 영상물(자연 다큐멘터리, 일반 야동, 하드코어 야동)을 15분 동안 보게 한 뒤, 바로 이어서 공격성을 측정하기 위한 방법으로 '다트 던지기'를 실시하게 하여, 영상물 시청과 공격성 간의 연관성을 밝히고자 하였다.

공격성의 판단은 다트 던지기를 실시할 때, 표적 중심부에 사물의 사진을 붙였을 경우와, 사람의 얼굴 사진을 붙였을 경우, 실제로 '사람 얼굴 사진에 다트를 던질 것인가'를 가지고 그 빈도를 관찰하여 공격성 여부를 분석하는 것이었다. 최종 결과 자연 다큐멘터리를 본 그룹은 사람 얼굴 표적에 평균 0.3회를 다트를 던진 반면, 일반 야동을 본 그룹은 1.4회, 폭력성이 강한 야동을 본 그룹은 2.4회로 나타났다. 즉 자연 다큐멘터리를 본 사람들에 비해 하드코어 야동을 본 그룹이 8배나 높은 공격성을 단시간 동안 보여준 것이다. 특히 여성의 얼굴이 표적으로 붙어있을 때 다트를 던진 횟수가 더욱 많았다는 것은 주목할 만한 점이었다.

'야동이 성폭력의 원인이다'라는 의견에 대해 고 성재기씨는 열변을 토하며 '야동은 성욕의 배설과 해소의 수단이지, 성폭력의 원인이라는 것은 남성의 성적 메카니즘을 모르고 하는 소리다' 라며 야동의 순기능(?)에 대해 이야기 한 적이 있다. 같은 남성으로서 생각해봐도 꽤 설득력이 있는 부분이다. 그렇지만 야동이 성폭행의 직접적 원인은 되지 않을지 몰라도, '인간의 공격성을 증가시키는 역할을 한다는 점' 또한 위 실험 내용을 통하여 볼 때 상당히 근거가 있어 보인다.

특히 야동 시청 후, 여성 표적에 더욱 다트를 많이 던졌다는 사실은 여성에 대한 폭력성을 더 드러냈다고 할 수 있는 부분이다. 실제로 야동의 '단골 소재'인 치한이 지하철에서 여성을 추행하고 강간한다던지, 술 취한 여성을 겁탈한다던지, 공공화장실에서 추행을 하는 것과 같은 범죄행위의 내용을 꾸준히 시청 하게 되면, 그런 행동들에 대해 무감각해 지고 심각성을 느끼지 못하는 의식 상태가 되어 여성에 대한 남성의 폭력성을 남성 스스로 용인하고 조금씩 완화 시키고 만다. 이는 여성사진이 표적에 붙어있을 때 다트를 던질 수 있게 만든 의식 상태와 비슷하다.

행정안전부가 2012년 발표한 '청소년 성인물 이용 실태조사' 의 설문내용 중에서 고교생의 20.3% 가 음란물을 본 뒤 '따라 하고 싶었다' 라고 응답 하였는데, 이 역시 야동 속 여성에 대한 폭력적 내용이 있다 해도 일단은 모방해 보고 싶은 심리상태를 엿볼 수 있는 부분이다.

이처럼 야동의 꾸준한 시청은 약자에 대한 배려보다는, 무분별한 폭력을 사용해서라도 힘의 우위를 가진 남성이 여성을 '정복'하고 그 욕구를 충족하면서 희열을 느끼는 야동의 내용처럼, 나의 욕망을 충족하는 것이 가장 우선이 되도록 의식을 유도한다. 특히 사회적으로나 신체적으로 약자인 여성이나 어린 아이, 장애인 및 노인들에 대해서 넓은 관용으로 배려하려는 자세보다는 강자의 시각과 힘의 논리로 약자를 바라보려 하는 폭력성에 둔감한 남성들을 계속 양성하고 있다 해도 과언이 아니다.

이러한 내재 된 폭력성은 '참지 못 하는 순간' 활화산처럼 분출하는데, 야동은 이 '참는' 능력마저도 약화시킨다는 것이 문제다. 참는다는 것. 즉 '인내'를 하고 고요하게 지속적으로 사유하는 것은 문제에 대해서 올바른 분석을 하고, 객관적으로 사안을 돌아보며, 가장 적합한 해답을 찾는데 꼭 필요한 인간의 중요한 자질이다. 이러한 인내하는 능력이 없으면 짧은 사유와 경박한 결정, 어리석은 해답을 내놓기 쉬우며 결국 본인 및 타인에게도 해가 되는 결과를 자주 내놓는 사람이 되고 만다.

야동시청은 이러한 인내심을 금세 바닥낸다. 일례로 고작 다운로드가 느려지거나, 안 되었을 뿐인데, 그 답답함은 이루 말할 수 없음을 공감할 것이다. 또한, 혼자 있을 때 성적 욕구가 일어나면 바로 야동을 찾고 그 즉시 자위를 한다. 이렇듯 욕구가 바로바로 해소되어야 하는 것이 당연한 일상이 되어버리면, 자신이 바라는 더 큰 욕구들이 바로 해소가 되지 않을 때 짜증부터 나고 견디기가 힘들다. 예를 들어 전자기기 샀는데 작동이 바로 안 되면 짜증이 확 나면서도 설명서를 찬찬히 읽어 볼 생각은 안 한다던지, 책 한 권을 읽더라도 남아있는 페이지 수만 계속 확인하며 끝까지 제대로 완독을 못한다. 다이어트에 성공해서 빨리 날씬해지고는 싶은데 러닝머신 위에서 몇 십분 버티는 것도 어려운 일이며, 연애를 시작해도 어떻게든 빨리 잠자리를 하고 싶지, 인내심을 갖고 상대의 마음을 얻기 위해 기다려 보려는 노력은 하지 않는다.

이러한 야동으로 인한 인내심의 고갈은 무언가를 위해 몰두하는 '진정한 노력'을 유지하지 못하게 하며, 꾸준히 기다리고 지켜보면서 무언가 진정으로 '완성' 되어 가는 그 순간순간의 지루하고 힘든 과정들을 전혀 버티지 못하게 한다. 즉 무언가를 제대로 이뤄내는 그 값지고 벅찬 경험을 어쩌면 영원히 할 수 없다는 얘기다.

이러한 참지 못하는 사람이 앞서 말한 폭력성까지 있다면 통제가 불가능한 사람이 될 수 있다. '야자중독'은 이 두 가지 문제를 동시에 촉발시키는 강한 촉매제이다. 일반적으로 야동이 성폭행의 원인은 아니라 하지만, 아이러니하게도 성폭행범들은 거의 대부분 야동 중독자들이 많았다. 이렇듯 '스스로 통제가 불가능한 삶'은 자신의 인생뿐 아니라 타인의 삶에도 심각한 영향을 끼친다. 야자중독이 사회적 수면위로 올라와 공론화되길 바라는 이유도 나와 타인의 건강한 삶을 영위하기 위해서 꼭 논의 할 필요가 있는 중요한 이슈이기 때문이다. 폭력성을 내재하고 참지 못하는 사람이 많은 사회보다, 상대를 배려하고 참을성 있게 무엇이든 이뤄 나가는 사람이 많은 사회가 아무래도 더 나은 세상일 것은 너무나 당연하기 때문이다.

4) 게으름

사람이 게을러지는 원인은 다양하다. 기력이 없어서 늘 귀차니즘에 빠져 있다거나, 또는 목표의식이 없어서 동기부여가 안 되서 그럴 수도 있다. 그러나 이런저런 원인들이 쌓여서 게으름이 습관이 되어버리면 그냥 천성이 게으른 사람처럼 되어 버린다.

'게으름'에 대한 사전적 정의를 살펴보면 '행동이 느리고 움직이거나 일하기를 싫어하는 태도나 버릇' 이라 한다. 즉 무언가를 해야 하는데 안하고 미루며, 그냥 계속 이불 속에서 꼼지락(?) 대는 상태라 할 수 있다. 그러나 굳이 개미와 베짱이 일화를 들지 않더라도 게으른 인생에 대해서는 세상이 끊임없이 단죄를 가한다는 것을 우리는 체험적으로 알고 있다. 보람 있고 주도적인 삶을 위해서 게으름은 늘 싸워서 이겨내야 하는 내 안의 큰 적이다.

야자중독은 이러한 게으름을 극복하는데 아주 치명적인 방해꾼이다. 게으름의 해결은 결국 정신의 각성과 체력의 뒷받침이 있어야 조금씩 걷어낼 수 있는 것인데, 야동과 자위는 오히려 정신과 체력을 모두 황폐하게 만들기 때문이다. 실제로 야동은 지각을 유발하는 원인이기도 하는데, 늦은 밤까지 야동 시청으로 인해 아침에 늦잠 자는 것부터 해서, 쉬어도 개운하지 않고 늘 피곤하여 뭐든지 느려지는 몸 상태, 또 잠깐만 보려했는데 자극을 잊지 못하고 더 보게 되다가 시간약속을 못 지키는 현상이나 무기력하고 나른한 몸과 정신상태로 할 일을 차일피일 미루는 습관 등이 야동으로 인한 생활 속 게으름의 결과들이다.

자기계발 유투버인 '알렉스'의 '게으름에 대한 고찰'이 굉장히 인상적이라 인용하고 싶다. 게으름은 무엇이든 미루고 귀찮아하는 습관이라 할 수 있는데, 그 미루고 싶고 귀찮은 이유의 핵심은 '회피'와 '두려움' 때문이라는 것이다. 다시 말해 어떤 불편하고 어려운 사안을 마주 할 때 본질을 피하고 싶고, 혹은 미지의 불안과 두려움 때문에 대면하기가 꺼려지는 심리가 게으름의 주된 이유라는 것이다. 시험이 코앞인데도 '공부해야 하는데..' 말만 하고, 선뜻 공부하지 않는 이유나, 마감시간에 맞춰 늘 간신히 업무를 끝내는 일처리 방식의 근간에는 결국 본질을 회피하고 싶은 불편하고 두려운 마음이 몸과 정신을 붙잡고 행동을 주저하게 만들기 때문이라는 거다.

이러한 피하고 싶은 심리는 쉽고, 편안하며, 나에게 위안을 주는 '대체재'를 계속 찾고 싶어 한다. 시험기간 때 평소에 보지도 않던 영화나 책이 더 보고 싶고 더 재밌게 느껴지는 심리가 그것이다. 이러한 회피 심리의 가장 큰 최고의 조력자가 예상하시다시피 바로 '야동과 자위'이다. 골치 아프고 어려운 현실을 잊고 영상 속 그녀와 혼연일체 되어 넋이 빠지게 되면, 어느새 강력한 카타르시스를 경험하면서 편안한 위안을 느끼게 되니 그냥 이 순간 자체가 큰 만족감이다.

숨고만 싶은 마음에 늘 찾게 되는 야동. 어렵고 복잡한 현실의 부담을 잊고 화면 속 교미 내용에 탐닉하다보면, 당장 해야 할 일들을 점점 미루게 된다. 거기에 사정까지 하면 체력마저 방전되어 기력도 없다. 하고자 하는 의욕이 더더욱 꺾인다. 게으름의 원인은 다양할 수 있지만, 야자중독이 되면 게으름이 가속화 되는 것은 필연적이다.

결국, 게으름을 극복하기 위해서는 그 불편한 '본질'을 인정하고 본질의 핵심으로 뛰어드는 것이 유일한 해답이다. 하기 싫은 걸 오히려 주도적으로 해야 한다는 뜻이다. 아침에 눈 뜰 때 시계만 보며 이불속에 있을 것이 아니라, 이불을 박차고 나와야 지각을 하지 않게 되고, 시험 기간에 책상에 앉아서 청소를 할 게 아니라, 시험범위 부터 책을 펼쳐 보기 시작해야 성적이 오를 수 있다.

불편하고 꺼려지는 본질을 직접 대면하고 응대 하는 것이 게으름 극복의 유일한 방법이지만 쉽지는 않은 일이다. 그러나 이를 통하지 않으면 인간은 성장할 수 없다. 이는 인류가 오랜 시간을 거쳐 오며 다양한 문제를 대면했을 때, 피하지 않고 응전하며 지금의 번영과 생존을 이뤄온 것과 같은 맥락이다. 인간의 DNA에는 이러한 선조 때부터 물려받은 '도전'의 유전자가 누구에게나 있음을 잊지 말아야 한다. 다만, 이불 밖으로 나가지 않으려는 '안주'의 유전자도 있으므로 내면에서 두 성향은 끊임없이 대결하는 것이다. 어떤 선택을 하고, 어떤 결정을 할지는 개인의 영역이다. 하지만 성장하고, 발전하고 싶다면 눈 딱 감고 하드디스크 속 야동을 일단 삭제해보자.

5) 자신감 상실

지금까지 야동이 주는 여러 육체적이고, 정신적인 폐해를 살펴보았다. 쉽게 요약해서 야자중독이 되면 몸은 몸대로 골병들고, 기력이 쇠하여지며, 정신은 정신대로 피폐해지고, 뇌에 영향을 미쳐 현실을 회피하고 게으름을 가속화한다는 것이었다.

이렇게 몸과 마음이 망가진 상태로 현실을 외면하며 사는 사람을 사회적으로, (개인적으로 인간의 무한한 가능성을 믿는 사람으로서 이런 표현을 좋아하진 않지만) '루저'라고 부른다.

다음 친구를 만나보자.

- 전날 밤. 기어코 두 번의 자위행위가 있었고, 새벽에 잠이 들었다. 낮 12시가 다 되어 햇볕이 따갑고 배가 고파서 눈이 떠졌다. 라면을 끓여 먹고, 게임을 좀 하다 TV를 보았다. 그제야 씻고 밖으로 나와 카페나 피씨방을 갔다. 거리를

걷고, TV를 보면 재밌기는 한데 딱히 나와 공감 가는 이야기는 그리 많지 않다. 뉴스에서 종종 들리는 **흉흉**하고 팍팍한 이야기만 어찌 그리 기억에 남는지, 어쩌면 그게 세상의 실제 모습이라는 생각이 든다. 그런 세상 속에서 친구들은 취업을 했고, 연애를 하고, 결혼을 했고, 아이도 낳았다. 직장을 다니고, 학원도 다니고, 자격증을 준비하고, 뭔가 살려고 아등바등 거린다. 그리 행복해보이진 않지만 다들 노력이 가상함은 인정해준다. 나도 뭔가를 해야 하긴 할 것 같은데, 뭘 해야 할지도 모르겠고, 해봤자 냉정한 세상이 나에게 비난이나 안하면 다행이지, 인정을 해줄 것이라는 생각은 안 든다. 공부를 하려해도 쉽지 않고, 뭘 배우려 해도 뭘 배워야 할지, 배워봤자 뭐 할지도 모르겠다. 일자리는 엄두도 안 나고, 알바는 해봤자 시시하다. 부모님은 왜 날 이런 능력이나 외모로 낳으셨을까? 집에 돈도 없으시면서 나는 왜 낳으셔가지고.. 아 근데 생각할수록 이 놈의 세상은 나에게 뭘 제대로 가르쳐주지도 않고, 제대로 살라고만 하고.. 주변하고 나를 비교하고.. 나의 행복에 대해선 관심도 안 가져주고.. 진짜 미친놈의 세상. 짜증난다. 노력하고 공부하면 뭐하나 어차피 날 한심하게 볼 텐데.. 에효.. 고민 해봤자 그냥 노답이다. 친구나 불러내어 술 마시며 옛날 얘기, 세상 한탄, 여자 타령, 신나게 떠들다보면 어느 새 늦은 시각이 되어 집에 갈 시간이다. 늦은 밤. 적막한 내 방에 들어오면 습관적으로 컴퓨터를 켠다. 아까 술집에서 봤던 서빙 하던 여자애가 예뻤지. 그런 스타일의 AV 배우가 누구였더라.. 몇 번의 검색 후 어느 새 손은 아래로 향한다. 격렬한 운동이 끝나면 어김없이 자괴감이 밀려온다. '아 오늘도 이러면 안 되는데..' 잠시 이런 생각이 떠오르지만 피곤하다. 그냥 잠이 든다. 그리고 다음 날 햇볕이 따가울 때 즈음 눈이 떠진다. 오늘도 하루가 시작되었다..

어떤가? 이런 일상. 행복해 보인다고는 할 수 없을 것이다. 오히려 안타깝고 슬프기까지 하다. 그런데 이런 분들 우리 주변에 꽤 많다. 이렇게 현실을 회피하고 수동적 삶을 사는 사람들의 공통된 특징은 자신이 처해 있는 안 좋은 상황의 이유를 주로 외부의 탓으로 돌리고, 자신에 대해서도 꽝장히 무지하거나 부정적이라는 점이다. 그리고 개선의 의지가 부족하고 자신감이 결여되어 있다.

자신감의 결여에 대해서는 성격적인 탓, 가정환경의 이유, 성장과정에서의 문제, 그를 둘러싼 주변 분위기 등등 여러 가지 원인이 있을 수 있다. 또한 현실을 피하려 하고, 자신을 둘러싼 두려움의 틀에 갇혀서 스스로의 한계를 벗어나지 못하는 이유도 분명 여러 가지일 것이다. 하지만 이유야 어떻든 이런 사람들이 '야동'을 만나게 되면, 마치 다리 다친 사슴이 어둠 속에서 늪을 만난 것처럼, 헤어 나오기 힘든 자신만의 깊고 어두운 동굴 속에서 빠져나오지 못하고 갇히게 된다. 위의 이야기에서 볼 수 있듯이 우울한 삶이 반복되는 결정적 모멘텀이 사실은 야동에 있음을 알아야 한다.

자신감은 스스로 자신을 믿는 당당함을 말한다. 즉 '자기 확신'인 것이다. 내가 바라는 삶, 내가 원하는 그 무엇을 나의 뜻대로 주도적으로 밀고 나갈 때 비로소 충만해지는 감정이다. 그러므로 회피와 두려움이 가득한 삶에서는 자신감은 생겨날 수 없다. 자신감이 생겨야 나를 둘러싸고 얽매는 그 지긋지긋한 두려움과 현실의 틀을 깨 부실 수 있다. 언제까지 동굴 속에서만 지내면서 현실을 외면할 것인가? 막상 동굴 밖으로 나오면 실상 별거 없는데도 말이다. 두려운 현실처럼 보여도 막상 부딪혀보면 세상은 한번 해볼 만하다는 것을 금방 깨달 수 있을 것이다. 실제 그렇다. 자전거를 처음 배웠을 때를 떠올려보자. 자신보다 큰 자전거에 올라타는 것이 처음엔 두렵고, 타다 넘어지기라도 하면 아프고 속상했다. 그래서 보조바퀴가 뒤에 달린 자전거를 타기도 하고, 뒤에서 누가 잡아주기도 하며 계속 연습을 하다

보면, 어느 새 균형을 잡는 요령이 생기고, 그렇게 자전거를 탈 수 있게 되었다. 이런 식으로 막상 해보면 뭐든지 해볼 만 하다. 하고자 하면 조력자도 분명히 나타날 것이고, 균형을 잡고 페달 밟는 요령이 생겼듯이 다 해결할 방법도 생긴다. 그렇게 자전거 타듯이 앞으로 나아가는 것이다. 그런 마음가짐이 중요하다. 이렇게 어려운 상황을 마주해도 '할 만 하다'는 것을 알게 해주는 감정이 '자신감' 이다. 그리고 한번만 자신감을 경험하면 그것으로 변화가 시작된다. 왜냐하면 다음 일, 다음다음의 일도 해낼 수 있다는 긍정의 에너지가 계속해서 생겨나기 때문이다. 자전거도 한번 잘 배워두면 계속 탈 수 있을 뿐 아니라, 더 나아가 바이크도 탈 수 있다. 이런 것이 바로 선순환 인생이다.

이렇듯 과거 악순환의 삶에서 벗어나고 자신감이 충만한 삶을 살기 위해서는, 가장 최우선으로 해야 할 일이 야자중독을 끊고자 하는 마음가짐이고 실제로 야동을 지우는 과감성이다. 쉽지 않다는 걸 안다. 그러나 문제점을 인식하고 공감을 하였다면 이미 반은 성공한 것이다. 이 책을 늘 곁에 두고 더 나은 삶을 떠올리며, 생각날 때 마다 끊임없이 자극받은 내용을 펼쳐 읽고 자신이 목표한 각오를 떠올리자. 그리고 무엇이든 일단 부딪혀 보고, 그 안에서 방법을 계속 찾아보면 분명 해결책이 있다는 진리를 잊지 말자. 그러다보면 분명 조금씩 변해갈 것이고 결국 '자신감'이 넘치는 '선순환'의 삶을 살고 있는 스스로를 발견할 수 있을 것이다.

3. 현실과의 괴리

앞서 현실을 회피하고 싶은 수단으로 야동을 보는 경향이 있음을 이야기하였다. 그렇다면 영상 속 배우들의 실제 현실 모습은 어떠한지 궁금하지 않은가? 우리가 보는 환상처럼 하루하루 화끈하게 살아갈까? 현실과 환상과의 차이점을 알기위해 우선 야동 배우들의 현실 속 모습을 알아볼 필요가 있다.

많은 남성들은 야동을 보면서, 특히 남자 배우들을 볼 때 '저놈들은 저것(?)도 하면서 돈까지 벌고 아주 꿈의 직장인이구만!' 이라며 농 섞인 부러움을 한번쯤 떠올린 적이 있을 것이다.

그러나 현실 속 배우들의 삶은 꼭 그렇지만은 아닌 것 같다. 2012년 일본에서 개봉한 '남자 AV 배우의 삶' 이라는 다큐멘터리를 보면, 이러한 남성들의 환상이 거의 허구임을 깨닫게 해준다. 야동천국인 '성진국'이라 일컫는 일본은 1981년 전후로 AV(Adult Video/성인물 비디오 약자)의 제작과 유통을 허용 하였는데, 2012년 기준 월간 판매 타이틀만 4,500편, AV 여배우가 1만 여명, 현역 활동하는 남자 배우는 70여명 정도라 전해지고 있다. 이 글을 쓰는 시점인 2018년과 비교하면 수치상 변화가 있을 수 있겠지만, 기본적으로 일본의 대형 산업 중 하나임을 이해한다면 수치는 크게 의미 없을 듯하다.

여기서 단적으로 볼 수 있는 점이 AV여배우가 1만 여명인데 남자배우는 70여명이라 함이 그들의 극한 노동환경을 짐작할 수 있게 한다. 실제로 처음에 흥미와 호기심으로 AV배우를 지원한 많은 남성들이 매일 반복되는 사정과 지속적인 촬영 속에 6개월을 못 버티고 그만두는 경우가 허다하다고 전해진다. 또한 원만한 가정생활을 할 수 없고, 진짜 좋아하는 사람과 사랑과 연애를 할 수 없음이 그들의 가장 큰 고충이었으며, 여성을 성적 피사체가 아닌 인간 자체로 대하고 싶어도 그럴 수 없다는 현실의 문제가 꽤 공감 가는 애환으로 느껴졌다. 특히 궁금했던 부분인 실제 AV 여배우와 사귀거나 만나는 일이 있는지에 대해서는 거의 대부분 일적으로 만나고 그런 촬영했던 사이어서, 마음이 잠깐 생기더라도 진지한 관계로 이어지는 경우는 거의 없다고 하였다. 오히려 AV여배우들의 그늘진 뒷모습과 AV를 찍을 수밖에 없는 수많은 사연들을 옆에서 보고 들으며 측은한 마음이 들고 도와주고 싶지만 그럴 수 없음에 안타까움을 더 많이 느낀다고 한다. 남자배우들은 그밖에도 여배우에 비해 박봉인 급여수준과 사정을 조절하지 못하면 재촬영을 해야 하므로 사정을 참아야 하는 고충, 또한 필요시 계속 사정을 해야 하는 몸의 무리함, 상대의 대소변까지도 견뎌야 하는 비위, 그리고 아무리 일본이라 해도 AV배우라는 사회적 편견 등등 감내하여야 할 것이 많기에 일상이 그리 순탄치만은 않은 고된 '육체 근로자'로써의 삶이 실제 남자AV배우들의 실상이었다. 그래서 AV남자배우는 일반인들이 단순히 부러워할 만한 '꿈의 직업'은 절대 아니라는 것이 영화를 보고나서 느껴지는 결론이다. 오히려 평범한 지금의 내 생활에 만족감을 느끼게 해주는 좋은 자극제가 될 만한 그들의 삶이었다.

그렇다면 AV 여배우의 삶은 어떨까? 야동의 꽃인 AV여배우. 겉으로 볼 때 화려하고 아름다운 그녀들의 삶 역시 동영상을 벗어난 현실 속에서는 남자 AV배우 못지않게 그리 좋아보이지는 않아 보인다. 일본은 왠지 성적으로 개방되어 있는 나라이므로 여자 AV배우도 일반 여배우들처럼 대우도 좋게 받고 사회적으로도 명성을 쌓으며 부와 인기를 가지고 평탄하게 살지 않을까 하는 막연한 생각이 있었다. 물론 유명 AV 여배우는 상상을 초월하는 인기와 부를 얻은 것은 사실이지만 그들은 극히 일부이며, 대다수 AV 여배우의 삶은 우리의 상상과는 오히려 정반대의 경우가 더 많다고 한다.

성적으로 개방된 일본이어도 AV에 대한 시선은 여전히 보수적 관념이 존재하며, AV를 인정하면서도 그 근간은 성매매 행위와 다르지 않다고 보는 것이 일반적 사회적 평가라고 한다. 당연할 것 같다. 아무리 개방된 일본이어도 내 딸, 내 여동생이 AV 여배우라면 그게 자랑스러울 일은 아니지 않겠는가? 또한 아이들 교육 환경을 위해서도 좋을 게 없을 것이다. 아무리 모자이크로 가리고, 나라에서 인정한 적법한 산업이라고 하지만 메인 대중문화 전면에 나오기에는 사회적인 한계가 있을 수밖에 없다.

그렇다면 왜 이리 많은 여성들이 AV를 찍는가에 대해서 궁금했다. 우선은 일본여성들의 성에 대한 통념과 일본사회의 성의식이 우리와 많이 다른 상황을 이유로 찾아보았다. 유교적 관념과 여성의 정조를 중요시하던 우리와는 달리 일본 여성의 성은 개방될수록 미덕이라 여겼는데 이는 다음과 같은 역사적인 상황과 전통을 배경으로 한다.

일단 '기모노'의 착용에서 그 이유를 살펴볼 수 있는데, 때는 바야흐로 일본의 전국시대 각 지역의 다이묘(지방호족)들이 천하를 재패하기 위해 피비린내 나는 전쟁을 벌이던 때로 거슬러 가야한다. 도망칠 곳도 없는 섬나라인 일본에서 끊임없는 내전은 수많은 남성들을 죽음으로 내몰았다. 남성들의 사망은 군인의 수가 줄어들 뿐 아니라, 농사를 짓고 국력을 이을 만한 노동력과 생산성의 부족으로 나라의 존망이 걸린 심각한 문제가 되었다. 이런 상황에서 '오다 노부나가' 라는 걸출한 영웅이 출현하여 일본 통일을 현실화 하였으며, 그의 사후 그의 부하였던 '토요토미히데요시' 가 권력을 이어받아 드디어 일본 통일을 완성하였다. 우리에게는 임진왜란의 원흉으로 이순신 장군에게 호되게 혼난 못생긴 (토요토미히데요시 어린 시절 별명이 '원숭이'다) 일본의 권력자로 알려진 그 이지만, 당시 일본 전역에서 그의 권력은 천황을 앞지를 뿐 아니라 그야말로 나는 새도 떨어트린다는 '최고 존엄' 자체였다.

이런 토요토미히데요시는 전국 통일이 완성되자 전쟁으로 수많은 남성들이 사망하여 인구가 부족해진 것을 해결하기 위해 그야말로 혁신적인 아이디어를 내는데, 역시 성진국 다운 발상이었다. 바로 여성들에게 '기모노'를 입히고 남성이 원할 때 언제든 관계를 가질 수 있도록 몸을 허락케 하는 명령을 내린 것이었다. 기모노는 옷을 펼치면 이불처럼 넓게 펼쳐지며, 입을 때는 속옷을 입지 않아 여성의 선이 강조되는 일본의 전통의상으로 과거 헤이안 시대부터 전해오던 여성 의복이다. 쉽게 말하면 여성들은 언제 어떻게 발생될지 모를 남성의 '덮침'에 대비해서 아예 침구류를 옷으로 입고 다니도록 나라의 최고 존엄이 천황의 명으로 일본 전역에 지침을 내린 것이다. 이를 통해 아이를 많이 가지도록 권장하여 출산을 장려하고 노동력과 군사력을 보강하자는 것이 그 당시의 창의적 발상이었던 것이다.

또한 위와 같은 맥락이지만 우리가 볼 때는 아주 충격적인 일본의 풍습이 있는데, 이 역시도 일본인의 성의식 형성에 중요한 축을 담당했을 것으로 여겨지므로 소개하고자 한다. 바로 '요바이(夜這い) 풍습'이라는 것인데, 이것을 풍습이라고 불러야 할지도 잘 모르겠지만, 일본에서는 풍습과 전통이라고 여겨왔다니 일단은 그렇게 인정해야 할 듯싶다. 요바이 풍습은 의역하면 '밤놀이 풍습' 정도로 이야기 할 수 있는데, 백과사전 용어정리를 빌리자면 '밤중에 성교를 목적으로 모르는 사람의 침실에 침입하는 일본의 옛 풍습'이다. 쉽게 설명하면 남성이 모르는 여성의 집에 밤에 몰래 들어가서 성관계를 가지고 나오는 것이 바로 '요바이 풍습'이라는 것이다. 지금의 시각으로 보면 그저 경악스러운 성범죄 행위인데 이것을 풍습으로 지키고 이어 왔다는 것이 참 충격이었다.

'요바이'는 1200년대 일본 막부시대부터 근대기를 거쳐 1950년대까지도 성행하였던 일본 서부지역의 풍습이었다. 1960년대나 되어서 이 풍습이 사라졌다하니 비교적 최근까지도 이 문화는 이어져 왔던 것이고 아직도 고령의 일본인들에게 요바이는 그 당시 쾌락의 향수로 기억이 남아 있을 만큼 아주 먼 과거의 모습은 아니다. 이런 요바이가 풍습이 된 것은 나름의 이유가 있는데, 앞서 살펴보았듯이 수많은 전쟁을 치루며 남성이 부족해지자 여성들이 아이를 낳지 못하게 되어 인구가 점점 줄어들고, 노동력과 군사력이 부족해질 뿐 아니라, 마을에 과부가 늘어나고, 결혼을 못하는 젊은 여성들이 늘어나서 이는 점점 사회적 문제가 되었다. 이를 타개하기 위해 성진국

스러운 아이디어로 대안을 찾은 것이 바로 요바이 풍습인데, 지역 단위별로 마을의 촌장이 중심이 되어 공동체가 형성 되면, 그 마을의 여성들은 지역의 남성들에 의해 성적으로 '공유' 되어 공동체를 유지하는 것이 그 당시 인구를 늘리고, 미망인을 돌보는 대책에 효과적인 그들 나름의 방안이라는 것이었다. 이러한 요바이도 일정한 룰이 있었는데, 촌장의 공인 아래 여성이 특별히 거부 의사가 없어야 하고, 과부 및 미혼 여성만 요바이의 대상이 되며, 요바이 중 서로 마음이 맞으면 결혼을 할 수 있었으며, 여러 요바이 도중 아이가 생기는 경우 여성은 특정 남성을 아버지로 지목할 수 있다고 한다. (남성은 거부권 없음) 또한, 인기가 많은 젊은 여성의 경우는 밤에 요바이를 원하는 남성들이 몰리게 되어 촌장이 나서서 순번을 정해주었다고도하며, 일부 지역에서는 여성이 남성의 처소로 찾아가는 역 요바이도 있었다고 한다. 요바이는 주로 마을 단위에서만 행해졌는데, 만약 다른 마을 남성들이 우리 마을 여성들에게 요바이를 시도하러 왔다가 걸리게 되면 마을 차원에서 구타와 함께 심하게는 살인 등으로 응징하며 마을 여성들을 지켰다고 한다. 사실 최대한 요바이를 이해하고자 하는 입장에서 문화적 차이를 존중하며 기술하고자 했지만, 솔직히 이런 규칙들이 과연 제대로 지켜졌을지 의문이 든다. 요바이는 '들키지 않고 하는 것'이 불문율이라는데 밤사이 누가 무슨 짓을 했는지 어찌 제대로 알 수 있으랴. 이러한 요바이는 에도시대에는 아예 지역 축제로까지 발전하여 야외에서 많은 남녀가 대놓고 관계를 가졌다는데, 모두 부끄러움 없이 즐거움 자체로 여겼다고 하니 그 장면을 상상 해보면 일본 야동이 왜 그리 황당하고 다양한 설정이 많았는지 비로소 이해가 간다. 그냥 과거부터 민중의 삶이 그래왔던 것인지라 유희 그자체의 성의식은 그들에게는 자연스러운 것이었다. 아마도 과거 많은 일본인들은 살벌하고 고단한 시대를 살아가면서도 밤이 되면 어둠속에서 즐길 짜릿(?)한 자극이 남아 있었기에 이를 은밀한 동력으로 삼아 일상의 고된 삶을 버텨 온 것이 아니었을까 하는 생각을 가져본다. 그래서 요바이가 이렇게 오랜 시간 전통의 형식으로 이어져 온 게 아니었을까 하는.

　사실 아무리 그 당시 일본의 상황을 이해 해보려 해도 집에서 여성이 자고 있는데 막 모르는 남자가 갑자기 방에 들어와서 그 짓을 하고 갔는데, 이걸 그냥 풍습이라고 받아들이라고 하는 상황은 지금의 남성의 시각으로도 도무지 받아들이기 힘들다. 그렇다면 그 당시 일본의 여성들이 집 밖에서 생활하는 것은 좀 괜찮았을까? 냇가에서 빨래를 하려는데 또는 밭에서 감자를 캐고 있고, 산에 올라서는 나무를 하면서 한창 일하고 있는데, 저쪽에서 뭔가 시선이 뜨겁다. 아니나 다를까 옆 마을 나카무라가 이리오라고 손짓을 하고 있다. 못 본 척 하려고 눈 깔고 있었는데 어느새 옆으로 와서 손목을 잡는다. 결국 '아 놔.. 이 C..' 하고 일어서서 남성을 따라가야 하는 것이 그녀들의 흔한 일상이었을 것 같다. 전해지기로 그런 상황에서는 여성의 승낙을 전제로 했다지만, 홋, 과연 그랬을까. 아무도 알 수 없다. 지금 시각으로는 충격 그 자체의 일상이지만 아마도 그 당시 일본 여성들은 그 모든 것을 전통과 풍습이라는 이유로 그저 숙명처럼 받아들인 것 같다. 마치 조선시대 양반 대감들이 늦은 밤 사랑방에 들어가 여성 노비에게 물 한잔 떠 오라고 은밀히 부르면, 수많은 그 당시 '언년이' 들이 이후 상황을 알면서도 그저 팔자 원망하며 물 한잔 들고 신발은 안보이게 감춘 다음, 눈 한번 질끈 감고 조용히 사랑방에 따라 들어갔었듯이 말이다.

　이러한 이유들로 일본은 아직도 그 기원을 알 수 없는 성씨가 많다. 우리나라는 성씨가 약 300여개가 있다고 하는데, 일본은 약 10만 여개의 성씨가 있다하니 그게 다 역사적 연고가 있는 사실이다. 그래서 일본은 재밌는 성씨도 많은데 흔히 들어본 '야마모토'는 '산속'이라는 뜻이고, '기노시타'

는 '나무 밑', '다케다'는 '대나무밭', '코바야시'는 '작은 숲' 등으로 아버지가 누구인지 정확히 알 수 없기에 그 출생의 근원이 어디인지 짐작되는 장소로 성을 지을 수밖에 없었던 상황이 참 기막히다. 길 가다가, 산 속에서, 대나무 숲에서, 나무 밑이든 어디에서건 사람 눈만 좀 피한다 싶으면 바로 거사(?)를 치루고, 거사를 위해서 여성의 기모노는 자연스럽게 풀어 헤쳐지던 그 시절 성문화가 그래도 '전통'의 한 부분이라고 받아들여진다면, 또한 잠을 자고 있는데 매일 밤 수시로 남자들이 들어와 몸을 요구해도 딱히 저항하기 보다는 이것을 전통과 문화의 일부로 대부분 수용하는 것이 일반적인 여성의 삶이었다는 점은 자연스럽게 현대 일본인, 특히 일본 여성들에게 성에 관해 '느슨한' 사회적 통념을 형성하는데 큰 영향을 미쳤을 것이다. 이는 일본 여성으로 하여금 남성과의 잠자리에 대해 경계심이나 거부감을 적게 하고, 우리와는 달리 성에 대해 과감하게 표현할 수 있는 심리적 기재로 충분히 작용하였으리라 생각된다.

참고로 기모노 관련해서 기모노에 대한 유래와 전해지는 이야기를 한 것이지 기모노를 폄하한 것은 아님을 밝혀둔다. 기모노도 시대를 거치며 실용적이고 여성을 위한 옷으로 변화해 왔고 종류도 다양하다. 지금은 어떤 용도의 옷이라는 인식보다는 여성의 단아함과 선의 아름다움을 표현하는 격식 있는 일본의 전통의상으로 전 세계에 잘 알려져 있다.

이러한 일본의 역사적이고 사회적인 배경과 그에 따른 일본인들의 성에 대한 통념이 여성이 AV 배우가 되어도 한국처럼 사회적 지탄이 되지 않도록 해주는 근원적 바람막이 역할을 하는 것이라고 볼 수 있다. 근 현대를 거치며 일본 역시도 태평양전쟁과 원폭피해 등으로 수많은 사람들이 사망하였으니, 인구 부족에 대한 타개책으로 여성의 출산을 장려 했을 것이고 이는 자신들이 과거에 고안한 방식이었던 히데요시 정책이나 요바이 풍습을 떠올릴 만한 충분한 제반 상황이 되지 않았을까 상상을 해본다. 그래서 출산의 장려와 생산성 증가라는 전제아래, 과거처럼 '저녁(요바이)이 있는 삶'을 살 수도 없고, 기모노만 입고 다닐 수도 없는 현대 일본인들의 욕구 결핍과 잠재 욕망들이 자본과 결합이 되면서 결국 일본만의 독특하고 거대한 성산업의 발전으로 이어진 것이 아닌가 하는 합리적 추론을 해 본다.

다시 본론으로 돌아와서, 일본 AV여배우는 이러한 심리적이고 사회적인 배경을 뒤로 한다 하더라도 대부분 돈을 벌기 위해서 AV에 출연한 것이 주된 이유라고 한다. 레전드로 남은 수많은 여배우들이 단 몇 편만 남기고 금세 사라지는 이유도 돈이 필요하여 촬영을 하고 단발성 계약이 종료됨과 함께 업계에서 사라졌던 것이다. 그것도 생각해보면 아이러니다. 아무리 돈이 필요해서 잠깐 출연한 것이라고 해도 영상은 영원히 남는 것인데, 사람들의 기억에서 쉽게 잊혀 지겠는가? 단순히 돈만을 위해서 출연했다면 어리석은 선택이 아닐 수 없다. 또한 여배우들 중에는 연예인이 되고자 준비를 했던 연예인 지망생들도 많은데, 실제로 아이돌을 준비하거나 그라비아(세미누드)에서 활동하던 여성들도 많다. 이들 역시 돈과 함께 연예인으로써의 삶, 그에 따른 인지도를 고려하며 업계에 뛰어들기도 한다. 또는 풍속업계 (유흥업계)에서 일하던 여성, 빚을 갚고자 출연한 여성, 야쿠자와 연관이 된 여성, 결혼자금을 모으거나 아이 키울 돈을 위해 출연한 여성 등등 상식적으로 잘 이해가 가지 않는 사연을 가지고도 출연 하는 여성들도 있다. 이처럼 출연 계기는 가지각색이지만 역시 돈벌이 목적이 가장 크다고 할 수 있다.

AV에 출연한 후 그녀들의 삶은 어떨까? 아무리 관대한 일본이어도 내가 AV스타라고 대중에게 나서는 것이 자연스러울까? 물론 그런 여배우들도 있다. TV 프로에도 나오고 메인 영화계로 진출해서 촬영을 하기도 한다. 그러나 이 역시도 극소수이고 인기의 생명도 매우 짧은 편이다. 일본 다큐멘터리 '남자 AV배우의 삶'에서 유명 남자 AV 배우 '시미켄'이 AV여배우에 대해 인터뷰한 내용이 인상적이다.

"대기실에서 울고 있는 애들이나, 머리를 감싸 쥐고 있는 애들, 머리카락을 뽑는 애들, 그만두고 싶어도 못 그만두는 애들, 나온 걸 후회하는 애들.. 전부다 그런 건 아니지만 그런 애들이 많아요. 그리고 예쁘면 이용당해요.."

일본이나 한국이나 여성은 다 비슷할 것이다. 일본 여성이라고 부끄러움도 없고 AV를 찍는 것이 당당하게 여겨 질리는 없을 것이다. 후회하면서도 출연하는 것이고, 원해서 찍기도 하겠지만 어쩌다 보니 찍는 여성들이 더욱 많은 것이다. 최근 2020년 도쿄 올림픽을 앞두고 사회정화를 위해서 일본 당국에서 AV 불법 계약과 여성 인권 침해 등에 대해서 규제를 강화하겠다고 밝혔는데, 이는 바꿔 말하면 AV업계가 그동안 여성 배우들과 강제적이고 불평등한 계약을 많이 체결했다는 말인 것이고, 촬영 시 여성인권을 침해하는 많은 행위가 있었음을 알려주는 것이다. 사실 여성인권 침해라는 말이 우스울 정도로 엽기적 야동이 많은 일본이고 이미 충분히 수많은 남성들의 뇌리에서 심화학습 되었는데 이제와 여성인권을 이야기 한다니 상당히 늦은 감이 없지 않다.

이러한 AV 여배우는 은퇴 후 어떻게 지낼까? 일단 대부분 자기가 AV배우였다는 것 자체를 숨기고 사는 경우가 많으며, 이름도 거의 가명인 경우가 많아서 이름도 바꾸고, 성형도 하며 AV시절을 지우고 싶어 하는 경향이 강하다고 한다. 그렇지 않고 유명해진 경우는 사실상 연애와 결혼을 하는 것도 힘들어 하는데, 최근 들어 그 유명한 '소라아오이'가 결혼을 하여 일본과 한국 심지어는 중국까지 떠들썩하였지만, 이렇게 대놓고 AV스타가 행복한 결혼을 하는 경우는 극히 드문 경우이며, 설령 연인이 있어도 결혼과 출산을 평범한 일반인처럼 쉽게 할 수 없는 상황이 그녀들의 최대의 고통이라고 한다. 많은 여배우들은 은퇴 후 잘 풀린 경우, 모은 돈으로 장사를 하거나 가게를 차리는 등 개인 사업을 하는 경우가 많고 잘 안 풀린 경우는 풍속업소(유흥업소)에서 일하거나, 야쿠자와 연관되어 음지에서 보내고, 정상적 취업이나 생업을 잘 이루지 못해 자칫 마약에 손을 대거나 심지어는 우울증으로 자살을 하는 여배우들도 꽤 있다고 하니, AV 영상 속에서 예쁘게 웃고는 있지만, 그때일 뿐. AV 촬영 후 후회하는 여배우가 더 많다는 시미켄의 이야기가 그들의 실제 삶을 비춰볼 때 더욱 설득력 있게 느껴진다.

이렇듯 남자배우든 여자배우든 AV 화면 속 행복하고 자극적인 장면을 연기하는 파이팅 한 모습과는 달리, 다소 그늘진 모습으로 현실 속에서 마주했던 그들의 면면은 화면 속 쾌락이 모두 만들어진 허구이고 실제 삶과는 분명한 괴리가 있는 쓸쓸한 진실임을 알려 주었다. 그러나 솔직히 야동을 보면서 배우들의 어두운 이면을 떠올리며 자위하는 사람은 없을 것이란 것을 안다. 하지만 야동에서 만든 행복감과 여성의 만족도, 남녀 배우들이 보여주는 적극성이나 변태적 행위들을 절대 현실과 착각하지 말아야 한다. 오히려 돈을 벌기위해 생업에 뛰어든 육체 근로자들의 눈물겨운 몸부림으로 이해를 해주면서 즐기더라도 즐겨라. 현실과 야동은 완전히 다른 세계이다. 잊지 말자. 내가 사는 곳은 영상 속 일본의 화려한 호텔방이 아닌, 거친 현실 속 대한민국의 어느 골방 안임을.

4. 여성의 성적 대상화

야자중독은 여성을 '성적대상화' 하도록 만든다. "성적대상화란 타인을 마땅히 존중받아야 할 인격체가 아닌 오로지 성적인 도구로서 취급하는 것을 말한다. 흔히들 성적인 끌림과 성적대상화를 같은 개념으로 혼동할 수 있는데, 성적인 끌림은 상대에게 성적인 매력을 느끼는 것으로 성욕을 가진 사람으로서 자연스러운 현상이지만, 성적대상화는 성적인 끌림과는 다르게 타인에 대한 인격성을 무시하고 본인의 성적 만족을 위한 수단으로 상대를 생각한다는 차이점이 있다"라고 백과사전에 정의 되어 있다. 쉽게 말해 여성을 인격체 자체로 보려는 노력보다 성적인 대상과 목적으로만 대하는 것이 여성에 대한 '성적대상화' 이다.

아마도 내 인생에 여성을 처음 '성적대상화' 한 기억은 학창시절 친구 집에서 '빨간마후라'를 보고 돌아오는 길에 버스정류장에서 교복 입은 여학생들을 봤을 때였을 것이다. 평소에는 아무렇지도 않게 보였던 여학생들이 그 영상을 접하고 난 뒤, 묘하게 성적 대상으로 느껴졌다는 이야기는 앞서 한 바 있다. 이런 것이 바로 성적대상화이다. 그 여성이 어떤 사람이고 어떤 인격과 내면을 가졌는지는 중요한 것이 아니고, 얼굴이 얼마나 예쁘고, 키가 얼마이며, 가슴이 얼마나 큰지, 그래서 나의 성적 욕구를 얼마나 잘 채워줄 수 있는지가 그 여성을 평가하는 핵심 기준이 되는 현상이다. 꽝장히 무서운 인간 분류법 아닌가? 여성들은 자신의 남친이 자기를 그런 기준에 의해 성적대상으로 평가하여 만나고 있다는 걸 알면 얼마나 회의가 들 만한 일이겠는가? 하지만 불행히도 많은 남성들은 여성을 이미 '성적대상화' 하고 있음을 주변의 많은 사건들을 통해 확인할 수 있다.

야동은 이런 여성들을 성적대상화 하도록 만드는 일등 공신이다. 야동 그 자체가 시각적이고, 여성을 성적 대상으로 삼는 것이 주된 내용이니 당연할 수밖에 없다. 예쁘고, 가슴 크며, 성적매력이 충만한 여성들이 온갖 교태로 남성과 관계를 한다. 그리고 현실에서는 일어날 수 없을 일들이 마구 벌어진다. 학교에서 여선생님이 남학생을 유혹 하고, 지하철에서 여성을 만지는데도 여성은 오히려 즐긴다. 옆집 누나가 갑자기 집 앞에서 나를 유혹한다던지, 회사에서 나를 혼내던 여자 상사가 갑자기 옷을 벗는다. 그리고 모두 성관계로 이어진다. 이런 황당한 스토리의 야동을 지속적으로 접하면 현실 속의 여성들도 혹시 원래는 저런 마음인데 억지로 참고 있는 것은 아닐까? 하는 더욱 황당한 상상이 들기도 한다.

물론 고 성재기 씨의 지적처럼 야동을 보고 현실과 혼동하여 이상한 행동을 하는 분별없는 남성들은 드물겠지만, 야동을 자꾸 접할수록 현실의 여성과 야동 속 여성을 완벽하게 분리시켜 '선비 정신'으로 현실의 여성을 온전한 인격체로 대하면서, 야동 속 여성은 또 철저히 성적 대상으로만 여기는, 그런 명확한 구분을 늘 선명하게 한 채로 주변 여성을 일관되게 대한다는 것은 결코 쉽지 않은 일이다.

영화 '몽정기'의 내용이 남자들의 이런 성향을 잘 설명해 준다. 영화 속에서 청소년인 주인공들이 야한 잡지를 보고 난 뒤 수업시간에 짝사랑하는 여선생님을 쳐다보는데, 갑자기 선생님이 잡지 속 여성처럼 야한 옷을 입고 '채찍질' 하는 모습으로 상상이 되면서 야찔해 하는 장면이 나온다. 또한, 주인공이 낮에 길에서 잠시 마주친 멋진 여성을 떠올리며, 밤에 자위를 한다. 이러한 장면들에서 볼 수 있듯이, 많은 남성들은 머릿속에서 현실의 여성을 야동 속 그녀로 급하게 소환시켜 자신의 성적 욕구를 해소한다. 이런 식의 지속적인 음란물의 자극은 남성으로 하여금 자신도 모르는 사이, 여성을 인격체로 대하기보다 그저 욕구 해결을 위한 '대상물'로 보게 하는 왜곡된 시각을 조장한다.

여성을 이렇듯 성적인 대상으로만 보려는 현상은 최근에 일어난 일련의 사건들을 보아도 확인할 수 있다. 2016년 중반, 고려대 및 서울대 단톡방 사건이 대표적인데 요약하면 남학생들이 단톡방에서 여성을 마치 성적 욕구를 위한 도구처럼 여기고 희화화 한 것이 세상에 공개되며 이슈가 된 사건이었다. 그래도 우리 사회 지성인들을 양성한다는 머리 좋은 학생들이 모인 집단에서 결국 한다는 이야기가 여성을 '따먹는' 것에 대한 논의라는 것이 세간의 사람들에게 큰 실망을 주었었다. 그 후 여성단체 등에서 비판의 수위가 높아졌으며, 사회 전체적으로도 '여성을 그렇게 밖에 대하지 못하느냐' 라는 준엄한 공적 심판을 거치며 '톡질'을 한 남학생들은 엄청난 비난의 대상이 되었고, 학교에서 자체 징계를 받으며 사건은 일단락되었다. 하지만 이 사건이 시사하는 바는 그 학생들이 특별히 변태들이라서 단톡방에서 그런 이야기를 나눴던 것이 아니라는 것이다. 그 학생들은 상징적 존재일 뿐, 우리 사회 남성들이 여성을 대하는 한 단면을 고스란히 노출한 것이 더욱 곱씹을만한 의미를 가진 사건이었다. 이슈가 된 내용은 솔직히 남성들이 모인 단톡방에서 흔히들 이야기하는 소재이며, 남자들만 모인 술자리와 모임에서 어김없이 나오는 소재가 그냥 기사화 된 것인 내용이었다. 한국 유수 대학의 학생들이 그랬다니까 더욱 이슈가 되었을 뿐. 사실상 남성들의 주된 화제에서 여성의 성적 대상화는 안타깝게도 더 이상 새로울 것이 없는 일상임을 역설적으로 확인해 주었다는 것이 기사의 행간에 숨겨진 핵심이었다.

또한 여자 친구 와의 성관계 동영상을 촬영했다가 여성에게 피해를 주기 위해 고의로 영상을 유포하는 '리벤지 포르노' 현상이라던 지, 한 때 사랑했던 연인은 무참히 폭행하고 심지어 살인까지 저지르는 인면수심의 '데이트 폭력' 문제들도 결국 여성을 상호작용하는 인격체로 대하기보다는 성적인 욕구 해소에 필요한 '목적을 가진 대상'으로 여기다가 그것이 뜻대로 안될 때 더욱 폭력적으로 변하는, 여성을 대하는 그릇된 시각이 만든 슬픈 결말들이라고 할 수 있다.

야동을 통해 여성이 성적 목적의 '대상'으로 계속 부추겨지다보면, 이는 점점 사회문제가 되어간다. 우리 사회의 고질적인 젠더 문제인 여성의 '성상품화' 와 '여성혐오' 현상이 그것이다. 비약적 논리의 전개라고 이야기 할지 모르나, 나비효과 역시도 논리적 설명이 쉽지 않은 것처럼, 야동이 만든 사회적 분위기는 여성의 성적 대상화를 보편화 하게 만들었고, 대세가 되어버린 이 현상을 당연히 상업적으로 이용하려는 시각이 형성되었다. 이는 어느새 광고 및 대중매체의 지면과 화면을 도배하였고, 인터넷과 스마트 폰을 열면 섹시하고 젊은 여성의 모습은 언제 어디서든 볼 수 있는 흔한 일상이 되었다.

'자크 라캉'이라는 프랑스 철학자가 이런 말을 했다. '인간은 타자의 욕망을 욕망한다.'라고. 쉽게 말해, 엄마와 아이의 관계로 본다면, 엄마는 아이가 자신의 말을 잘 듣길 바라는 바람(욕망)이 있는데, 아이는 엄마의 이런 바람에 부응하기 위하여 엄마의 말을 잘 듣는 아이처럼 보이려 노력한다는 것이 그런 예이다. 즉 상대의 욕망에 부합되도록 행동하여 타인으로부터 인정받고 나의 가치를 높여서 결국 '나의 욕망'을 채우는 현상을 말한다. 칭찬받기 위해 받아쓰기 백점 맞으려 하는 아이들이나 '좋아요' 수를 높이기 위해 SNS상에 계속 사진을 업데이트 하는 사람들의 심리가 그렇다고 할 수 있다. 이러한 라캉의 이론은 여성에 대한 성적대상화라는 왜곡된 현상을 오히려 '적극' 수용하고, 성형수술을 통해서라도 외적인 아름다움을 여성의 최고 가치로 받아들이는 일부 여성들에게도 고스란히 적용된다. 즉 여성에 대한 남성의 욕망을 여성 스스로 욕망하고 있는 것이다.

물론 예쁘고 보기 좋은 것이 당연히 좋은 것이고, 성형에 대한 논란이나 성적대상화를 역이용하는 여성의 심리, 성의 상품화를 용인하는 사회적 인식 등을 비판할 생각도 없고, 그럴 주제도 못 된다는 것을 안다. 하지만 한 가지 확실한 것은 성적대상화로 여성들이 피해만 보는 것이 아니고, 일부 여성들은 오히려 이를 적극 이용하여 '권력'의 수단으로 사용하고 있다는 사실도 잊지 말아야 할 부분이라는 것이다.

이 시점이 남성의 '여성혐오'가 시작되는 부분과 연결이 되는 지점이다. 여성들이 자신의 아름다움과 성적매력을 과도한 권력으로 사용 한다고 남성들이 느끼는 순간, 남성들이 가졌던 여성에 대한 관대함은 오히려 반감으로 바뀌는 계기가 된다. 영화 '건축학개론'에서 주인공인 대학생 '승민'은 짝사랑 하는 퀸카 '서연'과 데이트도 하고 추억도 많이 쌓으며 고백을 앞두고 있었는데, 결국 서연은 술 취한 어느 날 밤 강남부자 남자선배랑 같이 자취방으로 들어갔고, 이를 본 승민은 그 순간 마음을 접고 영화 속 표현 그대로 서연을 두고 그냥 '썅년'이라고 정리하는 장면은 남자들의 그런 심리를 아주 잘 나타내 준 부분이라 할 수 있다. 물론 영화 속에서 두 사람은 나중에 재회하여 서로의 마음을 확인하였지만, 현실이었다면 주인공 승민의 기억 속에서 서연은 그냥 '영원한 썅년'으로 남았을 것이다.

이런 것이 '여성혐오' 심리의 시작이다. 이러한 심리가 일베나 소라넷등 일부 삐뚤어진 남성우월주의와 결합하게 되면 여성혐오는 점점 팽배해지고 확대 재생산이 되어 사회문제가 되어버린다. 실제로 2016년 5월 강남역 인근 노래방에서 한 남성이 화장실에서 나오는 일면식도 없는 여성의 눈빛이 그저 마음에 안 든다는 이유로 묻지마 살인을 저질렀던 이른바 '강남역 살인사건' 도 범인의 조현병 증세 등 논란이 있긴 했지만, 기본적으로 여성을 혐오하는 범인의 누적된 기저 심리가 사건을 일으킨 핵심원인이라는 것이 다수의 공통적 의견이었다. 이런 사건이 또 벌어지지 않으리라고 누가 장담할 수 있겠는가?

야자중독이 여성의 '성적대상화'를 부추기고, 성적대상화 된 여성이 '성상품화'로 이용되며, 성상품화를 수용한 일부 여성들과 사회는 그것을 '권력'으로 사용하고, 그 권력에 대한 반감으로 남성들의 '여성혐오' 심리가 형성 되었다는 일련의 긴 흐름을 좇아가보았다. 마치 나비효과처럼, 야동에서 파생된 여러 심리적 현상이 거시적으로 사회 전반적인 인식의 흐름을 바꾸어 놓았다고 생각한다. 이른바 성에 대해 관대해지고, 노출과 성관계에 대해서 과거와 확연히 구별되는 '대담성'이 야동이 만든 사회적 인식변화의 핵심이다.

하지만 생각해보자. 백세인생 시대이고, 남성은 유전자의 보전과 인류의 존속을 위해서라도 필연적으로 여성과 공생할 수밖에 없다. 음양의 조화이자 우주의 생성원리다. 자웅동체가 있다지만, 인간이 굳이 자웅동체를 따라할 필요는 없지 않겠는가? 어차피 공생하는 존재라면, 상대를 객관적으로 정확하게 인정 하고, 배려하는 것이 건강한 사회를 만드는 첫걸음이다. 야자중독에 빠져서 여성을 바라보면, 평생 세상의 여자는 '예쁜 여자와 아닌 여자', '가슴 큰 여자와 아닌 여자', 그래서 '하고 싶은 여자와 안 그런 여자' 딱 이렇게만 분류 된다. 이런 시각으로는 여성과 공생할 수도 없고, 행복한 백세인생을 같이 이루어가기 힘들다. 남성도 마찬가지지만 여성 역시도 한 사람 한 사람 그 만의 세상이 있고, 깊은 내면과 이야기가 있다. 사람을 이해하게 되면 진심을 느끼게 되고, 그래서 더욱 사랑하게 된다. 슬픔을 공감하고 기쁨을 나누며, 인생이 고뇌를 겪을 때 서로 진정한 힘이 되는 '소울메이트'가 될 수 있도록 남자와 여자로 나뉘어서 인간은 만들어졌다고 생각한다. 연애와 결혼도 이런 바탕에서 이루어지는 것이고, 행복도 마찬가지다. 그러한 행복 속에 성적인 즐거움도 있다면 더욱 좋은 것이지, 성적인 즐거움이 남녀관계의 핵심 일 수는 없다. 여성에 대한 인식의 전환을 이루고, 진정한 소울메이트를 찾기 위해서, 또한 건강한 사회를 만들기 위해서 우리 모두 최초의 작은 '불씨'가 되는 야자중독에서 벗어나야 한다.

인도 북부 히말라야 산맥 부근에 '라다크'라는 도시가 있다. 라다크는 해발 3,000미터가 넘는 고산지대에 있는 폐쇄적인 도시로 사람의 손길이 잘

닿지 않아서, 자연에 순응하는 전통의 모습 그대로를 중시하는 순박한 사람들이 모여 살고 있는 곳이다. 이러한 자연 환경 속 그들의 삶은 도시 문명 속에 갇혀 살던 서구인들에게 큰 반향을 일으켰고, 특히 헬레나 호지라는 환경운동가가 '오래된 미래'라는 책을 통해 라다크인들의 삶을 소개하며 더욱 유명해졌다. 책 속에서 헬레나 여사는 인간이 진정한 행복을 얻기 위해서는 라다크인들의 삶의 자세를 배워야 함을 강조하였는데, 우리의 삶이 추구해야할 미래의 모습은 결국 이런 라다크인들이 오래전부터 지금까지 살아온 방식이라는 것을 '오래된 미래' 라고 함축적으로 표현한 것이었다. 나는 특히 책 속에서 라다크인들이 아내를 맞는 기준에 대해 이야기하는 부분을 인용하며, 현재 우리가 여성을 대하는 시각의 '오래된 미래'를 꿈꿔본다.

질 문 자 : 아내를 고를 때 사람들이 특별히 중요하게 보는 게 있나요?
라다크인 : 글쎄요.. 아무래도 사람들하고 잘 지내는 사람이어야 겠죠, 공정하고 참을성도 많아야 하구요.
질 문 자 : 또 어떤 게 중요한가요?
라다크인 : 일솜씨가 좋으면 좋겠지요, 게으르지 않아야 하구요.
질 문 자 : 예쁜지 아닌지가 중요한가요?
라다크인 : 그렇지는 않아요. 중요한 건 그 사람 내면이 어떤가 하는 거예요. 외모보다 성격이 더 중요하지요. 라다크에는 '호랑이의 줄무늬는 밖에 있지만, 사람의 줄무늬는 안에 있다' 라는 말이 있어요.

5. 위기의 부부 - 섹스리스

야자중독은 또 하나의 사회문제인 부부간 '섹스리스(부부관계를 하지 않음)'의 큰 원인이 되기도 한다. 사실 결혼 후 부부관계는 결혼 전이나 젊은 시절에 비해서 그 횟수가 줄어들기 마련이다. 육아를 하고, 현실의 삶 속에서 부대끼고 살게 되면 서로에게 성적인 매력 보다 삶을 같이 꾸려나가는 동반자로서의 모습을 더욱 필요로 하기 때문에 어쩔 수 없는 현상이다. 오죽하면 '가족끼리는 그러는 거 아니야' 라는 농담이 생겼겠는가.

그렇다 해도 아예 관계를 하지 않는 '섹스리스'는 다른 문제이다. 대한민국 이혼사유의 1위가 '성격차이'인데, 이는 다른 말로 '성의 격 차이' 라고 말하는 사람도 있다. 표면적으로 성격차이로 보여도 실상은 섹스리스에서 시작된 부부사이의 문제가 많다는 것이다.

실제 섹스리스는 그 자체만으로 이혼사유가 된다고 한다. 이처럼 섹스리스는 부부사이의 보이지 않는 갈등을 부추기고, 소통하지 않는 관계를 만들어 부부가 서로 멀어지게 하는 주된 원인이라 할 수 있다.

　지난 2007년 연예계 대표 잉꼬 부부였던 영화배우 박모씨와 옥모씨가 이혼을 하며 한때 세상을 떠들썩하게 했었는데, 특히 옥모씨가 기자회견에서 이혼사유를 밝히던 중에 '11년 결혼생활 중에 부부관계를 한 것이 10여 차례였습니다..' 라고 폭로 했던 부분이 많은 이슈가 되었었다. 물론, 기자회견 내용으로 둘의 관계를 단정할 순 없지만, 그래도 저렇게 아름다운 여성이 섹스리스로 이혼까지 결정하였다니, 당시 기사를 본 남성들은 한편으로 이해가 잘 가지 않으면서도, 다른 한편으로는 남녀 관계는 정말 알 수 없음을 공감하며, 부부관계가 정말 중요하다는 사실을 새삼 환기시켜 줬던 일화였다.

　한 연예인 부부만의 문제일리 없는 이러한 '섹스리스' 현상은 점점 사회 문제화가 되었는데, 통계적으로 보아도 2007년 성과학연구소가 기혼여성 1000명을 대상으로 실시한 조사를 보면, 한 달에 한번 미만의 부부관계를 갖는다고 응답한 비율이 28%였다. 그런데 2016년 1천90명의 성인남녀를 대상으로 비슷한 조사를 하였는데, 기혼자중 성관계가 월1회이하거나 아예 없다는 응답비율이 36.1%가 되었다. 근 10년 가까운 시간동안 섹스리스 비율이 10% 가까이 늘어난 것이다. 또한 연령대가 높아질수록 섹스리스 비율이 늘어났는데, 50대 이상의 기혼자는 섹스리스 비율이 43.9% 까지 나타났다. 세계 평균이 20%내외인 점을 볼 때 우리나라는 그 비율이 상당히 높으며 수치상으로 일본에 이어 세계 2위의 '섹스를 하지 않는 나라'로 자리매김 하였다. (참고로 일본은 2014년 기준 섹스리스 부부 비율이 44.6%였다고 한다. 야동의 메카 일본에서 이런 수치가 나왔다는 것이 충격이다.) 현재의 우리나라 저출산 분위기나 경제 침체의 징조로 보았을 때, 이런 수치는 절대 반길만한 내용은 아니다.

전문가들이 보는 섹스리스의 원인은 다양하다. 사회에서 받는 스트레스와 결혼을 포기하는 N포세대의 영향, 초식동물 같은 초식남의 등장, 귀차니즘, 가상에서의 욕구 해소 등이 그것이다. 하지만 이러한 진단 중에 가장 합리적으로 원인이라고 생각되는 것이 귀차니즘과 가상을 통한 욕구 해소로 보인다. 즉 야자중독이 섹스리스의 주요 원인이라는 이야기다.

2013년 국내 한 케이블 프로그램에서 섹스리스 부부의 심각성 취재하기 위해 '실험카메라'를 설치하여 한 부부를 관찰하였는데 내용이 흥미롭다. 우선 제작진은 섹스리스로 고민하는 부인의 의뢰를 받아 그 원인을 분석하고 해결책을 찾고자 집안 곳곳에 카메라를 설치하고, 부부간의 대화, 남편의 퇴근 후 동선을 체크하는 등 섹스리스의 이유를 찾아보고자 노력 하였다. 일주일정도의 촬영 기간을 거치며 나름의 유의미한 결과를 내놓았는데 다음과 같다.

우선, 남편의 퇴근 후 동선을 따라가 보았는데, 의외로 남편은 별다른 이상행동이 없었고 외도의 흔적도 보이지 않았다. 오히려 별일 없으면 집에 바로 오고 기본적으로 가정에 충실하려고 하는 평범한 남편이었다. 집안에서의 대화 내용도 평범했다. 다만 부인이 너무 공격적으로 이야기 하는 점이라던 지, 여성적이지 않은 옷차림이나 평소 모습이 남편에게 어필을 못하는 부분이 좀 아쉬운 점이었다. 그러나 이 역시도 그냥 흔한 일상의 모습이라 크게 문제가 되지는 않아 보였다. 정작 문제는 다른 곳에 있었다. 새벽이 되자 남편이 몰래 침실을 빠져나간 후 작은방으로 가서 컴퓨터를 켰다.

그리고 어둠 속에서 야동을 보고 자위를 한 후 다시 잠자리로 돌아왔다. 이를 확인한 제작진과 부인은 다음날 남편의 컴퓨터를 확인해 보았는데, 숨겨진 폴더에서 수십 편의 야동들을 발견하고 놀라움을 금치 못하였다. 정작 남편의 성욕은 왕성한 편이였고 이를 '야동'을 통해서만 해결해 온 것이었다. 결국 프로그램에서 밝힌 섹스리스의 주된 원인은 남편의 '야자중독'이었다.

과거, 우리나라는 전쟁의 폐허 속에서도 아이를 5명, 6명씩 낳아서 베이비부머 세대를 만들기도 하였으며, 가난 속에서도 자식들을 많이 나아 '6남매'라는 드라마가 그 시절 향수를 자극하며 히트하기도 하였다. 또한 단칸방에 살면서도 아이를 셋 이상 계속 낳아서 오히려 정부가 출산 제한 정책을 펴기도 하였으니, 지금의 시각으로는 이해가 잘 안 갈수도 있는 상황이다. 그 시절 남편이 육아를 도와주는 일은 거의 만무했고, 술 안마시고 일찍 집에만 들어와도 남편들은 할 일을 다 한 거라고 생각했다. 가난하고, 미래가 지금처럼 불투명하고, 살림이 팍팍했어도 부부금슬은 지금보다 훨씬 좋았다.

물론 저출산에 대한 이야기로 확대되면 과거 상황과 매치할 수 없는 현실의 수많은 원인이 있을 수 있겠다. 다면 여기서 이야기 하고자 함은 남편이 넘치는 성욕을 가지고 있으면서도 섹스리스는 하지 말자는 것이다. 과거처럼 단칸방에서도 부부금슬이 좋았던 것 까지 바라지는 않는다. 아이를 둘, 셋 더 나오라는 이야기도 아니다. 단지 와이프 피해서 다른 방가서 야동보고 자위하고, 피곤하다고 섹스리스 하는 삶은 좀 아니지 않나 하는 이야기다.

솔직해지자. 섹스리스의 이유는 단 하나다. 상대로부터 성적 욕구가 그다지 느껴지지 않는 것이다. 육아에, 살림에, 바쁜 일상에 지친 와이프를 볼 때마다 안쓰럽고 맘 한쪽이 찡하지만, 잠자리는 왠지 피하고 싶은 심리이다. 왜냐하면 이미 야동을 통해서 성적 욕구를 일정부분 해소하는 것이 익숙해졌고, 이제는 생활인으로써 부부간의 그런 상황도 어색해졌기 때문이다. 그래도 차라리 야자중독이 섹스리스의 원인이라면 다행이다. 섹스리스의 주된 이유가 유흥업소나 윤락업소의 잦은 출입이나 외도로 인한 혼외정사로 밝혀진다면 이는 가정파탄으로 가는 벼랑 끝 인생이 되어버릴 테니 말이다.

'악화가 양화를 구축 한다'라는 말이 있다. 안 좋은 영향이 점점 커져서 결국 좋은 영향마저 모두 몰아내고 다 안 좋게 만드는 현상을 말한다. 멍든 사과가 하나 있으면 근처에 있는 사과들이 하나둘씩 멍들어 다 못 먹게 되는 것처럼, 섹스리스 부부의 상황도 비슷하다. 처음에 좋아하고 사랑해서 결혼까지 하였고, 과거에는 어떻게든 모텔로 자취방으로 모셔오려고 애쓰던 상대가 지금의 아내임을 잊지 말자. 일상에 치이고, 아이도 낳고, 나이도 들어서, 누구 엄마로 불리 우는 것이 익숙해진 그녀가 영상 속 매일 업데이트 되는 어리고 쭉쭉빵빵한 뇌쇄적 교태들에 비해서 당연히 성적으로 매력은 덜 할 것이다. 하지만 야동이라는 악화가 계속해서 부부생활 속에 침투하여 섹스리스와 소통부재를 만든다면 결국은 돌이킬 수 없는 부부생활의 종말까지 불러올 수 있음을 잊지 말아야 한다. 단순히 부부생활 뿐 아니라 한 가정, 또 그와 관련된 여러 사람의 인생까지도 영향을 미칠 수 있는 중대한 일임을 꼭 기억하자. 이런 상황에도 야동으로 인한 '섹스리스'를 계속 유지해야 하겠는가? 모두 현명한 처신을 할 것이라고 믿는다.

CHAPTER 3.

야동을 못 끊는 이유

1. 전문가의 이상한 면죄부 - 3일

아마도 야동에 심취한 남성들은 한번쯤 '아 좀 자제해야겠다..' 라는 생각을 하며, 적당한 자위횟수나 주기 등이 궁금하여 몰래 관련 검색을 해본 경험이 있을 것이다. 앞서 통계자료에서 살펴본바 있듯이 자위의 횟수와 주기는 사람마다 천차만별이고 또한 사람들이 평균적으로 얼마만큼 한다고 해서 굳이 그걸 따를 필요도 없다. 그럼에도 욕구는 넘치는데 몸은 축날 것 같은 걱정이 있는지라, 건강과 욕구를 모두 만족시키는 합리적인 자위주기를 알고 싶은 것은 자연스러운 궁금증이다.

그리하여 검색창이나 유투브 등을 통해 알아보면, 일반적인 자위주기에 대한 일반인들과 비뇨기과 전문의들의 통상적 답변은 거의 대부분 이런 식이다. '욕구가 발생하여 자위를 하게 되는 것은 자연스러운 현상이니 정해진 횟수나 주기가 있는 것은 아니고, 자위를 할 수 있다는 것을 건강한 신호로 받아들여라. 다만 너무 많이 하면 건강에 해롭다.' 라는 애매한 답변이라던 지, '일반적으로 정해진 주기는 없고 주1회~2회가 적당합니다. 정자가 소모되고 생성되는 시간이 그래도 3일 정도는 걸리기 때문입니다.' 라는 구체적 수치를 권장하는 답변도 많다. 또 어떤 답변은 '정액은 대부분이 수분이니, 사정 후 물을 충분히 마시고 영양을 충분히 보충하면 금세 회복되므로 욕구불만을 참지 말고 몸이 원하면 자위행위 하는 것이 오히려 스트레스 해소도 되고 건강에 좋다.'라며 자위를 오히려 권장하는 내용도 많다. 수많은 답변들을 요약하면 그 핵심은 '자위행위는 자연스러운 현상이니 너무 신경 쓰지 말아라. 다만 너무 많이 하는 것은 건강에 좋지 않으니 적당히 해라' 라는 앞뒤 모순적인 결론이다. 자위를 하라면서 많이 하지 말라는 것은 '무단횡단은 하더라도 사고는 조심해라' 라던지 '음식은 먹더라도 살 은 좀 빼라' 라는 말과 같이 하나마나한 답변이 아닐 수 없다.

나 역시도 이런 전문가의 이상한 면죄부 '3일'에 꽂혀서 '아 3일이 지나면 내 몸이 회복되는 구나. 다들 이렇게 한다니 괜찮겠지' 라는 기준을 근거로 오히려 더욱 마음 편하게 야동시청과 자위를 하고, 과거보다 더욱 더 주기(?)적으로 따박따박 '야자활동'을 하였던 경험이 있다. 주1회~2회가 적당하다고 전문가들도 말했으니, 최소 3일 간격에 한 번씩 해도 문제없을 것이라는 확신이 들어, 죄책감이나 거리낌을 덜 가지고 자위를 할 수 있게 된 것이다. 또한, 매일 자위하는 사람들의 입장에서 3일은 자위간격이 오히려 늘어나므로 자위를 줄이기 위한 장점으로 생각할 수도 있겠다. 하지만 3일에 한 번 하나, 매일 한번 하나 결국은 큰 틀에서 '거기서거기' 다. 결과적으로 야자중독에서 만나는 것은 마찬가지라는 점이다.

자위횟수의 적당한 주기가 주1회이든 2회이든, 3일에 한번이든 간에 이렇게 권장된 자위주기를 가지고 살아가는 일상은 바꿔 말하면 생활 속에서 끊임없이 야동과 자위를 떠올리며 살아간다는 것을 뜻한다. 즉 자위주기가 3일에 한번이면 야동은 거의 매일 보다시피 하는 것이고, 아랫도리는 늘 시동 걸린 상태로 언제나 '스탠바이' 한 채로 살고 있는 것이다. 인터넷에 도는 전문가들의 답변처럼 3일에 한 번 하는 것을 아주 야무지게 지킨다면, 단순 계산해도 일 년이면 연간 약120번을 사정한다는 이야기인데, 일 년만 하고 안할 것도 아니지 않는가. 10년으로 하면 1,200번이다. 남성이 정력적으로 활동하는 시기를 10대에서 40대까지로 본다면, 근 30년의 시간 동안 3,600번의 자위와 사정이 이뤄진다. 이렇듯 아주 적당하고 건강하다는 '주1~2회 자위'로 일상을 살아간다면, 규칙성 있게 30년 동안 아주 가쁜하게 3,600번 정도의 사정을 하며, 야동과 자위를 늘 벗 삼아 항상 흥분 된(?) 삶을 살 수 있다. 모두들 최소 3,600번 쏠 준비는 되어 있는가? 쉽지는 않을 것이다. 건투를 빌겠다. 이렇듯 자위주기에 대해 흔히 떠도는 이야기인 '주1~2회가 적당해요' '3일에 한번은 괜찮아요' 식의 답변들은 결국 '야자중독으로 그냥 쭉 계속 사세요~' 라는 말과 다름없다.

이런 삶을 원치 않는다면 지금 이 순간부터 머릿속의 스스로의 정해놓은 자위주기를 그냥 잊어버리자. 그 자위주기 때문에 자위를 더 하게 되는 아이러니를 인정해야 한다. 혹자는 그럼 욕구가 생기면 어떻게 하냐고 물을 수 있다. 후에 방법론에서 다시 이야기 하겠지만, 머릿속 주기를 잊어야만 주기적인 야동시청을 그나마 멈출 수 있다. 야동시청만 안 해도 도파민이 시도 때도 없이 막나오는 것이 아니니 자위횟수가 크게 줄 것이다. 그래도 정 못 참겠다고 한다면, 봐야지 어쩌겠나. 하지만 주기나 규칙성을 잊어버리면 그 간격이 조금씩 멀어지는 것을 확인할 수 있을 것이다. 그리고 한 가지 다짐할 것은 한번 할 때마다 다음 간격을 조금씩 더 멀리 떨어트리고자 의식적으로 노력해야 하는 것이다. 의식적으로 노력하다보면 또 기준과 주기가 생긴다고 할지 모르겠다. 그렇다면 애매한 것을 정해주는 '애정남'처럼 제안을 해보겠다. 지금껏 논의했던 기본단위인 1주일 이상을 최소한의 간격으로 기준 삼자. 10일 정도면 더욱 좋다. 간격이 길어질수록 주기를 잊게 된다. 이것은 개인적인 경험 및 주변의 경험담을 바탕으로 하는 것이다. 자위의 간격이 멀어질수록 확실히 몸에 무리가 덜 간다. 당연한 것 아니겠는가? 몸의 정수를 몸에 오랫동안 지니고 있어야 활기찬 생활이 가능한 것이지, 중요한 에너지의 지속적 소비가 몸에 좋을 리 없다.

　지금껏 야자활동의 면죄부를 받고 아주 가열 차게 주기적으로 사정을 해왔던 '아랫도리가 얼큰한' 생활을 이제는 좀 청산하기를 바란다. 다른 게 야자중독이 아니다. 주기적으로 야동 보며 사정하는 게 야자중독이다. 지금까지 계속해서 이야기 해온 그 야자중독의 폐해가 어느새 본인의 이야기가 되고 있는 것이다. 중세시대 교황의 면죄부 판매에 항의하여 루터의 종교개혁이 일어난 것처럼, 우리도 막연한 야동 면죄부를 머릿속에서 걷어버리고 정신개혁을 통해 야동과 자위에서부터 '해방'된 삶을 살도록 노력하자. 야자행위 횟수를 줄여가며, 궁극적으로 나의 욕구를 나 스스로 관리할 수 있게 하는 것이 이 책을 쓰는 목적이라고 서두에 언급한 바 있다. 전문가들이나 일반인들이 언급하는 자위주기에 현혹되지 말고, 차라리 이 책을 늘 곁에 두고 스스로 마음을 다잡기를 바란다. 그것이 분명 본인을 위해 득이 되는 결정일 것이다.

2. 습관의 무서움

    사과 하나로 대박을 친 영국의 물리학자 '뉴턴'은 만유인력의 법칙 뿐만 아니라, 지구상의 모든 물체는 움직일 때 일정한 법칙을 가지고 있음을 발견하였는데, 이것이 유명한 뉴턴의 '운동법칙'이다. 그 중, 뉴턴의 운동 제 1법칙이 물체는 자기가 유지하던 상태를 계속 유지하고 싶어 한다는 '관성의 법칙'이다. 모든 물체는 달리고 있으면 계속 달리고 싶어 하는 성질이 있고, 가만히 있으면 계속 가만히 있고 싶어 하는 성질이 있다는 것이다. 달리는 버스가 급정거 하면 몸이 앞으로 쏠리는 현상이나, 멈춰있던 버스가 다시 달리면 몸이 뒤로 밀리는 현상 등이 쉽게 관성의 법칙을 설명한다. 뉴턴의 운동 제2법칙은 '가속도의 법칙'인데, 한번 운동하기 시작한 물체는 힘과 방향에 따라 '가속도'가 붙어 운동 상태의 변화를 가져온다는 것이다. 즉 공을 내리막길로 세게 차면 공은 더욱 빠르게 굴러가고, 오르막길로 천천히 차면 느리게 굴러가는 현상을 말한다.

인간도 지구상에서 운동법칙을 빗겨갈 수 없는 존재로써, 이러한 운동법칙은 인간의 몸에서 '습관'이라는 형태로 나타난다. 관성의 법칙은 늘 하던 데로 하고 싶어 하는 성질을 말하는데, 인간 역시도 무언가 하던 것을 계속 지속하려는 관성의 법칙에 따르다 보면 자연스레 일정한 행동 방식을 따르게 된다. 누워있는 상태에서 의식하고 일어나지 않는 한, 계속 누워 있고 싶고, 뛰고 있는 상태이면 멈추는 상황이 벌어지지 않는 한, 몸은 계속 뛰는 상태에 익숙해진다. 이러한 행동 패턴들이 누적 되면 관성이 생겨서 '습관'이 되는데, 매번 누워 있는 게 익숙해지면 늦잠 자는 습관으로 이어지고, 달리기가 관성이 되면 조깅하는 습관이 생기는 것이다.

　야동과 자위도 관성의 법칙에서 보면 아주 끊을 수 없는 무시무시한 습관이다. 이미 수년간 아니 수십 년간 해왔던 인간의 주기적 행동패턴이다 보니, 몸이 기억하여 하나의 시스템으로 굳혀져 있기 때문이다. 군대를 다녀온 남성이라면 몸이 기억하는 생체 알람 시스템을 체험해 본 적이 있을 것이다. 누가 깨우지 않아도 아침 기상나팔 시간 즈음 눈이 번쩍 떠진다던지, 불침번을 서거나 경계근무를 설 때 시계를 보지 않아도 시간이 얼마나 지났는지 귀신같이 맞출 수 있었던 경험이 그런 것이다. 이렇듯 습관적이고 주기적인 행동에 따라 몸이 반응하는 방식은 거의 기계적이라 할 수 있다.

　그래서 야자행위는 중독이 될 수밖에 없고 쉽사리 끊기가 어렵다. 야동에 관한 유명한 속설 중에 '야동을 안 본 사람은 있어도, 한번 본 사람은 없다'라는 말이 있다. 쉽게 중독이 될 수 있음을 모두가 알고 있는 것이다. 이러한 야자중독이 습관이 되어 몸이 기억하게 되면 아랫부분에서 일정 주기로 계속 알람이 울린다. 심지어는 특정주기나 특정 시간 또는 특정 장소만 되면 자연스럽게 욕구가 올라오고 야동을 봐야 한다. 이럴 때 뉴턴의 제2운동 법칙인 '가속도'의 법칙이 더해지면 야자행위는 더욱 깊은 중독으로 치닫는다. 한번 야동 습관에 발동이 걸려서 검색을 하다보면 몸이 피곤하건 말건, 할 일이 있건 말건, 원하는 욕구를 완벽하게 해소하기 전까지는 그야말로 신나게 '가속도'가 붙은 채로, 눈이 충혈 되어 모니터를 뚫어지게 바라본다. 또한, 한 번의 자위로 끝나지 않고, 다시 보고 또 하는 상황도 벌어진다. 그리고 나면 어김없이 항상 후회가 밀려온다. 매번 후회한들 무슨 소용이 있나. 우리는 물리학적 법칙에서 예외일 수 없는 우주상의 작은 미물이거늘. 뉴턴 형님이 발견한 운동 패턴이 아주 정확한 법칙임을 고스란히 증명하여 주시는 물리학 교과서에 실릴 법한 야자중독자들의 운동법칙이다.

야자중독을 끊거나 줄이지 못하는 최대 이유는 결국 습관이 된 뇌와 신체의 시스템 자체를 조절하기 어렵기 때문이다. 하지만 '困窮而通 [곤궁이통]' 궁하면 통한다고 했다. 무엇이든 하고자 하면 방법이 있다. 습관이 관성의 법칙이라면, 다른 관성을 이용하여 '야자' 습관을 떨쳐버리면 된다. 바로 습관을 역이용하는 것이다. 방법론은 뒷부분에서 다시이야기 하도록 하겠다. 이렇듯 안 좋은 습관들은 곧바로 중독으로 이어질 수 있음을 잊지 말자. 습관으로 하나하나 모인 삶이 곧 자신의 전체 인생임을 자각하고, 항상 좋은 습관을 들이도록 의식하고 노력해야 하겠다.

3. 1인 가구의 증가

    2018년 한국인이 가장 좋아하는 TV프로그램으로 몇 개월째 1위를 차지하고 있는 프로그램이 MBC 예능 '나 혼자 산다' 이다. 이 프로그램의 기본 포맷은 혼자 사는 연예인들의 일상을 찾아가 그들의 라이프스타일을 보면서 생활 속 소소한 즐거움을 시청자와 공유하는 리얼 예능을 주요 내용으로 삼고 있다. 이 프로그램이 이렇게 열광적 지지를 받는 이유는 물론 매번 재미있는 에피소드가 있고, 멤버들의 캐릭터가 뚜렷하며, 늘 새로운 독거 연예인들이 등장하여 시청자의 호기심을 끊임없이 자극하기 때문이기도 하지만, 기본적으로 1인 가구 증가에 따른 혼자 사는 사람들의 일상적 공감을 잘 이끌어 내어, 이를 기반으로 고정 지지층을 확보한 것이 프로그램 성공의 주요 비결이라 할 수 있다. 즉 시대 분위기를 잘 읽은 뛰어난 기획력이 성공의 밑바탕이었던 것이다.

    대한민국에서 이제는 '혼밥', '혼술' 이란 용어가 철 지난 듯이 느껴질 만큼 1인가구의 증가는 현대의 보편적 가구형태가 되어가고 있다. 혼자 사는 삶. 결혼을 하지 않고 개인의 라이프스타일을 유지하며 소소한 행복을 누리며 살아가는 1인 가구는 많은 사회적 트랜드와 문화를 변화 시켰다. 1인을 위한 식사 문화, 반려견의 중요성 증대, 싱글족을 위한 다양한 1인용 제품 개발, 혼자 즐길 수 있는 문화생활 확대 등등 과거에 혼자 밥 먹을 때 왠지 눈치보고 쑥스러워 하며 식사 하던 사람들도 이제는 당당히 1인분만 시켜먹는 것이 오히려 자연스러워진, '1인 가구 생활 패턴'이 점점 대접 받는 세상이 되었다.

1인 가구의 증가 사유는 역시나 비싼 집값 문제나 안정된 일자리 부족과 같은 경제적인 이유와 그에 따른 결혼과 육아에 대한 부담, 그리고 행복에 대한 가치관의 변화로 혼자여도 만족스러운 생활 등이 주요 원인이라 할 수 있다. 이러한 1인 가구의 증가는 개개인의 행복을 위한 관점에서는 최선은 아니어도 나름 나쁘지 않은 차선책일 수는 있겠지만, 사회 전체적으로 보면 꽤 심각한 문제가 아닐 수 없다. 흔히 이야기 하는 '몇 십 년 뒤에 대한민국이 없어질 수도 있다'는 인구 절벽 이야기부터, 아이는 없고 노인만 넘쳐나서 나이든 대한민국이 되어버리는 인구 고령화 문제, 경제활동 인구 부족으로 노동 생산성이 감소하는 현상, 그에 따른 소비의 위축과 경기 침체 등등 1인 가구가 증가할수록 쉽게 예상 되어지는 대한민국의 미래는 가히 '디스토피아'에 가깝다.

이런 현상은 실제로 이웃나라 일본에서 미리 겪고 있는 현상인데, 과거 1990년대 일본에 부동산 버블이 형성된 후, 최근까지 장기적 경기 불황을 겪었던 '잃어버린 20년' 이라 불리는 시간동안 인구는 노령화 되는데 젊은 층은 결혼을 하지 않고, 아이를 낳지 않는, 심지어는 성관계조차 하지 않아서 섹스리스 비율이 세계 1위가 된 어쩌다보니 '노인을 위한 나라'가 지금의 일본이다. 그리하여 젊은 사람의 기근으로 일자리가 생기면 거의 바로바로 채용이 가능한지라 현재는 아담스미스가 놀랄 만큼의 완전 고용 시장이 되어, 일자리 수요 공급이 딱 맞아 떨어지는 이상적인 고용 사회가 되었다고 한다. 그러나 사상 최저의 실업률 속에서도 젊은 세대가 부족한 현실 떠올리면 마냥 웃을 수만은 없는 것이 일본의 속내이다.

이제는 우리가 다루고 있는 야동과 자위의 관점에서 이러한 1인가구의 증가가 '야자중독'에 어떠한 영향을 미치는지 살펴보자. 앞서 일본의 모습에서도 볼 수 있듯이 1인가구의 증가와 결혼하지 않는 삶, 경기 불황 속 개인의 행복을 중시하는 풍토 등은 결과적으로 혼자인 삶에 만족하는 '자기만족'을 근간으로 한다. 이러한 자기만족을 중시하는 생활은 개인이 가지고 있는 여러 욕구를 '내재화' 하도록 만드는데, 중요한 욕구인 성욕 역시도 개인의 영역 속에서 '알아서' 해결되어야 할 부분으로 축소 개편 된다. 일본의 섹스리스 비율이 높다고 하여 일본 사람들 다수가 무성욕자들은 아닐 것이다. 오히려 일본의 AV산업이 죽지 않고 끊임없이 신인 배우들이 발굴 되는 현상은 AV를 통해 사적인 영역 속에서 성욕을 해소하고자 하는 '보이지 않는 고정 수요'가 확실히 존재하고 있다는 반증이라 할 수 있다. 이것이 AV의 메카 일본이 역설적이게도 세계에서 가장 성관계를 안 하는 나라가 된 주요 이유라고 유추 할 수 있다.

혼자서 밥도 먹고, 혼자 영화보고, 혼자 카페에서 책보고, 혼자 술도 마신다. 그러면 당연히 인간의 원초적 욕구인 성욕도 혼자서 간편히 해결하려고 하지 않겠는가? 그래서 특히 남성 1인 가구는 야동과 친해질 수밖에 없는 구조를 가지고 있다. 혼자서 자신이 원하는 모든 욕구가 다 해결 되는데 굳이 결혼을 할 필요가 있겠는가. 아이를 진정으로 원하는 것이 아니라면 굳이 지금의 만족스런 라이프스타일을 깰 이유가 없는 것이다. 그래서 결국 1인 가구는 거스르기 힘든 대세가 된 것이다. 그런 대세를 만드는데 야동도 일조 했다.

　야동을 끊는다고 1인가구가 줄어드는 것은 아닐 것이다. 하지만 야동을 끊으면 1인 가구의 행복과 만족도는 오히려 더욱 높아진다. 그 이유는 건강한 신체와 맑은 정신을 되찾아서 현실을 마주하고 적극적으로 삶을 개척할 수 있기 때문이다. 그러면 지금의 삶을 타개할 방법도 찾을 수 있고, 가상 속 그녀에게서 벗어나 현실 속 그 아이와 사랑에 빠지고 결혼도 할 수 있을지 모를 일이다. 1인 가구의 증가로 외로움을 달래기 위해 야동을 볼 수밖에 없다는 것은 핑계일 뿐이다. 1인 가구를 탈피하고 또는 균형 있는 1인 가구로써 진정한 행복을 누리고자 한다면, 야자활동을 끊거나 줄여서 그 에너지를 진정한 사랑이나 자신이 원하는 가치에 쏟아야 한다. 그렇게 되면 최소한 지금보다 더 나은 삶의 만족감을 느끼게 될 것이다. 어떻게 그렇게 확신 하냐고? 솔직히 확신 할 순 없다. 하지만 최소한 매일 자위하고 후회를 반복하는 그런 1인 가구의 생활보다는 '훨씬' 나은 삶이 될 것이라고 확언 할 수 있다.

4. 연애가 어려운 세상

1인가구가 증가하면서 자유연애가 활발할 것 같지만, 파레토의 법칙(발생된 전체 결과의 80%는 20%의 원인에서 기인한다는 법칙)인 '80 대 20' 기준에 따르면 연애시장에서 여성의 80%는 남성의 20% 인 '어느 정도 갖춘 자' 들에 의해 이미 점령이 되어 있는지라, 많은 남성들은 오히려 연애와 섹스에 대해 갈증을 느끼는 것처럼 보인다. 실제로 주위에서 보면 연애를 잘하는 녀석들은 여자 친구가 수시로 바뀌지만, 연애가 어려운 친구들은 어떻게 해도 여성과의 만남이 잘 안 되는 경우가 많았다. 이런 상황들을 꾸준히 지켜보며 머릿속에서 자연스레 통계치를 따져보면 파레토의 법칙이 묘하게 맞는 것 같기도 했다.

그러나 연애가 어려운 이유가 파레토의 법칙 때문은 아닐 것이다. 현재 대한민국에서 연애와 결혼이 힘들어진 이유는 다양하다. 특히 연애가 '결혼을 전제'로 하는 것이라면 남성의 입장에서 생각할 것이 한두 가지가 아니다. 물론 여성도 마찬가지겠지만 이 책의 '특성'상 남성이 연애를 위해 준비하고 있어야 할 상황을 주로 살펴보자면, 일단 외모도 어느 정도 깔끔해야 하고 (외모에는 적당한 키와 몸무게, 피부 및 두피상태도 포함된다.) 되도록 중고차일지라도 자동차라는 이동수단이 있어야 데이트를 하더라도 지속할 수 가 있다. 또한 기복이 없는 안정된 직장을 좀 다녀줘야 하고, 그렇다 해도 연봉이 너무 적어 자금력이 딸리면 연애가 힘들어 질 것이다. 또한, 퇴근 시간 및 주말에 통상적 시간을 여유롭게 뺄 수 있어야 하며, 결혼을 대비하여 전세라도 얻을 수 있도록 모아둔 자산이나 뒷배가 있어야 한다. 그리고 유머감각과 배려심이 있어서 상대를 즐겁게 해주고 눈치껏 상대의 마음을 읽을 줄도 알아야 하며, 최근에는 요리도 잘 하는 사람이라면 더욱 호감이 갈 것이다. 담배는 되도록 안 펴야 하고, 옷도 센스 있게 꾸민 듯 안 꾸민 듯 단정하게 입어야 한다. 마지막으로 웃는 모습이 예쁘고, 존경할 수 있는 사람이 되어야 한다! 어떤가? 다들 이 정도 범주에 포함 되시는가? 솔직히 이정도 준비가 되어 있는 것이 단기간에는 쉽지 않다. 아이가 생겨 급히 결혼을 해야 하는 경우라던 지, 여유가 있는 집안의 자제들이 아닌 이상, 이러한 여러 사정으로 인해 뒤늦게 짝을 찾는 '만혼'이 대세가 되는 것은 어찌 보면 당연한 결과이다. 과거 20대 때 결혼하고 아이 낳던 예전 부모님 세대에 비해, 30~40대에 결혼하는 현재의 만혼추세를 보면 이러한 시대의 변화에 따른 확연한 결혼관의 차이를 확인 할 수 있다.

그럼 결혼을 전제로 하지 않는 연애는 쉬울까? 물론 마음의 부담 없이 서로 끌리는 대로 만나면 되니까 상대적으로 쉬울 수 있다. 하지만 그런 연애 역시도 불확실의 시대에 안정자산에 투자하고 싶은 인간의 심리처럼, 만혼의 시대가 될 수록 더욱 괜찮은 상대를 찾아 여생을 누리고픈 생각이 강한지라 맘같이 쉽게 대상이 찾아지지 않는다. 마음의 부담을 덜고 편하게 만나고 싶어도 만남 초반부터 생기는 '이 사람과 오래갈 수 있을까'에 대한 의문은 연애의 시작을 가로막기에, 이런 조바심과 의심은 연애를 위해 우선 걷어내야 할 숙제이다. 이러한 결혼과 현실이라는 부담을 덜어내고 편하게 이성과 만나기 위해 모임도 나가고, 활동적으로 이런 저런 참여를 하는 것이 가장 자연스러운 시작이다. 본인이 학생이라면 직장인에 비해 시간적 제약이 덜하니 더욱 활동적일 수 있겠다. 하지만 이 역시도 외모, 자금력, 자신감을 동원해 연애시장에서 원하는 이성을 얻기 위해 경쟁해야 하는 귀찮은 상황을 홀로 감수해야 한다.

또한 요즈음 인터넷이나 어플을 통해서도 굉장히 쉽게 인연을 찾을 수 있는데, 만남의 다양성 부분에서 추천하는 부분이다. 그러나 전혀 모르는 사람을 만난다는 막연함과 의구심이 진지한 관계로의 발전을 가로막는 제동장치가 되다보니, 그것을 깨지 못한 채로 다양한 만남만 지속하다 보면 인터넷을 통한 만남 자체가 가벼움으로 느껴진다. 그래서 상대에 대해 전혀 기대감도 안생기고, 외모나 프로필을 가지고 쉽게 '이 사람은 어떨 것이다' 평가를 해 버리면서 사람을 알아갈 기회를 스스로 차단해 버리기 쉽다. 이런 결과를 피하고 인터넷 속에서 좋은 사람을 만나고 싶다면 그만큼 마음을 열고 상대를 포용하는 자세가 먼저 수반되어야 한다. 그렇지 않으면 '내가 왜 모르는 사람과 만나서 시간과 돈을 쓰고 있지' 하는 본전 생각만 들면서, 인터넷을 통한 만남에 회의감만 가득 찰 것이다.

사실 누구나 바라는 이상적인 연애는 좋아하는 상대에게 마음을 표현하고, 상대도 똑같이 나에게 호감을 표시하며 커플이 되는 것이다. 이 단순명료한 상황이 어떤 사람에게는 아주 쉽겠지만, 어떤 사람에게는 참으로 어렵다. 최근에 '픽업아티스트' 같은 전문 연애박사들도 생겨났지만, 대다수 남성들은 픽업아티스트가 그러듯이 지나가는 여성이나 처음 보는 여성에게 자연스럽게 말을 거는 것이 절대 쉽지 않다. 심지어 아예 멍석을 깔아서 소개팅 자리를 만들어 줘도, 제대로 이야기를 못 나누는 사람들이 부지기수다. 사실 다들 아시다시피 상대의 마음을 얻는 것은 아무리 엄청난 연애 기술을 익히고, 돈과 시간을 쏟아 붇는다고 꼭 내 맘처럼 이뤄지지도 않는 부분이다. 그래서 연애가 어렵다.

마지막으로 연애고 나발이고 그냥 유희를 위해 '원나잇스탠드'을 막 지르는 삶을 살아보는 것은 쉬울까? 물론 돈이 넘쳐나고, 외제차를 타며, 연예인급 훈훈한 외모를 가진 자라면 쉬운 일일 수도 있다. 하지만 해야 할 일이 있고, 부양해야 할 가족이 있으며, 자기의 꿈이 있는 사람은 유희를 위해 막 지르는 삶을 살고 싶어도 머릿속에서 계속 제동이 걸릴 것이다. 또한 유희를 위한 삶이 그냥 가능한가? 나이트를 가고, 하다못해 술값, 밥값, 모텔비를 내려 해도 몇 십 만원씩 꾸준히 깨질 것이다. 그런 돈은 어디서 날 것인가? 땅을 팔 것인가? 또한 돈이 있다고 유희만 좇는다면 그것이 진정한 행복일 것이며, 연애와 사랑을 통한 따뜻함을 대체할 수 있는 부분인가? 결국 이 마저도 지속하기가 쉽지는 않은 것이다.

연애박사들인 픽업아티스트들이 이 글을 본다면 '연애 못하는 찌질이들이나 하는 이야기를 하고 있군.' 할지 모르겠다. 하지만 픽업아티스트라는 사람들이 생겨난 이유도 결국 연애를 힘들어 하는 사람들이 많아지고, 연애와 결혼이 어려워진 이런 추세 속에서 연애를 돕고자 생겨난 신종 직업임을 생각해 볼 때, 그들의 존재 자체가 현실에 대한 반영이라고 할 수 있다. 즉 이렇게 연애를 하지 못하는 사람들이 넘쳐나고 있다. 주말에 스타벅스나 시내 커피숍에 가보라. 또는 주말 및 금요일 저녁에 영화관이나 연극을 보러 가보라. 연애욕구가 넘쳐나는 싱글 청춘남녀들이 엄청 많이 있다. 하지만 서로 말조차 제대로 거는 일없이 그냥 조용히 눈치만 보고 있다.

2012년도 크리스마스이브 날 서울 여의도 야외에서 '솔로대첩'이라는 행사가 있었다. 솔로인 사람끼리 모여 크리스마스를 같이 보내자는 재밌는 취지로 만들어진 행사였는데, 행사 방식은 당일 모인 사람들끼리 서로 마음에 드는 이성이 있으면 그냥 다가가서 손을 내밀고, 상대가 그 손을 잡으면 커플이 된다는 아주 심플한 룰이었다. 이 행사의 결과가 어떠했는지 다들 잘 알고 있을 것이다. 나중에 솔로대첩 행사 결과 사진들을 한번 검색해보라. 굉장히 흥미롭다. 이날 대략 3000명가량의 20~30대 젊은 청춘 남녀가 모였는데, 재미있게 서로 '짝'을 찾는 유쾌한 행사가 될 것이라는 기대와 달리, 참가자의 거의 80~90%가 남성이고 여성들은 성추행이나 절도 등 안전상의 이유로 대다수 참가를 포기하여, 실제 행사 당일 풍경은 일부 여성 참가자들 주위로 몇 겹의 남성들이 모여 여성들에게 손을 내밀기 위해 안간힘을 썼고, 여성들은 서로 단결한 상태로 남성들에게 쉽게 손을 내주지 않기 위해 팔짱을 끼고 방어하기 급급한 상황이 연출되었다. 마치 행주대첩의 권율 장군이나 안시성의 양만춘 장군처럼 참가 여성들은 필사적으로 자신을 지켰고 그런 식으로 시간은 흘러가서 행사가 종료되었다. 남성들 역시도 쭈뼛쭈뼛 거리며 주변을 돌기만 하였고, 솔로대첩이라고 거창한 흥미를 기대했던 행사는 남녀모두에게 이렇다 할 추억이나 감흥을 주지 못한 채, 참 어이없게도 그렇게 실패한 행사로 막을 내렸다. 한 개그맨은 솔로대첩이 결국 '술로대첩'으로 되었다며 행사의 결과를 압축적으로 표현했다.

이렇듯 연애와 결혼이 어려워진 세상 속에서 남성들이 택하는 결과는 무엇일까? 자신을 갈고 닦아 더 나은 사람, 더 멋진 사람이 되어 원하는 이상

형의 여성을 꼭 만나겠다는 아주 긍정적인 대안을 가지고 있는 사람이라면 가장 베스트다. 그런 분들은 이 책을 더 이상 볼 필요가 없다. 꼭 성공하시길 빌겠다. 그러나 그런 열정이나 파이팅이 부족한 사람들은 어떻게 이성에 대한 욕구를 해소할까. 물론 여성을 만나기 위한 많은 노력을 할 것이다. 그런데 소개팅을 나가도 별로 맘에 안 드는 여성들만 계속 나오고, 길거리나 지하철에서 보이는 수많은 멋진 여성들은 도대체 다들 어디에 있는 건지, 왜 내 주위에만 없을까 답답할 것이다. 모임 같은 곳을 가더라도 좀 괜찮다 싶은 여성 주위에는 여지없이 파리처럼 남자들이 꼬여있어 같이 경쟁하기도 귀찮고, 그렇다고 계속 머릿속에 여자 고민만 하고 있을 수도 없다. 생활전선에서 내가 해야 할 업무나 일이 산더미같이 쌓여있고, 그에 따른 스트레스와 직장생활의 압박감은 퇴근 후 나를 더욱 공허하게 만든다. 그렇게 혼자인 시간이 되어 스마트폰을 보거나 인터넷에 접속하면 세상의 예쁘고 멋진 여자들이 그 안에 다 있다. 여기서부터는 시간문제이다. 이후 어떤 상황이 벌어질지는 모두가 예상하는 그대로다. 거의 시스템적이고 기계적이다. '연남동 덤앤더머'라는 인디밴드의 '외로운 밤'이라는 노래가 있다. 딱 방금 전 상황을 노래로 만들었는데, 외로운 현대 남성들의 심리를 노래로 아주 잘 표현하였다. 특히 노래 말미에 '사랑해요 김본좌..' 하는 부분은 왠지 눈물겹다.

연애와 결혼이 어려워진 사회, 각종 스트레스에 노출이 되어 있고 욕망은 표출되기 어려운 현실. 인터넷의 접속이 편리해지고 단돈 몇 천원이면 초고속으로 원하는 야동을 볼 수 있는 시대는 어쩌면 남성들에게 '야동이라도 보며 스트레스를 푸세요' 라며 야동을 권하고 있는 모습처럼 느껴지기도 한다. 야동을 권하는 사회. 그 속에 살고 있으니 우리는 야동에서 벗어날 수 없는 것일까? 야자중독으로 사는 것이 현대인의 거부할 수 없는 숙명일까?

절대 그렇게 생각하지는 말자. 나의 인생은 나의 것. 세상이 어찌하건 내가 옳다는 방향을 확실히 정하고, 그게 무엇이건 우직하게 밀고 나가자. 야동도 마찬가지다. 그냥 인생의 작은 곁다리 일뿐. 곁다리도 아닌 그저 작은 먼지 티끌이다. 그냥 무시하자. 무엇이 중요한가? 진짜 중요한 것을 위해 최선을 다하고 정력을 소진하기에도 인생은 너무 짧다.

5. 견물생심

'견물생심[見物生心]'은 재물을 보면 없던 마음도 생기게 된다는 '욕망에 대한 경계'를 나타내는 사자성어이다. 흔히 돈이나 재물 앞에서 이익을 다투고 싶은 마음이 생겨나는 것을 일컫는 말이지만, 남성이 야동을 찾게 되는 현상을 설명하기에도 아주 딱 들어맞는 표현이다.

사실 머릿속에 365일 음란한 생각으로 매사에 야동을 떠올리며 사는 사람은 없을 것이다. (만약 있다면 치료가 시급하다. 빨리 병원에 가보시라) 대부분의 사람들은 평소 자신이 해야 할 일을 하고, 본인의 역할에 따른 맡은 바 책무를 완수해 가며 바쁘게 살아간다. 당장 눈앞에 닥친 현실의 문제를 해결하고자 골똘히 궁리를 해야 하느라 머릿속에 야동이 끼어들 틈이 없다. 끼어들다가도 발등에 불이 떨어져서 할 일을 하다보면 정신없는 일상 속에서 금세 잊혀 지기 마련이다.

평소에 이렇게 별 생각 없이 살다가도 마치 전쟁터의 '인계철선(전쟁 시, 적이 건드리면 폭발물 등을 터뜨려 침입의 시작을 알 수 있게 해 주는 철선)'이나 권총의 '트리거' 같이 어떠한 계기를 통하면, 머릿속의 야동버튼이 바로 눌러지는 현상이 발생하는데, 이를 한마디로 표현하는 것이 바로 '견물생심'이다. 앞서 말했지만 흔히들 처음부터 야동을 볼 생각으로 무얼 하지는 않는다. 매번 스마트폰을 켜자마자 바로 야동을 검색하거나, 인터넷을 접속하자마자 바로 야동을 검색하는 사람은 거의 초절정 중독자들을 제외하고 굉장히 드물다. 대부분은 일상적인 검색을 하거나, 보고 싶은 영화를 다운로드 받기 위해, 또는 사람들과의 커뮤니티, 게임이나 웹서핑을 하기 위해서 등 각기 다양한 목적과 취향에 따라 평범하게 인터넷에 접속한다.

일단, 시작은 그러했지만 인터넷상 여러 유혹들이 당신을 가만두지 않는다. TV나 신문 등 각종 미디어도 마찬가지다. 화면 속 육감적 여성의 출연은 기본이고, 웹페이지 접속 시 좌우측에 배치되어서 특정 신체 부위가 움직(?)거리는 배너 광고, 여성의 야한 '움짤'들, 웹기사에 낚시성으로 연결되는 레이싱걸들이나 연예인들의 볼륨감 넘치는 사진들, 각종 신문에서 하루가 다르게 나오는 자극적인 사회면 기사, 유료 웹툰의 야릇한 제목과 선정적 광고, 성적인 자극으로 구독율을 높이고자 만든 각종 유투브 영상 등. 처음에는 별 생각 없이 인터넷과 미디어에 접속한 것인데 가랑비에 옷 젖듯이 성적 자극에 계속 노출 되다보니, '아 이렇게 감질나게 찔끔찔금 보다보니 답답하네..' 라는 생각이 저절로 들게 된다. 그때쯤 되면 애당초 인터넷을 하려 했던 목적은 이미 기억도 나지 않은 채, 음란물 다운로드 사이트에 자동적으로 접속하여 야동을 검색하게 되는, 그래서 어느새 찾아 낸 동영상에 야무지게 집중하고 있는 스스로를 발견하게 된다. 일단 살색을 보는 순간 게임 끝이다. 이런 식으로 인터넷을 처음에 어떻게 시작했었는지 그

의도는 온데 간 데 없이 사라지고, 마지막은 대부분 야동으로 마무리를 찍고 비로소 노트북을 덮던지, PC를 끄던지, 스마트 폰을 내려놓는 것이 전형적 '견물생심' 패턴의 흔한 우리 모습이다.

이렇듯 야동으로 인도하는 주위의 수많은 유혹들이 있다. 정말 건전하고 공부밖에 모르는 순진무구한 그야말로 바른생활의 사나이라 하더라도 이러한 인터넷과 미디어에 지속적인 접속을 통한다면 자신도 모르게 성적 욕망에 시동이 걸리게 될 만큼, 야동계의 '인계철선'들이 도처에 깔려 있다. 이런 것들이 바로 야동을 끊기 힘든 현실적 이유이다. 하지만 그렇다고 인터넷을 안 할 수도 없고, 스마트폰을 안 쓸 수도 없다. 이 딜레마를 고민해 본 사람이 꽤 많을 것이라 생각된다. 노트북을 내던지거나, 스마트폰을 던지며 '내 다시는 야동 보지 않으리' 공염불을 수없이 외쳐 보았지만, 어느새 도돌이표가 되어 버리는 데자뷰 같은 일상 말이다.

'견물생심'을 피하기 위해서는 그냥 '견물(見物)'을 안하면 된다. 즉 안 보는 것이 하나의 답이 될 수 있다. 인터넷을 줄이고, 스마트폰 보는 것을 줄여야 한다. 꼭 필요한 것만 적어두어서 해당 관련된 것만 검색을 한다던 지, 웬만한 킬링타임 해결은 차라리 영화를 보거나 야외활동을 하고 운동이나 독서 등으로 대체하는 것이 바람직하다. 하지만 그보다 앞서 선결되어야 할 것은 야동에 대한 확고한 자기만의 기준을 세우는 것이다. 아무리 견물생심이라지만, 모든 사람이 견물생심으로 인한 욕망의 노예로 인생을 살고 있지는 않다. 은행원에게 돈다발은 그저 '업무용품' 일 뿐이고, 산부인과 남자 의사선생님에게 처음 본 여성은 그저 소중한 '산모'가 될 사람일 뿐이다. 이렇듯 자신만의 확고한 기준을 가지고 야동에 대해서도 선을 긋는 자세가 중요하다. 물론 그게 어렵다는 것을 안다. 그래서 이를 이루기 위한 지속적인 연습과 노력이 절실한 것이다. 연습과 노력은 무의식도 변화시킨다. 예를 들어 (오른손잡이 기준으로) 왼손을 계속 쓰려고 노력하면 왼손이 점점 익숙해짐을 느끼게 된다. 왼손으로 처음 양치질을 하면 어색하지만, 한 달 정도 계속 꾸준히 연습을 하면, 한 달 뒤에는 제법 입속 구석구석을 잘 닦을 수 있다. 시간이 더 흐르면 의식하지 않아도 왼손으로 양치하는 것이 편해지고 익숙해진다. 기타 치는 것 역시 마찬가지다. 처음 아르페지오 주법을 치게 되면 기타를 잡는 것도 어색 하고 손가락도 많이 아프지만, 계속 연습하고 노력하다보면 나중에는 의식하지 않아도 자동적으로 손가락이 움직여서 아름다운 선율을 만들어 낸다. 야동을 줄이거나 끊는 것도 같은 이치다. 습관적이고 무의식적이라고 포기할 것이 아니다. 꾸준한 연습과 노력으로 개선할 수 있다. 일단 개선하고 싶다는 마음을 지니는 게 중요하다. 그런 마음을 가졌다면 반은 성공한 것이라 할 수 있다. 그 상태로 포기만 하지 않으면 된다. 야동에 대한 개선의 여지는 결국 평소에 마인드 세팅을 어떻게 하고 있느냐에 따라 그 성공여부가 달려있기 때문이다.

6. 지금 내 인생이 잘 안 풀리는 진짜 이유

좋아하는 노래 중에 가수 이승환의 '물어본다' 라는 곡이 있다. 경쾌한 이 노래의 첫 구절은 이렇게 시작한다. "많이 닮아 있는 건 같으니? 어렸을 적 그리던 네 모습과.. 순수한 열정을 소망해오던 푸른 가슴의 그 꼬마아이 와.." 계속 이어지는 노래의 주요 내용은 스스로에게 한번쯤 물어보라는 것이다. 지금의 삶에 만족하고 있는지, 네가 바라던 너의 모습이 되어 있는지, 초심을 잃은 채 살고 있는 건 아닌지 등에 대해 말이다.

여러분의 현재 모습은 어떤가? 본인이 바라는 본인의 모습으로 살고 있는가? 이 질문에 자신 있게 "예!" 라고 대답할 수 있는 사람은 많지 않을 것 같다. 왜냐하면 내가 바라는 나는 대부분 저 멀리 이상향의 꼭대기에서 나를 기다리고 있는데, 현실 속 나는 갖은 풍파와 이런 저런 이유들로 생활 속에서 버텨나가는 것도 힘든 일상을 살고 있는 경우가 대부분이기 때문이다.

하지만 지금보다는 더 나은 삶, 더 나은 미래를 위해 모두들 살아가고 있는 것이라 믿는다. 비록 나의 '워너비' 플랜 A로 살고 있지는 못하더라도, 최소한의 발전을 위한 나름의 플랜 B를 가지고 고군분투하며 살고 있을 것이다. 연예인처럼 몸짱이 되는 것이 내 맘속 워너비이지만 그렇게까지는 안 되더라도, 꾸준히 헬스장을 찾는 노력을 한다던지 또는 집에 운동기구라도 사다놓고 신경을 쓰는 것이 나름의 플랜B를 가동하고 있는 모습이라 하겠다.

이러한 나름의 노력에도 불구하고 삶은 번번이 우리를 좌절시킨다. 학생이라면 공부를 잘해보고자 마음을 강하게 먹고 밤도 새보지만 성적은 잘 오르지 않고 오히려 떨어진다. 고시나 중요한 시험을 준비하고 있는 사람들도 이번이 마지막이라는 각오로 최선을 다해봤지만 2%가 항상 부족하여 결실을 제대로 이루지 못하고 낙담한다. 끊임없이 소개팅을 나가보지만 맘에 드는 상대랑은 뭔가 잘 될듯하다 항상 안 되고, 맘에 별로 안 드는 사람에게는 애프터가 오긴 오는데 거절하기도 힘들고 난감하다. 살이 점점 쪄서 턱살과 뱃살이 점점 늘어나고 옆구리는 살이 트이는지 가렵고, 조금만 움직여도 헉헉 숨이 차올라 도저히 안 되겠다고 독하게 운동하자 마음먹고, 약도 먹고, 있는 돈 없는 돈 끌어 모아 최선을 다해 다이어트를 시작해봤지만 이내 저녁에 폭식하고 후회하는 일상을 반복한다. 어디 이뿐인가 일상의 수많은 좌절들이 쌓여가며 되는 게 하나도 없고, 안 되는 것도 별로 없는 이도저도 아닌 삶이 점점 되어 간다. 주말에 어딜 나가는 것도 점점 귀찮아지고, 머리숱도 조금씩 줄어든다. 업무도 능률이 오르지 않고 의무적인 출퇴근을 할 뿐이며, 피부도 탄력을 잃어가고 외모도 구려진다. 다들 짝을 찾고 결혼도 하는데 나만 솔로생활 이어가는 것 같아 짜증나고, 사람관계 자체가 이제는 근본적으로 부담스럽다. 집안 청소를 제대로 한지가 오래 전이라 싱크대 설거지거리는 점점 쌓여가고, 화장실 변기는 노랗게 변해있다. 회사도 불안불안 하고, 연봉도 거기서 거기며, 미래를 생각하면 낙관적이지 않고, 고민만 하다보면 스트레스다. 그냥 움직이는 것도 귀찮다. 격하게 아무것도 안하고 싶다. 그러다 문득 이런 생각이 든다. '그래도 한때는 어디선가 주인공 역할을 하며 주목받을 때도 있었는데.. 어쩌다 내 인생이 이렇게 되었을까?'

앞서 말한 '더 나은 삶을 살고자 하는 나' 와 '노력해도 좌절만 하는 나' 는 항상 머릿속에서 대결구도를 가진다. 그래서 계속 돌림노래처럼 반복되는 패턴이 생길 수밖에 없다. 전자의 내가 '넌 할 수 있어 한번 해보자' 라고 다독이면, 후자의 나는 '해봤자 어차피 안 돼' 라고 뒷목을 잡는다. 그러면 다시 전자의 내가 '아냐, 다시 한 번 해 보자' 하는 식이다. 어디서 많이 봤던 패턴 아닌가? 그렇다. 우리가 지금껏 이야기 하고 있는 야동 패턴과 똑같은 형식이다. 야동을 볼 때 전형적으로 일어나는 이 패턴은 머릿속에서 일어나는 두 주장의 격렬한 격투 현장이다. 아마도 가장 어려운 남성의 자아 속 갈등 중 하나라고 생각된다. 다시 말해 야동 보는 것을 내 의지대로 머릿속에서 컨트롤 할 수 있다면, 그래서 성공적으로 자신이 원하는 곳으로 스스로를 끌고 갈 수 있다면, 다른 나머지 좌절들은 굉장히 쉽게 해결되는 자잘한 문제들로 다뤄 질 수 있다는 것이다. 왜냐하면 이 어려운 것도 해냈는데, 설거지나 청소, 다이어트 같은 일상의 좌절들이 대수이겠는가? 야동이라는 욕망을 참고 조절 할 수 있는 것을 최고 수준의 자부심으로 느끼고, 스스로 자존감을 복 돋울만한 일대 '사건'으로 받아들여야 한다. 결코 쉽지 않은 것을 해냈기 때문이다.

또한, 현실 속 나의 여러 문제를 해결하기 위해서도 야동에 대한 절제가 필요한데, 이를 위해 문제해결 방법론 하나를 소개하고자 한다. 흔히 경영 컨설턴트들이 문제해결 기법으로 제시하는 '5WHY' 가 그것이다. '5WHY'는 기업이나 조직 내 문제점을 찾아서 이를 해결하고자 만든 문제 해결 기법으로 어떠한 문제점을 찾았다면 그게 왜 그렇게 되었는지 문제의 원인을 살펴보고, 그 원인을 찾았다면 그 원인의 원인을 다시 찾아보는 식으로 최대 5번까지 원인 탐구를 하는 방식을 말한다. 그러다 보면 문제가 발생되는 근본적인 원인을 찾을 수 있게 되어 궁극적인 해결을 할 수 있다는 것이다. 이는 실제로 현실 속에서 사용되어 많은 효과를 입증하였는데, 대표적인 사례가 미국의 제퍼슨 독립기념관의 외벽손상 문제를 기발하게 해결한 것이었다.

미국 독립의 아버지인 토마스 제퍼슨을 기려 만든 제퍼슨 독립기념관은 외벽손상이 심해서 해마다 많은 비용을 들여 페인트칠을 새로 해야 했다. 이런 문제점을 해결하기 위해 기념관측에서는 외벽손상이 왜 이렇게 쉽게 되는지 이유를 찾아보았다. 처음 외벽의 부식이 왜 이리 심할까 분석을 해 보니 비누청소를 자주하기 때문이라는 것을 알게 되었다. (1WHY) / 그래서 왜 비누청소를 자주하는지 알아보았더니, 비둘기의 배설물이 벽에 많이 묻어있기 때문이었다. (2WHY) / 그래서 왜 비둘기 배설물이 많은지 확인해 보았더니 비둘기의 먹잇감인 거미가 벽에 많은 이유였다. (3WHY) / 그럼 거미는 왜 많은지 살펴보았더니 거미의 먹이인 불나방이 많이 날라 다니기 때문이었다. (4WHY) / 불나방이 많아진 이유를 분석해 보았더니 제퍼슨 기념관에서 실내 전등을 주변보다 일찍 켜서 불나방이 기념관으로 모여들었기 때문이었다. (5WHY) / 결국 제퍼슨 기념관에서 취한 외벽을 깨끗하게 관리하는 방법은 불나방이 활동하는 시간인 오후 7시 이후에 늦게 실내 전등을 켜는 것이었다. 외벽 환경 정비를 위해 내린 결론이 '전등을 늦게 켜는 것' 이라는 기상천외하면서 정확하고 간결한 해답을 5WHY를 통해 찾아낸 것이다.

이러한 5WHY 기법은 기업이나 조직의 문제점을 해결하는 데만 쓰이는 것이 아니고, 개인의 일상 속 소소한 문제를 해결하는 부분에도 아주 유용하게 쓰일 수 있다. 꼭 5WHY까지 가지 않아도 된다. 통상 3WHY정도에서 웬만한 핵심이유가 찾아진다. 이 기법을 통해 개인의 문제를 한번 탐구해보자. 개인의 여러 문제들도 원인분석을 하여 문제의 근원을 찾아내면 생각보다 어렵지 않게 개선의 솔루션을 찾을 수 있다. 예를 들어 남성들이 연애가 잘 안 되는 이유에 대해 5WHY를 통해 살펴보자. 물론 다양한 이유가 있겠지만 단순직관화 해보겠다.

- 연애가 잘 안 되는 이유는 무엇인가?
☞ 맘에 드는 사람이 나를 받아주지 않기 때문이다.
- 맘에 드는 상대가 왜 당신을 받아주지 않는가?
☞ 내가 매력 어필을 제대로 못하였고, 자신감도 부족했기 때문이다.
- 그럼 왜 매력과 자신감이 부족한가?
☞ 타고난 것도 있지만 자기개발을 게을리 했고 별다른 노력을 하지 않기 때문이다.
- 왜 자기 개발을 안 하고 노력을 안 하는가?
☞ 귀찮고 몸도 피곤하고 지쳐있기 때문이다.
- 왜 귀찮고 몸도 피곤하고 지친상태로 매사에 있는가?
☞ 다른 이유도 있겠지만 '야자'의 영향이 큰 것 같다.

어떠한가? 그건 아니라고 말 할 수 있는가? 그렇다면 다행이다. 하지만 불행이도 공감이 많이 갈 것이다. 다음 분석도 살펴보자. 주제는 '학생이 성적이 오르지 않는 이유'이다.

- 성적이 안 오르는 이유는 무엇인가?
☞ 평소에 공부를 안 하다가 시험기간 때 벼락치기로 공부하기 때문이다.
- 그럼 평소에 공부를 왜 안하는가?
☞ 수업시간에 졸리고 피곤하여, 집중이 잘 안되어 공부에 흥미가 떨어지기 때문이다.
- 수업시간에 왜 졸리고 피곤한가?
☞ 늦게까지 게임 하고, 야동을 보는 등 야행성 생활을 했기 때문이다.
- 왜 늦게까지 게임을 하고 야동을 왜 보는가?
☞ 모르겠다. 그냥 습관적이다.

이번에는 '취업이 안 되는 이유' 에 대해서도 한번 살펴보자.

- 왜 취업이 안 되는가?
☞ 나의 눈높이에 맞는 회사에 가기 위한 스펙이 부족하기 때문이다.
- 스펙은 왜 부족한가?
☞ 스펙에 맞는 여러 자격증이나 시험에 아직 합격하지 못했기 때문이다.
- 왜 자격증이나 시험에 합격하지 못하는가?
☞ 공부하려고 도서관에 가면 자리도 별로 없고 집이나 카페에서는 집중이 안 되기 때문이다.
- 왜 도서관에 일찍 못 가는가?
☞ 피곤해서 매일 늦잠을 자기 때문이다.
- 왜 매일 늦잠을 자는가?

☞ 전날 밤 야동과 자위 때문이다..

이러한 분석을 보고 '그럼 무조건 야동 때문에 인생이 꼬인다는 것이냐?' 라고 조금 비약적인 5WHY 분석이라고 할지 모르겠다. 그렇다고 완전히 잘못된 원인 분석이라고도 할 수 없을 것이다. 사실 이는 나 스스로 겪어서 알 수 있었던, '알고 보니 핵심 원인이 이거였구나!' 하며 깨달았던 나름의 체득을 근거로 하는 분석이기도 하고, 주변의 많은 사람들의 인터뷰를 통해서도 얻은 문제 인식이기도 하다. 어찌 보면 이 책을 쓰고 있는 이유도 나 같은 사람들이 많을 것 같기에 같이 공감하고 또 문제 해결의 대안을 함께 모색해 보기 위해 시작한 것이었다.

하지만, 지금 인생이 뜻대로 잘 안 풀리는 주된 이유가 전적으로 '야자' 때문이라는 이야기를 하려는 것은 아니다. 물론 '야자중독' 때문에 몸과 정신이 피폐해지고 열정과 자신감을 상실하여, 삶의 동력이 실추되다 보면, 결국 삶이 잘 안 풀리고 꼬이게 되는 것은 맞다. 그러나 야자행위를 탓하기보다는 야자를 끊지 못하는 무슨 이유도 필시 있을 것이다. 그 이유를 찾기 위해 다시 '5WHY'로 원인을 탐구해보자.

- 그렇게 문제가 많은 걸 알면서도 왜 야동과 자위를 끊지 못하는가?
☞ 이유는 딱히 없다. 그냥 외롭고 심심해서이다.
- 왜 외롭고 심심한 일상을 보내는가?
☞ 딱히 몰두하고 열심히 할 일이 없기 때문이다.
- 왜 몰두하고 열심히 할 일이 없는가?
☞ 특별한 목표나 목적이 없기 때문이다.

사실 야동을 보는데 무슨 원인과 이유가 있겠는가? 그저 본능에 충실하다 보니 찾는 것 아니겠는가? 하지만 야동을 단순히 몇 번 보는 것과 끊임없이 중독되어 탐닉하는 것은 다른 이야기다. 부정적 영향을 이미 충분히 느끼면서도 야동에 끊임없이 빠져드는 사람은 야동을 보는 행위 이상의 의미 있고 노력할 가치가 있는 어떠한 삶의 목표나 방향이 없는 경우가 많다. 이 이야기를 하고 싶었다. 나의 삶이 잘 안 풀리는 진짜 이유는 바로 매사에 '목표'가 없기 때문이다. 목표가 없으면 일상이 점점 열정과 생기를 잃고 종국에는 '숨을 쉬고 있으니 살고 있고, 밥을 먹고 있으니 연명되는 상태'가 되어버리게 된다. 이러한 상황에서는 야동과 같은 각종 유혹과 중독에 쉽게 빠지게 되고, 이는 연쇄작용으로 별 볼일 없는 일상을 만들게 하여 결국 내가 원하지 않는 나의 인생을 만들어 놓는다.

작은 것이라도 목표를 세우고 이를 달성하는 삶을 살아보자. 아주 간단한 것이라도 좋다. 매일 팔굽혀펴기 10개 하는 것이라던 지, 10분 먼저 출근하는 것, 영단어 5개 외우는 것이라던 지, 책을 10page 읽는다든 지 무엇이든 좋다. 이러한 작은 목표를 세우고 실천하는 습관이 점점 쌓이다보면 더 큰 목표도 달성할 수 있을 것이고, 그러다보면 당신의 인생은 더욱 풍요롭게 되어 매순간순간이 가치 있는 일상으로 바뀔 것이다. 목표가 있는 삶이 야동을 보고 시간과 정력을 낭비하는 삶보다 훨씬 발전적이고 의미 있게 시간을 쓸 수 있게 하여 만족스러운 인생을 이루어 줄 것이라 확신한다. 이쯤 되면 기억해두자. 야동과 자위의 반대말은 '금딸'이나 '현자타임'이 아니라 '목표의식'란 것임을.

CHAPTER 4.

30일 끊기에 도전하자 !

1. 이제 야동과 결별할 때가 되었다

나는 야동과 '결별'했다. 야동을 끊었다는 표현보다 결별 했다고 한 이유는 솔직히 지금까지 꾸준하게 보아오던 야동을 한순간에 아예 안 본다는 것이 쉬운 일도 아니며, 무작정 끊는다는 것도 모두에게 권장할 만큼 건강한 성욕통제 방법이라고 생각되지 않기 때문이다. 그렇지만 나는 야동을 보고 설령 자위를 하더라도 자책하거나 책망하지 않으며 후회하지 않는다. 또한 시도 때도 없이 떠오르는 야동 생각을 머릿속에 달고 살지 않으며, 몸에 무리가 갈만큼 긴 시간 동영상을 탐닉하고 정력을 엄하게 소진하지도 않는다. 건강하게 내 정신과 몸을 컨트롤 할 수 있으며 야동으로 인한 내 삶에 부정적 영향은 전혀 없다. 쉽게 말해 성욕을 스스로 통제 가능한 범위 안에 둠으로써, 내가 원하는 삶의 가치와 숨겨진 욕망이 원만한 균형을 이루는 만족스러운 내면을 운영하고 있다. 그래서 아예 끊는다는 표현보다 '결별' 했다는 표현이 적절하다고 생각했고 모두에게 이러한 야동과의 발전적 '이별'을 권하고 싶다.

헤어진 여친과 우연히 길에서 만났더라도 아무 감정 없이 쿨 하게 지나쳐 갈 수 있다면 완벽한 이별을 했다고 할 수 있을 것이다. 야동 역시도 더 이상 나에게 탐닉과 중독의 대상이 아닌, 언제든지 머릿속에서 다음 중요 순위로 넘겨낼 수 있는 '잠깐 만났던 그 애' 정도로 여길 수 있다면 이는 적절히 야동과 잘 헤어진 것으로 볼 수 있다. 결과적으로 삶의 균형을 찾고 행복한 일상을 영위하기 위해서는 야자 행위가 잘 다스려져야 하는 것이 필수 조건임을 이야기 하고 싶다. 야동과 성욕을 다스리는 방법은 뒤에 방법론에서 자세하게 살펴보도록 하겠다.

그렇다면 야동과 결별하고 난 후의 삶과 그전의 삶이 무언가 달라지는 것이 있어야 설득력이 생기지 않겠는가? 야동이 통제되는 삶과 그렇지 않은 삶이 별 차이가 없다면 굳이 이 책을 읽을 필요가 없을 것이다. 야동과 멀어진 생활을 하고 변화된 삶에 대해 순수한 나의 경험을 토대로 이야기 해보도록 하겠다.

우선, 가장 확실하게 말할 수 있는 것은 몸의 변화다. 쉽게 말해 기력을 되찾는다. 아예 이렇게 정리하도록 하자. '정액 = 에너지' 라는 등식으로. 게임에서 플레이어의 에너지가 계속 소진되면 결국 쓰러져 죽는 것과 같이, 정액이 나오는 순간 내 몸의 에너지가 쭉- 다는 이미지를 상상하면 된다. 야자행위는 에너지 소진의 주범이며 삶을 활기차지 못하게 만드는 원인이다. 철학자 '도올 김용옥' 선생은 그의 저서 '사랑하지말자'에서 과도한 정액 방출이 몸을 망친다는 이야기를 하였다. '꼴리지 않으면 안하면 되는데 왜 굳이 비아그라 같은 것 까지 먹어가며 억지로 꼴리게 하느냐' 하는 사이다 문구가 킬링 파트였다. 야동도 마찬가지다. 왜 굳이 야동을 찾아보고 가만히 있는 아랫도리를 억지로 주물럭거려서 결국 사정을 하고 몸을 축내

느냐는 것이다. 정말 사정만 하지 않아도 몸에 기력이 남아있고 생기가 돈다는 것을 느낄 수가 있다. 실제로 야동을 멀리하게 되면, 우선 아침에 일어나는 것부터가 몸이 가볍고 상쾌하다. 장시간 업무를 해도 그전에 비해 피곤함을 덜 느낀다. 또한 야동을 자주 볼 때는 눈이 뻑뻑하고 안압이 느껴졌는데 그런 것도 없어졌으며, 낮에 졸리는 현상도 사라졌다. 특히 몸에 기력이 있으니 운동이나 신체활동을 적극적으로 할 수 있게 되었고, 땀을 흘리고 운동을 하니 기분도 좋아지고 체력도 좋아져서 외모도 더욱 젊어지고 멋져지는 것처럼 보였다. 내 안의 게으름을 떨쳐버리면서 몸의 선순환이 시작됨을 느끼고 이를 발판삼아 더욱 더 생산적이고 효율적으로 가치 있는 일에 에너지를 쓸 수 있게 되었다.

정신적인 측면은 어떤가? 흔히 흐릿하고 멍한 눈을 보면 '동태눈알' 같다고 말한다. 한동안 야동과 함께 지내던 시절 나의 눈 상태가 그랬다. 사실 동태눈알은 모두에게 해당될 수 있는 눈 상태이다. 피곤하고 졸릴 때 우리의 눈은 자연스럽게 동태와 사촌지간이 된다. 이렇듯 야동으로 인한 체력 저하는 사람의 정신상태 마저 흐릿하게 만든다. 정신도 결국 뇌라는 육체의 일부에서 운영 되는 것이다. 드라마 미생에서 '정신력은 체력이란 외피의 보호 없이는 그냥 구호밖에 안 돼.' 라는 명대사가 나온다. 이렇듯 육체가 피로하고 힘들면 뇌도 본연의 임무인 '생각' 보다는 그냥 로그아웃 해서 휴식을 유도하게 되고, 그 신호로 눈 상태를 어류의 것으로 만든다.

그러나 야동을 절제하여 신체활동이 정상적으로 활기차게 이루어지면 뇌의 혈류량도 증가되고 급격한 육체 피로도 줄어들게 된다. 뇌의 활동이 깨어나는 느낌이 들게 되면 기억력이나 인지력, 상황 판단력이 그전에 비해 월등히 잘 이루어짐을 체감하게 된다. 실제로 예전에 이해가 잘 안 갔던 내용이 어느 순간 머리가 밝아지며 이해가 되기도 하고, 생각과 집중하는 것을 장시간 할 수 있게 된다. 과거 흐리멍덩했던 눈이 아니라 이제는 자신감 넘치는 모습이 되어있음을 스스로 느낀다. 그래서 업무 및 학습, 인간관계 등 어떠한 상황에서든지 적절히 잘 대처하고 효율적으로 생활을 하는 '나 다운 나'의 모습을 되찾게 되고 그렇게 스스로의 자존감도 높아진다.

이렇듯 야자활동을 절제하여 체력과 맑은 정신을 되찾게 되면 그동안 낮아져있던 자신감과 자존감이 향상 된다. 일단 야자행위 후 반복되는 의미 없는 후회와 자책을 하지 않고, 스스로를 비하하지 않는다. 그리고 현실을 피하고 동굴로 들어가 야동을 보던 심리에서 이제는 동굴 밖으로 당당히 나와 현실을 마주하고, 건강한 체력과 바른 정신을 가지고 하나씩 문제의 실타래를 풀어가려는 능동적 자세를 취하게 된다.

사실 삶의 대부분 문제를 해결하는 가장 좋은 방법은 '그냥 하는' 것이다. 나이키의 광고 카피였던 'JUST DO IT ! (그냥 해!)' 이 바로 해답이다. 이런 이유 저런 핑계로 현실의 장애물을 피하려고만 하지 말고, 그냥 내 앞의 똥은 내가 치워야 앞으로 갈수 있다는 당연한 생각으로 그냥 '하면' 된다. 그렇게 일단 하다보면 어떻게든 해결된다. 더 좋은 방향으로 해결하기 위해서는 더 많은 노력이 필요하겠지만, 일단 '굴렁쇠'를 굴리기 시작한 것이 의미 있는 시도이다. 어찌되었건 굴렁쇠가 한번 굴러가게 되면 앞으로 나아갈 수밖에 없고 그렇게 계속 달리다 보면 어느새 목표한 지점까지 도달해 있다. 이렇게 무엇이든 그냥 하면 되는 것을 그동안 시도조차 안하고 계속 미루고 회피하며, 그 위안으로 야동과 같은 중독들에 의지하며 숨어 지내온 것이다.

영화 '매트릭스'를 보면 주인공인 '네오'가 매트릭스 속의 삶과 현실의 삶을 분간 못하고 헷갈려 하는 장면이 나온다. 영화 속에서 현실은 괴롭고 힘든 세상인데, 매트릭스 속 가상세계는 풍요롭고 안정되며 행복하다. 그래서 영화에서는 괴로운 현실보다 매트릭스 속에서 그냥 살기를 원하는 인물도 있다. 현실의 내가 진짜 나인지 매트릭스 속의 내가 진짜 나인지 스스로도 헷갈리는 상황이다. 중국 고대 철학자 장자의 '호접몽' 이야기도 이와 비슷하다. 장자가 어느 날 잠이 들었는데 꿈에서 자기가 나비로 변하여 여기저기 날아다녔다. 너무 현실 같아서 행복했는데 어느 순간 깨보니 허망한 그냥 꿈이었다. 너무도 생생한 기억 때문에 혹시 나비가 꿈을 꾸는 삶이 지금의 나로 변해 현실을 살고 있는 것은 아닌가 생각을 한다. 즉, 나의 꿈속에서 내가 나비로 변했듯이 사실은 나비의 꿈속에서 나비가 나로 변해 살고 있는 것이 지금 현실 모습이 아니냐는 것이다. 이러한 '매트릭스' 든 '호접몽' 이든 현실과 환상이 헷갈리는 상황 속에서 자아가 괴로워하는 모습은 야동으로 인해 중독된 많은 사람들에게 시사하는 바가 크다.

현실과 앞에 닥친 문제들을 피하고 싶어서 손쉬운 안식처인 야동을 찾는 것인지, 아니면 야동과 자위 때문에 삶의 의욕이 떨어지고 귀찮아져서 현실의 문제들을 회피하는 것인지, 무엇이 먼저인지는 알 수 없으나 부정적 현실을 외면하고 싶고, 안락한 환상을 찾는 모습은 매트릭스나 호접몽의 상황과 많이 닮아 있다. 혹시, 북극의 에스키모들이 늑대 사냥을 어떻게 하는지 알고 있는가? 에스키모가 날카로운 칼날에 동물의 피를 묻혀 눈밭에 칼을 꽂아두면, 늑대가 그 피 냄새를 맡고 다가와 칼날을 핥는다고 한다. 핥다보면 칼날에 베어 자기 혀에 피가 나게 되고, 그 피가 자기 피 인지도 모른 채 계속 핥다가 결국엔 과다 출혈로 그 자리에 쓰러져 죽는다고 한다. 가상현실 속 달콤한 안락에 빠져 현실을 도외시 하는 삶은 마치 늑대가 자기

피를 계속 쏟으면서도 순간의 피 맛을 끊지 못하고 계속 칼날을 핥는 것처럼, 시나브로 스스로를 망치는 안타까운 결말로 치닫고 있는 상황임을 무겁게 자각해야 할 것이다.

결국 매트릭스에서 주인공은 매트릭스 자체를 부수고 현실로 나오며, 장자도 잠에서 깨어나 현실을 깨닫는다. 늑대도 살기 위해서는 칼날 핥는 것을 멈추어야 하듯이 야동에 중독된 사람이 해야 할 일은 허망한 가상 속 위안과 안락을 깨부수고 현실로 과감히 나오기 위해 야동을 멀리하고 절제하며, 삶에서 그만 떨쳐버려야 하는 일이다. 그리하여 내 본연의 모습을 되찾고 더 나은 가치와 중요한 일에 몰두하게 되면, 그 때 비로소 스스로의 발전과 성장이 시작되며 자존감을 되찾고 매사에 자신 있는 사람으로 다시 태어나게 된다.

야동과 결별함으로써 얻게 되는 가장 좋은 변화는 내가 원하는 나의 삶을 살 수 있게 된 것이다. '나'라는 자동차가 있는데 이 자동차는 항시 앞으로 내달리고 싶다. 엔진성능도 좋고 기름도 가득 채웠다. 네비게이션으로 목적지도 잘 맞춰두었다. 이제 내가 원하는 대로 신나게 쭉쭉 나아가기만 하면 되는 상황이다. 그런데 사이드브레이크를 풀지 않고 계속 내달렸다. 아무리 엑셀을 밟고 네비게이션으로 빠른 길을 찾아보고 해도 자동차 자체가 쭉쭉 앞으로 나아가지를 못한다. 결국 그 상태로 달리다가 자동차는 고장 나고 '나'라는 자동차는 자신의 성능에 회의를 느끼고 이제는 앞으로 나아가기가 두려워진다. 여기서 사이드브레이크가 무엇을 의미하는지 다들 잘 알 것이다. 실제 사이드브레이크는 차량을 고정시키고 주차를 안전하게 하는 중요한 장치이다. 적절하고 상황에 맞게 사용하면 자동차에 꼭 필요한 부품이다. 그렇지만 운전할 때 사이드브레이크를 풀지 않으면 제대로 앞으로 나갈 수가 없다. 바로 야동이 그렇다.

야동과 멀어지고, 야동을 적절히 통제하는 삶이 바로 사이드브레이크를 주차할 때만 사용하는 것과 같은 바람직한 삶의 운영이다. 차든 사람이든 앞으로 쭉쭉 나아가려면 사이드브레이크 풀고 가속 페달을 밟아야 하지 않겠는가? 내 삶의 고속도로가 끝없이 펼쳐져 있는데 왜 굳이 사이드브레이크를 안 풀고 달리다가 차를 고장 내고서는 자동차 탓을 하고 있는가.

앞으로 나아가야 하는데 장애가 되는 야동 사이드브레이크를 풀면 시원하게 앞으로 내달릴 수 있다. 그것이 바로 내가 원하는 삶을 사는 것이다. 내가 원하는 삶이 뭘까? 말 그대로 내가 원하는 인생을 살고 있는 것이다. 원하는 욕구대로 막 산다는 의미가 아니다. 대부분 사람은 지금보다 더 나은 수준의 삶을 추구한다. 그것이 물질이든 정신이든 체력이든 어떤 것이든 더 나아지려고 노력한다. 그런데 세상의 진실은 무엇이든 더 나아지려면 가만히 있어서는 되어 지지 않고 그에 따른 노력이나 대가가 필요하다는 점이다. 성적을 올리려면 지금까지 하던 방식이 아닌 더 효율적인 방법으로 공부양도 늘리고 더욱 집중하여 공부하여야 한다. 뱃살을 빼려면 헬스장을 끊던지 집주변을 달리던지 꾸준히 몸을 움직이고 식사량을 조절하여야 한다. 여자친구를 만들려면 외모나 말주변에 대한 자책을 할 것이 아니라, 스스로를 발전시키고 외모도 가꾸려고 노력해보며 끊임없이 여성이 있는 곳에 자기를 노출시키려고 노력해야 한다. 직장에서 인정받으려면 일을 완벽히 하려고 더욱 신경을 써보고, 개선거리도 찾아보며, 직장 내 인간관계도 잘 유지하려고 노력해야 한다. 하다못해 입에서 입 냄새가 나면 양치도 더 자주하고 껌도 씹어보고 치과도 다니는 노력을 해야 한다. 이렇게 예전보다 나아진 삶, 처음보다 발전된 삶, 과거보다 성장한 삶이 내가 원하고 바라는 삶 아니겠는가? 그것이 내 삶의 고속도로를 신나게 달리는 느낌이고, 한번 사는 인생 더욱 가치 있게 사는 방법이 아니겠는가?

유교의 '수신제가치국평천하'라는 말은 유명하다. 쉽게 말해 큰일을 하려면 자기 스스로부터 돌보기를 시작해야 한다는 것이다. 이 말은 우리나라 정치인들 중에서 '수신'도 되지 않고 세상에 나와서 망신만 당하는 경우를 볼 때 아주 리얼하게 와 닿는 고사성어 이다. 사실 정치인뿐 아니라 누구든 더 나은 사람이 되고 어떤 성과를 이루기 위해서는 자신을 수양하는 '수신(修身)'이 필수적이다. 자기계발, 성장, 자기관리, 수양, 자기발전 등등은 모두 '수신'과 같은 표현이다. 개인적으로 유교가 지닌 보수적 성향 덕분에 지난 우리 역사가 진보하지 못했던 '꼰대철학'의 이미지로 인하여, 유교와 성리학자들에 대해 그다지 좋은 평가를 내리고 싶지는 않다. 하지만 유교에서 강조했던 유학자들의 가장 기본 품성인 '수신'을 중시하는 자세는 공자 시절부터 현재까지 시대를 초월하여도 귀감이 되는 삶의 진리임을 부정할 수가 없다.

인생을 사는 여러 방법이 있다. 무엇이 옳다고 단정 할 수도 없고, 인생을 어떻게 살아야 하는지 정답도 없다. 아마도 그래서 예전부터 많은 사람들이 고민을 해 온 것 같다. 어떻게 사는 것이 그래도 좀 더 잘사는 인생이고 가치 있는 삶인 것일까. 자연계에서 동물과 같이 살고 인간도 동물의 한 종이라지만 배고프면 먹고, 마려우면 싸고, 당기면 교미하고, 해지면 잠들고, 해 뜨면 일어나는 이런 시간만 보내는 동물들처럼 인간이 사는 것은 뭔가 좀 아니지 않은가. 설령 태어나기는 동물들처럼 태어났더라도 배우고 깨우치고 노력하는 가운데 인생의 의미를 찾고 동물들은 느끼지 못할 행복감을 가지고 삶을 가치 있게 가꾸어 나가는 것이, 인간만이 할 수 있는 인생을 잘 사는 방법 아니겠는가. 이런 식으로 인류는 더 나은 생활을 위해 진보해 온 것이고, 그 혜택 속에서 우리는 이렇게 동물과 질적으로 다른 생활을 하고 있다.

'당연한 이야기를 뭐 이리 길게 이야기 하나' 할지 모르겠다. 하지만 이 당연한 진리를 잘 못 느끼고 살아가는 '인간계'가 꽤 많다. 인간이 동물과 다른 점이 무엇이며, 더 나은 삶과 인생에 대해 왜 고민을 해왔으며, 그 고민의 결과는 어떤 것이고, 그런 고뇌의 인생들이 모여 사회가 발전하고 진보하여 지금의 세상을 이루었는지. 세상의 혜택을 누리며 살아가지만 이 세상이 거저 이루어진 것은 아님을 우리는 한번쯤 자각해야 한다. 고 김대중 대통령께서 생전에 '인생은 아름답고, 역사는 발전 한다'라고 하셨다. 역사라고 통칭되는 '과거부터 이어온 이 세상'은 계속 발전한다는 것이고, 그 속에 살고 있는 우리들 인생은 아름다운 것이다. 그러나 세상이 그냥 발전되는 것이 아님을 알아야 한다. 인간이기 때문에 발전시킬 수 있는 것이다. 그 인간 역시도 스스로 '수신'을 통하여 끊임없이 더 나은 인간이 되고자 노력할 때만이 인류 발전의 원동력이 될 수 있다. '수신'이 되어야 '치국평천하'가 되니까 말이다.

결론적으로 '더 나은' 내가 되는 길이 궁극적으로 사회가 발전하고 세상이 나아지는 길이다. '더 나은 나'는 앞서 말했지만, 내가 바라는 나이다. 야동에서부터 사회 발전이라는 거창한 담론까지 이야기가 되었지만, 이는 사실이다. 작은 변화가 나를 발전시키고 나의 변화들이 모여 세상을 바꾸고 발전시킨다. 야동을 멀리하여 자기가 원하는 삶에 한발자국 다가가게 되면 그렇게 인생과 세상이 바뀐다. 야동에 쓸 에너지를 모아 내가 진짜 쏟아 부어야 하는 '그것'을 이루기 위한 노력의 동력으로 삼는다면, 그게 무엇이든 과거의 당신이 하던 노력에 비해 더욱 쉽게 성취 할 수 있을 것이고, 그로 인한 스스로의 자부심이 뿌듯할 것이다. 바로 거기서부터 시작이다. 인생이 바뀌고 더 나아가 세상이 바뀌어지는 진리의 시작. 그런데도 평생 정액만 낭비하며 그냥 이대로 살 것이라고? 그렇다면 과연 동물의 삶과 정녕 다를 바가 무엇이랴?

2. 닥치고 30일 끊기에 도전하자 !

　지금까지 야동과 결별해야만 하는 수많은 이유에 대해 살펴보았다. 이렇게 쾌락의 수준은 거의 '마약' 급이고, 건강의 해로움은 거의 '담배' 급인 야동은 중독 중에서도 핵 중독의 요건을 고루 갖춘 관리가 필수인 대상임에도, 우리 사회에서는 편의점에서 삼각 김밥 사먹는 것처럼 간편하게 소비와 유통이 되고 있다. 술, 담배는 그나마 청소년들에게 판매금지 이지만 야동은 맘만 먹으면 초등학생들도 얼마든지 보고 따라할 수 있다. 이런 야동천국 대한민국이지만 그 부작용에 대한 사회적 인식은 그다지 모아지지 않고 있는 모양새다.

　이런 문제는 비단 우리나라의 문제 뿐만은 아닌 것 같다. 미국에서도 이런 야동이 주는 여러 부작용과 문제점들에 대해 심각성을 절감한 사람들이 모여서 'NO FAP (자위금지)' 이라는 단체를 만들어, 야동에 중독된 사람들에게 금욕과 절제를 강조하는 운동을 하고 있다. NO FAP은 우리나라 채팅

용어인 '금딸'로 바뀌어 주로 해석 되는데, NO FAP 운동은 그 취지가 충분히 공감 가는 내용임에도 불구하고 수많은 반대론자들과 비판론자들에 의해 공격을 당한다고 한다. 쉽게 말해 '성욕은 자연스러운 현상인데 니들이 뭔데 그걸 참으라 마라 하냐'는 것이다. 사실 반대론자들의 의견도 일리가 있는 부분이다. 성욕으로 인한 자위을 무조건 참으라고만 하면 누가 쉽게 받아들이겠는가? 쥐를 잡더라도 한쪽에 조그맣게 도망갈 구멍 하나는 열어줘야 쥐를 몇 마리 놓치더라도 많은 쥐를 잡을 수가 있는 것이다. 손자병법에서도 전쟁 시에 적의 퇴로를 조금 열어주고 몰아 붙여야 더욱 대승을 이끈다고 하였다. 가장 무서운 진법이 도망칠 곳 없이 뒤쪽에 강을 두고 진을 치는 '배수의 진' 아닌가. 도망칠 곳이 없는 병사들은 이래죽으나 저래죽으나 매한가지니 더욱 무섭게 덤벼들기 마련이다.

야동 관리도 같은 관점에서 보면 무조건 참아라. 끊어라. 그게 뭐라고 못 끊냐. 하는 식으로 접근하면 위의 NO FAP 반대론자처럼 '너나 잘해!' 또는 '니가 뭔데!' 라는 답변으로 되받아쳐지기 십상이다. 아무리 좋은 취지이고, 상대를 위한 것이라고 하지만 상대가 받아들이지 않는다면 결국 지금까지 한 이야기가 모두 소 귀에 경 읽기로 그치고 만다. 그래서 나는 'NO FAP' 보다는 'CON(TROL) FAP'을 제안하고 싶다. 말 그대로 자위를 안정적으로 '관리'하는 것을 목표로 하는 것이다. '금딸' 이 아닌 '관딸'이 더욱 모두의 공감을 사고 시도해 볼만한 방법이라고 확신한다.

"알겠으니 썰 좀 그만 풀고, 그럼 이제 어떻게 하라고 할 건데?"
이런 많은 이들의 목소리가 들리는 듯하다. 그동안 나는 야자 관리를 하기위해 정말 수많은 방법을 동원해 보았다. 그럼에도 불구하고 쉽사리 통제하기가 힘들었다. 도파민의 공격은 정말 쉽게 방어할 수 있는 부분이 아니다. 그러나 수많은 시행착오를 거쳐 결국 내 나름의 방어 전략을 구축해 내었다. 인터넷이나 유튜브를 보아도 야동을 끊으라는 이야기만 있지 어떤 방법으로 얼마나 노력해야 하는지 구체적 내용이 없고, 무작정 참아라, 보지마라 하는 식이 대부분이다. 제일 황당하게 느껴졌던 건 100일 끊었더니 몸이 달라졌다던 지, 몇 년간 금딸 했더니 인생이 바뀌었다는 식의 금딸 예찬론자들의 이야기였다. 야자를 줄이고 싶어서 찾아본 것인데 오히려 회의감만 드는 내용들이었다. 서울대 입학한 학생이 '공부가 가장 쉬웠어요' 하는 소리로 밖에 안 들렸다. 결국 나한테 맞는 야자 통제 방법을 스스로 찾아야 했다.

'관딸'의 핵심은 일단 성욕에 대한 '인정'에서 시작된다. 그것이 내가 내린 결론이다. 야자를 아예 끊는 것은 사실상 어려운 것임을 인정하는 것이다. 정말 스님처럼 득도하고 참선하는 인생을 사는 것이 아니라면, 현실세계 수많은 유혹과 자극 속에서 나 혼자 참아본다고 참아지는 것이 아닌 게 야자였다. 그걸 인정하고 그럼 줄여보고 관리해보겠다! 라는 것이 본격적인 관리의 출발이다. 앞서 끊임없는 연습과 노력을 통하면 무엇이든 이룰 수 있다는 이야기를 한 적이 있다. 연습과 노력이 습관을 이루고, 결국 무의식마저 변화시켜 삶을 변화시킨다는 것이다. 앞으로 내가 할 이야기도 사실 그리 대단한 내용은 아니다. 결국 그것을 받아들이고 꾸준한 연습과 노력을 통해 나의 습관으로 만들어 변화하느냐는 스스로의 절실함의 문제이다.

영화 '황산벌' 에 보면 황산벌 전투를 앞두고 백제의 계백 장군과 신라의 김유신 장군이 비밀리에 만나 협상을 나누는 장면이 나온다. 협상은 장기를 두는 방식으로 진행 되었는데, 장기 두는 방식이 가히 엽기적이었다. 그냥 장기가 아닌 '인간말 장기'를 둔 것이다. 백제군 병사와 신라군 병사가 각기 장기의 말이 되어, 두 장군의 한수 한수에 따라 실제로 상대 병사를 죽이는 방식이었다. 물론 영화를 위한 극적 장면이긴 했지만 나는 이 장면이 사회생활을 하고 세상을 살면서 문득문득 떠오를 때가 많았다. 왜냐하면 이 세상도 영화 속처럼 딱 두 종류의 사람으로 쉽게 구성되어 있는 것처럼 보였기 때문이다. 바로 '장기를 두는 자'와 그 '장기 속의 말이 되어 움직이는 자'처럼 말이다. 정말 어떤 사안이든 자기 생각을 가지고 객관적이고 치밀하게 깊은 고뇌를 하고 삶을 능동적으로 살아가는 사람이 있는 반면에, 무엇이든 남이 하는 대로 따라하는 것이 가장 안전한 길이라며 자기회피에 익숙하고, 주변의 지시에 따라 정해진대로 움직이는 것이 최대 미덕인 수동적인 사람이 있다. 그리고 경험상 후자의 사람들은 결국 전자의 사람들의 충실한 '장기판 속 말'이 되어 움직이는 것이 세상의 이치였다. 이것은 사람의 성향이니 무엇이 옳고 그르다고 구분할 부분은 아니다. 하지만 나는 적어도 후자처럼 평생 살기는 싫었다. 비록 태어나기는 장기판 말에 가까운 쪽에서 태어났지만, 또한 어쩔 수 없이 장기판 말처럼 살아가고 있더라도 나는 늘 내가 장기판의 말인 동시에 장기를 두는 사람이 되고자 했다. 어차피 한번 사는 나의 인생 그게 좀 스스로에게 떳떳하다고 느꼈기 때문이다. 야자를 관리하고 싶은 절실함도 마찬가지다. 무엇보다 소중한 내 삶과 건강을 지키고 싶었고 내가 뜻한바 대로 주도적인 인생을 살고 싶었다. 그러기 위해서는 인생의 출발을 가로막는 사이드브레이크 야동은 반드시 해결해야 할 부분이었다.

그래서 내가 찾아낸 효과적인 'CON FAP' 방법은 '30일 금욕'이다. 말 그대로 30일 동안 금욕을 해보는 것이었다. 물론, 30일도 어떻게 참느냐. 무리다. 하는 원성이 있을 것이라는 걸 잘 안다. 하지만 이것이 가장 현실적이고 적절한 방법임을 체감했다. 30일을 매번 금욕하라는 것이 아니고 인생에 한번 '30일 금욕' 정도는 해보라는 것이다. 그리고 그것을 달성하면 그 이후에 30일을 참았다는 것이 스스로의 자부심이 되어 야자 활동을 줄이는데 큰 영향을 끼칠 것이다. 즉 잡생각이 들 때면 '그때 30일도 참았는데..'라는 생각이 당신을 지켜준다. 그 후에는 자기 관리 범위 내에서 정말 욕구가 있을 경우에만 해소하게 되는 건강한 생활을 할 수 있다. 또한 1년은 12달이고 결국 한달 한달로 이루어짐을 볼 때, 한 달을 기준으로 야자 횟수를 쉽게 계산할 수 있으므로 스스로에게 경각심을 일깨우기 쉬운 기간이 30일이다. '아.. 이번 달 몇 번 했었지.' 나만의 마음 속 카운트가 간단히 집계 된다.

야자 관리의 기준일 '30일 금욕' 달성은 당신의 인생이 새롭게 태어나는 첫 출발점이다. 30일이 너무 길다고 생각되는가? 쫄지 말자. 다 방법이 있다. 스스로의 신념만 가지고서는 결코 달성하지 못한다. 그래서 목표 30일을 세우고, 그 목표를 달성할 수 있도록 수많은 방법을 제시해 보도록 할 것이다. 앞서 야자의 반대말은 '금딸'이나 '현자타임'이 아니고 '목표의식'이라고 했었다. '30일'이라는 목표의식을 확실히 가지고 한번 도전해보자. 인간의 긴 인생 속에서 고작 30일 금욕이다. 이건 정말 누구라도 할 수 있다. 더 나은 인생을 위해 한번쯤은 꼭 해내야 하는 관문이라고 생각하자. 자 이제 시작한다. 다 같이 파이팅이다 !!

CHAPTER 5.

30일 끊기의 기술

1. 처음 3일은 무조건 버티자

　많은 전문가들이나 검색 창 등에서 종종 제시하는 '3일'이라는 시간에서 부터 일단 출발하자. 명심할 것은 이 3일은 무조건 버텨야 하는 최소 단위의 금욕 기간이라는 것이다. 매일 야동과 자위를 습관적으로 하는 '1일 1딸'의 젊은 혈기들에게 반드시 필요한 기간이 이 3일이라는 시간이다. 제발 일일 단위에서 벗어나 3일만 '팀(term)'을 가져보자. 특히 전문가 의견이라고 권위가 부여 된 수많은 자위 면죄부 근거들 - '전립선암 예방을 위해 자위를 해야 한다.' '자위는 몸이 건강하다는 증거이다' '자위는 성적욕구를 해소해 주는 바람직한 방법이다' 등의 내용은 일단 모두 무시하자. 습관성 자위로 머릿속에 야동 생각이 그득한 사람에게 이런 나이브한 말들은 경계심을 무너뜨리는 독약일 뿐이다. 예를 들어보자. 당신이 자동차를 천천히 운전하며 가고 있는데 뒤에서 빨리 가라고 '빵빵' 대고 있다. 뒤차를 신경쓰다보니 정작 앞쪽에서 사고를 내고 말았다. 그런 상황이 되었을 때 뒤차 운전자가 '아. 빵빵거려 죄송합니다. 제가 도와 드리겠습니다' 이러고 내릴 것 같은

가? 십중팔구 그냥 무심하게 자기 길을 갈뿐이고, 사고를 낸 당신만 바보가 된다. 뒤에서 아무리 빵빵거려도 참고만 할 뿐 앞, 뒤, 양 옆쪽의 상황을 주시해 가면서 자기주도 방어운전을 해야만 사고도 없고 안전이 보장되는 것이다. 전문가들이나 남들의 의견도 마찬가지다. 그 의견들을 무조건 좇아 몸이 망가지고 정신이 피폐해진다면, 나중에 누구를 탓할 것인가. 제발 야동과 자위에 면죄부를 주는 야동천국 대한민국의 수많은 문구들에 현혹되지 말아야 한다. 차라리 그냥 '닥치고 3일'을 머릿속에 각인하는 것이 스스로의 몸과 정신을 지키는 더욱 현명한 방법임을 기억하자.

몸이 시각적인 자극에 주기적으로 반응해 왔던지라, 매일 보던 야동을 한시라도 멈추게 되면 담배의 금단 현상처럼 야동 금단 현상이 생기기 마련이다. 그러기 때문에 처음에는 3일의 기간을 버티기 위해서 의도적으로 노력을 해야 한다. 이 책을 읽었다고 골방에서 3일 동안 나오지도 않고 참아보겠다. 이런 노력은 실패 확률이 높다. 실제로 어디 여행을 다녀오던지, 모임을 나가서 어떤 주제나 활동에 몰입을 하던지, 야외활동을 하던지, 몸을 지치게 하고 정신을 다른 곳으로 돌리게 하는 어떤 노력을 해야 한다. 3일이라 하면 긴 것 같지만, 관점에 따라 눈 깜짝할 시간이고 정말 찰나의 시간으로 지나갈 수 있다. 군필자라면에서 휴가 나왔던 3박4일이 엄청 길었던가? 정말 잠깐 스쳐지나간 시간 아니었던가. 이런 식으로 무엇인가 절실하고 몰입되는 활동적인 생활을 3일 동안 의도적으로 해보자. 정말 야동 생각 없이 3일을 한번 보내는 것이 중요하다. 그걸 경험한다면 '아. 야동을 3일 안 봐도 아무 일이 없구나. 괜찮구나.'를 체감하게 될 것이다. 여기까지가 최초 1단계이다. 1일~2일 단위에서 3일 단위로 야자활동의 간격을 억지로 늘려보는 것이다. 절대 과하지 않은 금욕의 시간이라는 것을 모두 인정하리라 믿는다. 이것이 기본이 되지 않으면 앞으로의 노력도 모두 허사가 된다.

최소 3일 금욕의 시간. 이것이 야자 관리의 첫 시험 관문임을 잊지 말자.

3일의 금욕 관리가 되었으면, 이제 몸이 3일 주기 욕구로 반응이 바뀔 것이다. 3일이 지나면 금단현상이 일어나고 아랫도리에서 서서히 신호가 올 것이다. 많은 사람들이 이 부분에서 많이 무너지면서 욕구, 쾌감, 후회의 사이클을 반복한다. 사실 욕구와 쾌감의 단계가 생기는 건 어쩔 수가 없다. 정상적인 현상이다. 다만 '후회'를 한다면 자신의 진정한 욕구가 아닌 억지로 쾌감을 짜낸 것으로 봐야 한다. 자위 후에 후회가 없고 쾌감만이 있어야 몸도 인정하는 건강한 자위인 것이다. 그래서 3일 주기가 완성되었다고 해서 멈추면 안 된다. 3일 주기로 계속 야자를 하는 것은 기간만 조금 늘어났을 뿐 궁극적으로 몸과 정신이 축나는 것은 비슷하기 때문이다. 결국, 야자 관리의 핵심은 이 '주기'라는 정기적 자극을 없애는 것이 최종 목표다. 그래서 이를 이루기 위한 '30일 금욕'은 일생에서 꼭 한번은 해볼 만한 가치 있는 도전이다.

현대그룹의 창업주 정주영 회장은 가난한 농부의 아들로 태어나 부두 노동자로 생업을 이어가다가 우연치 않게 쌀가게에서 일을 하게 된 후, 그 주인에게 인정을 받아 쌀가게를 이어받으며 사업을 시작했다. 쌀가게가 번성하자 그는 자동차 수리점을 열었고, 자동차 수리점이 번성하자 건설회사(현대건설)를 설립하고, 그 기세로 현대중공업, 현대자동차 등등 지금의 엄청난 현대그룹을 일궈냈다. 아마도 처음 쌀가게를 시작했을 때, 정주영 회장 자신도 이런 엄청난 도약과 업적을 이룰 것이라고는 미처 생각하지 못했을 것이다. 단지 그때그때의 현실에 충실하며 회사를 더욱 번창시키고 더 잘 키울 수 있도록 끈기를 가지고 꾸준히 사업을 일군 것이 단순하면서도 명확한 그만의 성공비결이었다.

'CON FAP'의 최초 '3일' 역시 마찬가지다. 1일이 모여 3일이 되고, 3일을 버티다보면 일주일이 되며, 일주일이 다시 모여 한 달이 된다. 이렇게 한 번 제대로 노력한 후에는 마치 곰이 마늘과 쑥만으로 100일을 버텨서 인간이 되었듯이, 야자의 굴레에서 벗어난 자유롭고 건강한 '나'로 새롭게 태어날 수 있다. 쌀가게가 현대그룹이 될 것이라고 처음부터 예상한 건 아니지만 꾸준히 노력하다보니 어느새 현실이 된 것처럼, 작은 것부터 하나씩 이루어 가다보면 어렵게만 보이고 버겁게 느껴졌던 수많은 목표들이 정말 신기하게도 조금씩 이루어지는 경험을 할 수 있다. 이를 강하게 믿고 노력해 보자.

자. 이제 3일이 경과 되었다. 아무 일도 일어나지 않는다. 그럼 이 기세로 일주일까지 한번 몰아붙여 보자. 3일 간신히 버텼는데 일주일을 어떻게 하냐고? 우리 30일 참기로 마음먹지 않았는가? 그냥 이 상태에서 똑같이 3일 다시 한 번 하면 일주일이다. 3일의 시간은 눈 깜짝할 수 있는 시간임을 이미 익혔다. 그리하여 '1일1딸'에서 '1주1딸'로 자신의 의지를 시험해보자. 이렇게만 되어도 정말 장족의 발전이다. 이런 식으로 조금씩 기간을 늘려가는 것이다. 만약 자신이 생각했던 목표를 달성해 내었다면 축하의 의미로 영국의 전설적인 록그룹 퀸의 'WE ARE THE CHAMPIONS!' 이라는 노래를 선물로 들려주고 싶다. 가사를 곱씹어보며 보며 마음을 다지길 바란다. 이 작은 승리가 쌓여 당신은 조금씩 자존감을 되찾을 것이다. 그리고 그 작은 성공이 더 큰 성공으로 계속 이어지면서 결국 최종에는 인생 전체를 두고 승리자가 될 것이다! 이 위대한 여정을 이루는 첫 시작의 기회를 제발 놓치지 말자.

2. 스마트 폰 '잠금'을 생활화 하자

스마트 폰이 없는 삶을 상상해 본적 있는가? 아마도 굉장히 불편할 것이다. 이 작은 스마트 폰 안에 나의 모든 인간관계, 수많은 정보, 볼거리와 놀거리, 감동과 즐거움, 그리고 숨겨진 욕망과 개인적인 비밀까지 '나' 라는 사람의 지금 현재의 모습이 모두 담겨있기 때문이다. 이는 다시 말하면 내가 스마트 폰을 만지고 조작하는 것이 아니고, 이제는 스마트 폰에 맞춰 내 삶이 움직여지는 주객전도의 생활을 하고 있음을 나타낸다. 길을 걸으면서도, 화장실에 가서도, 엘리베이터를 타고, 지하철에 타서도, 밥을 먹거나 심지어는 상대와 대화를 하면서도 우리는 스마트 폰에서 눈을 떼지 않고 살아간다. 실로 야자중독 못지않은 스마트 폰 중독의 시대이다.

곰곰이 기억을 되돌려 보면 우리가 아니, 전 세계인이 스마트 폰의 노예가 된 것은 불과 몇 년 밖에 지나지 않은 너무나 급작스러운 세기적 변화의 모습이다. 아직도 나는 2G폰을 쓰던 시절이나 씨티폰을 쓰던 시절, '삐삐'

로 '3579(사모하는 친구)' 번호를 남기고 음성을 남기던 때와 더 이전에 전화카드나 동전으로 공중전화 부스 앞에서 줄 서서 전화 걸던 기억이 지금도 생생하다.

지금 생각해보면 그 시절에 스마트 폰 없이 어떻게 살았나 싶지만, 뭐 좀 불편하긴 했어도 그때도 나름 꽤 잘 살았다. 일단 지금보다 훨씬 많은 사람들의 연락처를 머릿속에 기억하고 있었고, 늘 다이어리와 메모장을 통해 무엇이든 기록하며 인간관계와 정보 등을 관리하였다. 지금처럼 음원이 없었기에 음악을 듣기 위해 구매한 카세트테이프와 CD를 귀하게 다루었고, 어렵게 구한 '제목 없는' 비디오테이프는 검은 봉지로 여러 번 감싸고 꼭꼭 숨겨둔 채 부모님이 집을 비우는 시간만을 기다리며 몰래 봤다. 조금 불편하긴 했지만, 지금처럼 스마트 폰 없는 삶이 상상이 안될 만큼 최악의 삶의 질은 아니었다. 지금보다 편리함은 덜 했을지 몰라도 현재의 스마트 폰 중독이나 야동 중독과 같은 문제도 없었다. 물론 과거가 그립다 해도 그 때로 다시 회귀할 수는 없겠지만, 지금처럼 스마트 폰이 개인의 생활을 지배하는 세상이 만능의 시대는 아님을 꼭 이야기 하고 싶다. 스마트 폰도 야동처럼 사용자 스스로 절제와 관리를 하지 않으면, 그 기능의 탁월함을 넘어서 우리 삶의 '독'이 될 수 있는 중독의 매개체가 되기 충분하기 때문이다.

사실 야동과 스마트 폰의 만남은 특히 남성들에게 획기적인 '성적 해방구'를 만들어 주었다. 지금까지 야동 대한민국이 되어 온 일련의 과정들은 결국 야동과 스마트 폰의 결합으로 개인을 위한 성욕 해결창구를 만들기 위한 과정이었다고 해도 과언이 아니다. 과거 비디오테이프를 가지고 첩보작전 수행하듯이 야동을 보던 시절에서, 지금은 화장실이나 내 방처럼 어디든 혼자 있는 공간에서 스마트 폰만 있으면 원하는 성적 판타지에 바로 도달할 수 있으니, 가히 그 변화가 혁명적이라 할 수 있다. 그동안 억눌려 있던 성적 욕망 입장에서 봤을 때 그 해방감의 수준이 마치 프랑스혁명에 비견될 만큼 혁명적으로 일시에 갈증을 해소 시켜 준 사건이 바로 스마트 폰의 출현과 야동의 만남이었다.

그러나 지금껏 우리는 더 나은 삶과 행복이라는 대전제 아래 야동과 스마트 폰의 절제에 대해 이야기 하고 있다. 이러한 야동 혁명이 도래 하였다고 무조건 인정하고 받아 들여야겠는가? 프랑스혁명 역시도 그 후속 관리가 제대로 되지 않자 나폴레옹이라는 전제 정치가 다시 등장하는 안타까운 역사의 역행을 맞이했다. 그래서 무엇이든 '변화'는 꼼꼼히 따져보고 받아 들여질 것과 비판되어 걸러질 것을 분명하게 확인한 후 분별력 있게 받아 들여져야 한다. 그런 의미에서 스마트 폰의 시대에 스마트 폰을 아예 안 쓸 수는 없고, '견물생심' 이듯이 스마트 폰을 통한 야동의 접속은 쉽게 차단하기 어려운 부분이 있다. 그래서 효율적인 스마트 폰 사용을 위해 다음과 같은 제안을 하려 한다. 바로 스마트 폰을 '잠그는' 것이다.

'스마트 폰을 그냥 2G폰으로 바꾸세요' 라든지, '그냥 야동을 보지마세요' 식의 전혀 영혼 없는 하나마나한 이야기를 하고 싶지 않다. 하지만 어떤 식으로든 관리와 절제는 필요하다. 그래서 찾아낸 방법이 스마트 폰을 잠그는 것이었다. 사실 이러한 스마트 폰 중독에 대한 개선 고민은 이미 많은 사람들이 했던 모양이다. 실제로 스마트 폰 중독 방지 관련 어플을 찾아보면 그 수가 꽤 많다. 특히, 내가 자주 사용하는 스마트 폰 '잠금 어플'은 시간대를 정하여 일정 시간동안 스마트 폰을 사용하지 못하게 하는 어플이다. 예를 들어 퇴근 시간 18시부터 다음날 출근 시간 아침 7시 반까지 스마트 폰의 일부 기능만 사용 가능하게 하고, 기본적으로 폰을 사용하지 못하도록 잠금 장치를 걸어두는 것이다. 소중한 저녁시간을 스마트 폰의 노예로만 보내고 싶지 않아서이다. 주말은 조금 유연하게 밤 22시경부터 아침 10시 까지 잠근 채로 생활 한다. 주말에는 야외 활동 시 저녁 늦게까지 인터넷을 활용할 일이 생기기 때문이다.

많은 스마트 폰 중독 방지 어플이 있는데, 그 중에서 나는 '넌 얼마나 쓰니'라는 어플을 사용한다. 이 어플은 설정한 시간이 되면 자동적으로 스마트 폰이 잠가져서 좋고, 잠가진 상태에서도 사용 할 수 있는 어플을 내 스스로 정할 수 있어서, 부득이한 스마트 폰 활용 시에도 불편함이 없다. 이 어플이 아니더라도 그 밖에도 더 좋은 기능이 있거나, 자신에게 더 잘 맞는 어플을 있다면 찾아서 잘 활용해 보시라. 그 자체로 스마트 폰 중독에서 벗어나는 유익함을 얻게 될 것이다. 물론, 처음에는 특정 시간동안 스마트 폰을 못 쓰고 인터넷에 접속이 안 되면 답답하고 무슨 큰일이라도 날 것처럼 불편함이 느껴지기 마련이다. 하지만 과거에 스마트 폰 없이도 우리가 잘 살았듯이, 몇 시간 동안 스마트 폰을 통해 인터넷 접속이 좀 안 되어도 생활하는데 전혀 불편함이 없다는 것을 금방 알게 될 것이다. 오히려 그 시간에 가족과 친구에게 더욱 집중하고, 자기계발이나 독서 같은 실용적인 시간활용을 할 수 있게 되어 더 가치 있는 생활을 할 수 있다. 그리고 당연히 스마트 폰이 잠겨있는 시간에는 폰으로 야동도 못 보게 될 것이니, 밤새 끊임없는 야동 탐닉의 첫 고리가 끊기게 된다. 이렇듯 잠금 어플 하나로 야동 중독과 스마트 폰 중독 두 가지를 한 번에 끊을 수 있다.

잠금 어플을 깔고 지정된 시간에 스마트 폰이 잠가지는 생활에 익숙해지기만 하여도 야자탈출에 큰 도움이 된다. 하지만 걷잡을 수 없는 욕구로 한순간 피가 '특정부위'로 몰리고 있는 사람에게는 스마트 폰을 아무리 잠근

다 해도 어떻게든 방법을 찾아서 기어이 야동을 볼 것이라는 것을 체험적으로 알고 있다. 그런 다른 루트들을 관리 하는 방법은 다음 장에서 이야기 하도록 하고, 정 보고 싶어 미치겠다면 봐야지 어쩌겠나. 다만, 보고 싶어 미치지도 않고 그다지 생각이 없음에도 습관적으로 야동을 찾아보고, 억지로 몸을 자극시키며 또 바보같이 후회를 반복하는 것이 우리가 개선하고 싶은 우리의 모습 이었다. 이런 습관적으로 야동을 찾아보는 야자 중독에 처음 어퍼컷 한방 제대로 먹이는 것이 바로 스마트 폰 '잠금'이다. 불편하더라도 최소 30일 끊기 기간 동안에는 이 잠금 어플을 필수로 깔아두고 생활하자. 어플만 깔아도 30일 목표 달성율이 굉장히 높아짐을 알 수 있을 것이다. 스마트 폰 사용을 줄이면 확실히 성공률이 높아진다. 스마트 폰 잠금 어플은 'CON FAP' 을 원하는 모든 이에게 필수이다. 까먹지 말고 지금 당장 다운로드 받아서 바로 실행하자!

3. 원인을 차단하라

영화 '명량'에서 이순신 장군은 최후의 결전을 앞두고 출정식에 나서며 병사들이 보는 앞에서 남은 식량과 곡식을 모두 불태우신다. 또한 패배감에 사로잡힌 두려움 가득한 탈영병을 과감하게 참수함으로써 패배의식에 빠져있는 병사들의 정신을 일깨우고 결전의 의지를 하나로 모으셨다. 이렇듯 패배의 싹이 될 수 있는 모든 원인들을 사전에 모두 제거함으로써 13척의 배로 133척의 왜선을 물리친 '명량해전'이라는 기적 같은 승리를 이루어내셨다.

황당한 생각이지만 이런 이순신 장군님께 야자중독을 물리칠 해결책을 여쭙는다면 어떤 말씀을 하실까? 아마도 가지고 있는 스마트 폰과 태블릿 PC, 데스크 탑을 모두 꺼내어 불태우라고 명령하실 것 같다. 그리고 잠겨있는 방문을 거북선 '충파'하듯이 뚫어버리고 패배감에 빠져있는 골방 '현자'들에게 호된 불호령을 내리셨을 것이다. 사실 이렇게 특단의 조치까지는 아니더라도 우리 주변에서 흔히 볼 수 있는 비슷한 개선의 모습들도 있는데, 노력해도 안 되는 다이어트를 위해 거금 들여 개인 PT를 한다던지, 성적이 죽어도 안 오르니 기숙학원 같은 곳을 들어가 스파르타식 공부를 하고, 나태해진 정신상태를 바꾸기 위해 해병대 캠프에 들어가 고생을 사서 하는 등 환경의 변화를 꾀하여 스스로 더 나아지려는 사람들이 그런 경우이다. 이런 식으로 의지가 부족하고 변화가 쉽지 않은 사람들에게는 인위적으로라도 계속 자기 주변의 환경을 바꾸고, 그에 따라 끊임없이 자극을 받는 것이 원하는 목표에 한걸음 다가설 수 있는 아주 현명한 방법이라 할 수 있다.

아인슈타인이 했던 말 중에 "똑같은 방법을 반복하면서 다른 결과가 나오기를 기대하는 사람은 정신병자다"라는 명언이 있다. 변화를 원한다면 기존에 하던 식과는 다르게 뭔가 새로운 방법을 시도해봐야 한다는 것이다. 지금의 우리 역시도 야자 중독을 개선하고 30일 프로젝트를 성공하기 위해서 지금의 생활 패턴을 기존과 다르게 바꾸어야만 좀 더 나은 결과를 기대할 수 있다. 즉 야자의 원인을 차단하고 주변 환경을 적극적으로 바꾸어, 그에 맞게 스스로 적응하는 변화를 추구해야만 한다는 것이다.

앞서 스마트 폰은 어느 정도 관리 범주에 넣었으므로 논외로 하고, 또 다른 녀석들인 노트북, 데스크 탑, 태블릿 PC 같은 '적'들이 있는데 이놈들 관리도 아주 골칫거리다. 사실 혼자 사는 사람의 경우는 이 많은 것들과 한꺼번에 단절하기가 쉽지 않을 것 같다. 그래서 야자를 놓지 못하고 고민도 클 것이다. 상대적으로 가족과 같이 거주하는 사람들은 그래도 집에 보는 눈들이 있기 때문에 야자중독이 조금 덜 할 것 같은데, 사실 혼자 사나 가족이랑 같이 있으나 큰 차이는 없을 것 같다. 지금은 가족과 같이 살아도 집안에서 얼마든지 개인의 공간과 시간이 유지될 수 있으니 말이다.

우선, 이렇게 해보자. 정말 야자중독 개선의 의지가 있다면 노트북과 데스크 탑에 유해사이트 및 다운로드 차단 프로그램에 가입하자. KT에서 제공하는 유해차단 서비스인 '가족안심서비스'에 가입을 하던지, 유해물 차단 서비스인 '아이지키미' 나 '모바일펜스'등에 가입하여 회원가입 후 관련 프로그램을 설치하면 PC나 노트북도 마치 앞서 스마트 폰을 잠가서 사용하듯이 관리할 수 있다. 특히 아이들이나 청소년이 있는 가정에서는 부모님들이 나서서 설치할 것을 권장한다. 태블릿 PC도 스마트 폰처럼 어플을 다운받아 잠가서 사용하면 되는데, 사실 이런 식으로 모든 전자기기들을 매번 잠가서 특정시간에만 사용하는 것은 쉽지 않고 번거롭다. 그러다보면 결국 흐지부지 되어 다시 편한 것을 추구하기 마련이다. 그래서 제일 좋은 방법은 그냥 'out of sight, out of mind' 하는 것이다. 눈에서 멀어지면 마음에서 멀어진다. '견물(見物)' 하니까 '생심(生心)'이 되는 것이다. 그러므로 집에서는 '견물'을 피할 수 있게 주변의 전자기기를 되도록 줄여보는 미니멀 라이프를 지향하자. 노트북이나 PC는 업무시간이나 학교, 또는 도서관이나 카페 등 공공장소에서 주로 사용해보자. 요즘은 무슨 일을 하던 간에 하루 종일 컴퓨터 보고 왔었을 텐데, 집에 와서는 컴퓨터는 되도록 켜지 말자. 나는 하루 종일 컴퓨터 안보는 일을 하는 직종에 종사하거나 책을 더 많이 보는 학생이라고? 그렇다면 꼭 컴퓨터를 써야하는 일을 제외하고는 컴퓨터 사용을 줄이기 위해 유해차단 프로그램에 반드시 가입할 것을 요청 드린다. 그리고 노트북은 되도록 학교나 독서실 캐비닛등 별도 보관 장소에 잘 보관해 두자. 가족과 같이 사는 사람들이라면 노트북이나 데스크 탑을 거실에 설치하고, 가족들과 같이 사용하는 환경을 만들어 보자. 또한, 방문이 잠가지지 않도록 청테이프 등으로 방문의 잠금장치가 걸리는 부분을 붙여서 안 걸리게 막아두자. 그리고 가족에게 공표하자. '내 방 들어올 때 노크하고 들어와요' 라고. 그 정도만 해도 가족들은 다들 이해 할 것이다. 이렇게까지 해야 하나 싶은가? 이렇게까지 해도 관리될까말까 한 것이 야자중독이다. 일단 무조건 해보자.

만약 수험생이거나 고시생 또는 중요한 시험을 앞두고 고군분투하는 사람들이라면 그냥 무조건 '닥공' 해야 하므로 이순신 장군 방법을 그대로 쓰자. 스마트 폰을 없애던지 최소한 2G폰으로 바꾸고, 동영상 교육 등으로 필요할 수 있는 노트북이나 PC는 무조건 유해사이트 접근 및 다운로드 차단 서비스에 가입을 할 것이며, 공부는 되도록 도서관 같은 밖에서 늦게까지 의지를 불태우면서 하고, 밖에서 하얗게 불태웠으니 집에 와서는 그냥 잠만 자자. 또한 수험생에게 태블릿 PC는 불필요하니 치워버리자. 이렇게만 환경이 갖춰져도 공부하는데 한결 집중이 될 것이다. 그런데 문득문득 욕구가 생기면 어떻게 하냐고? 안타깝지만 어쩌겠나. 수험기간이라는 시간동안에는 욕망과의 싸움도 필요한 것을. 시험 잘 치르고 그동안 못했던 소개팅에 미팅에 멋진 이성 친구도 사귀고, 미뤄왔던 AV 영상도 그때 실컷 봐라.

예전에 예능프로그램에서 한 연예인이 야동이 보고 싶은 욕구를 참기 위해 컴퓨터 모니터 양옆에 부모님 사진을 붙여 놓았다는 이야기를 한 적이 있다. 우스갯소리 같았지만, 실은 대단한 일을 하고 있는 것이라 생각한다. 그리고 내가 아는 어떤 가정에서는 밤10시가 되면 어머니가 집안의 모든 핸드폰을 작은 바구니 안으로 수거한다. 아버지, 어머니, 아이들 모두 핸드폰과 잠시 이별하고 빨리 취침하기 위함이다. 별거 아닌 것 같지만 이런 것들이 쌓이면 인생이 바뀐다. 바로 이렇게 나름의 방식을 찾아 노력해 보는 것이다. 억지로라도 주변 환경을 바꾸면 거기에 맞추어 나 자신도 바뀌게 된다.

한 가지 팁을 더 주자면, 집에 있는 시간을 알차고 효율적으로 써야만 야동과 같이 비효율적으로 시간이 낭비되는 것을 막을 수 있다. 물론 집에서는 휴식과 편안함 그리고 여유로움이 가장 최우선 덕목이지만 이는 자칫 과해지다 보면, 게으름과 더러움 쪽으로 흐르게 되어 집안을 쓰레기장으로 만들고 사람을 더벅머리 골방 야동중독자로 만드는 수가 있다. 그래서 집 안에서도 시간을 계획적으로 쓰기 위해 내가 쓰는 방법은 '타임타이머'를 이용하는 방법이다. '타임타이머'는 쉽게 말해 시한폭탄처럼 시간이 역순으로 가다가 결국 알람이 울리는 장치인데, 시중에서 여러 가지 디자인으로 쉽게 구매할 수 있다. 요리용 타이머도 있고, 요즘에는 공부를 위한 스톱워치 타이머도 있는데, 나는 원형 시계모양으로 생겨서 분침이 줄어드는 것이 시각적으로 보이는, 즉 남은 시간만큼이 빨간색 면으로 보이는데 그 빨간색 면이 점점 줄어들다가 사라지면서 최종 알람이 울리는 귀여운 디자인의 '타임타이머'를 쓰고 있다. 이 타임타이머를 쓰면 집안에서의 생활이 엄청 효율적이 된다. '째깍째깍' 소리가 일단 들리며, 빨간색 면이 점점 줄어드는데 그 쪼임이 아주 쫄깃하다. 이런 방법으로 무엇을 하던지 내 스스로 마감 시간을 정하고 행동하는 것이 핵심인데, 예를 들어 집 청소하는데 예상시간 30분을 타이머로 세팅하고 청소를 하면 신기하게도 그 시간 내에 청소를 마치게 된다. 아침 출근 준비를 할 때도 일단 타이머를 세팅하고 준비를 하면 여유롭게 움직이면서도 절대 지각할 일이 없게 된다. 설거지를 할 때도, 집에서 운동을 하거나 지금처럼 글을 쓰고 있을 때도 마감 시간이 정해진 상태에서 하게 되면 긴장감도 오르고 효율적으로 집중 할 수 있어서 아주 알차게 시간을 쓸 수 있다.

이처럼 기존의 야동을 볼 수밖에 없었던 환경에서 효율적이고 알차게 시간을 보낼 수 있는 건전한 환경으로 생활 패턴이 바뀌게 되면, 자연스레 야자중독과는 멀어지고 건강한 몸과 마음이 내 안에 깃들게 된다. 이렇듯 문제의 근본 원인을 차단하고 환경을 바꾸면 확실히 더 나은 삶을 살 수 있다. 환경이 변화하면 몸이 우선 적응하고, 몸이 적응하면 정신도 뒤따른다. 자기와의 싸움은 정신력만으로 하는 것이 아니다. 정신력도 좋지만, 일단 먼저 몸을 움직이고 행동을 하여야 정신도 변화되고 내가 원하는 바를 최종 이루는 것이다. 아침 달리기를 예로 들면, 이른 아침 처음 집에서 나설 때는 귀찮고 짜증나지만, 계속 달리다 보면 상쾌해져서 뛰기를 잘했다고 느끼게 된다. 이처럼 몸이 먼저 움직이게 되면 정신도 따라 변화한다. 그런데 이런 아침 달리기를 계속 하기 위해서는 매일 의지만 다지기 보다는, 좋은 조깅화를 하나 사서 현관 앞에 두어 아침이면 신발을 한번 신어보고 싶게 만들어, 뛰고 싶은 생각이 들게 하는 것이 더욱 조깅을 유지하는데 효과적이다. 이처럼 행동이 바뀔 수 있도록 환경에 변화를 주는 것은 굉장히 영리하게 자신과의 싸움에서 승리하는 방법이다.

4. 혼자 있는 시간을 줄여라

야동을 사람들과 같이 모여서 보는 사람들이 있을까? 물론 있을 수도 있겠지만, 지금 세상은 스마트 폰 같은 개인 미디어 제품이 넘쳐나는 시대인지라, 과거처럼 비디오 플레이어가 있는 친구 집에 여럿이 모여 침을 꼴깍 삼켜가며 함께 야동을 봤던 풋풋했던(?) 풍경은 아마도 지금 아재들의 옛 기억 속에서나 남아있는 추억의 한 장면일 것이다. 사실 지금의 야동은 혼자일 때만 만나게 되는 오직 '나만의' 친구이다. 그 유명한 '야동 순재'님도 가족들이 없는 시간이 되기만을 기다려 혼자 몰래 야동을 보시다가 그만 들키시고 말았다. 이렇게 대다수 사람들은 야동을 철저하게 '사적 영역'의 범주에서만 운영 한다. 야동 보는 게 부끄러운 것은 아니지만, 자랑할 일도 아니기에 충분히 이해되는 상황이다. 아마 이 책 역시도 철저히 '사적 영역'의 범주에서만 읽히지 않을까 생각된다. 읽어도 읽었다고 대놓고 말할 수 없는 슬픈 운명의 책이여! 하지만 괜찮다. 나름대로 의미 있는 읽을거리였다면 그것만으로 대성공이다.

이렇게 혼자 있는 시간을 야동 보는 것으로만 알차게 쓸 것이 아니라, 여러모로 효율적이게 활용하면 좋으련만 실상은 그렇지가 않다. 누군가는 '시테크(재산 관리를 재테크라 하듯이 시간 관리를 하는 것)' 하듯이 1분1초를 아껴가며 쓰는 사람이 있는 반면, 누군가는 넘쳐나는 시간이 있음에도 무엇을 해야 할지 몰라 아무것도 하지 않고 그저 무의미 하게 시간을 흘려보낸다. 야동은 주로 후자의 사람과 많이 친하다. 전자의 사람과도 물론 친할 수 있겠지만, 전자는 다른 친한 것들이 많기 때문에 야동을 만날 시간이 제한적이다. 그에 비해 후자는 넘치는 시간동안 길게 야동과 아주 뜨거운 우정을 나누게 된다. 이러한 야동을 피하고 혼자 있는 시간을 제대로 활용하기 위해서는 계획성 있는 생활과 실천도 중요하지만, 일단 폐쇄적인 공간과 시간에서 벗어나는 것이 더욱 직관적인 해결책이다. 쉽게 말해 '집'이라는 혼자만의 안락 공간에서 일단 벗어나자는 것이다.

당신이 야동을 보는 곳이 어디인가? 주로 집 아닌가? 사실 집뿐만이 아니라 어디든 익명이 보장되는 나 홀로 공간이 있으면 자연스레 스마트 폰을 꺼내 '검색'하는 것을 잘 알고 있다. 하지만 집안에서 혼자 있으면 그 모든 것이 너무 자연스럽다. 야동에 이길 자신 없으면 집에 혼자 있는 시간을 줄여라. 전설의 복서인 '무하마드 알리'는 그 당시 최강의 무패복서 '조지포먼' 과의 대결에서 시종일관 전면대결을 피하고 소극적으로 잽을 날리다가 '조지포먼'이 체력이 떨어지자 무섭게 강력한 한방을 꽂아 넣으며 상대를 KO 시켰다. 이렇듯 상대가 강하면 일단 피하고 나서 다음 방책을 궁리하는 것이 최후의 승리를 위한 상책이다. 집에 혼자 있고, 자신이 강한 의지를 가진 시테크의 달인이 아니라면 십중팔구 야동의 노예가 될 확률이 높다. 스스로를 과대평가지 말고 야동과 전면전을 피해 일단 집에서 나오자.

집 밖으로 나오면 요즘은 혼자서도 할 것이 너무 많다. 돈이 없어도 충분히 재밌게 보낼 수 있다. 검색 조금만 하면 공공기관에서 제공하는 공간이나 커뮤니티도 많고, 도서관이나 체육관 시설등도 많이 개방되어 공부도 운동도 마음껏 할 수 있다. 그리고 공원이나 하천 시설, 각종 문화재나 박물관등도 거의 무료이거나 매우 저렴하게 이용 가능하다. 또한 대형 서점들도 많고, 가지각색의 예쁘고 다양한 카페는 어느 곳에나 있다. 도심에서는 항상 각종 이벤트와 행사가 있으며, 해마다 여기저기에서 지역 축제도 많이 열린다. 아니면, 그냥 노트북이나 책 한권만 있어도 카페나 한적한 공원에 앉아 세상의 모든 이야기를 찾아볼 수 있고 아주 알차게 시간을 보낼 수 있다. 또한 원한다면 사람들이 모이는 커뮤니티도 가입하여 참석 할 수 있고, 이성과 만나고 싶으면 인터넷을 통해 원하는 상대를 찾아 만나볼 수도 있다. 자신의 취미와 성향이 비슷한 사람들끼리 어울리기도 굉장히 쉽고 같은 또래들을 만나는 것도 간단하다. 이처럼 집에서 야동 보고 후회하며 '현자타임'을 가지는 것보다 훨씬 다채롭고 의미 있는 시간을 밖에서 보낼 수 있다. 경험상 집에서 무엇을 해보겠다고 해서 만족할 만한 결과를 이룬 적이 한 번도 없었다. 필자처럼 의지력이 평범한 사람이라고 생각되면 그것이 공부이든, 운동이든, 글쓰기든, 무엇이든 집에서는 어떤 것을 실행하여 이루려고 하지 말자. 집은 그냥 편하게 쉬는 장소로만 여기자.

당신이 직장인이고 솔로라면 퇴근 후에 운동을 하던지, 카페 등에 가서 책을 보던지 개인 목표를 세우고 자기계발을 하자. 야근과 회식의 반복이신 분들이시라면 미안하다. 그런 분들은 집에 얼른 들어가 쉬시라. 다만 기억하자. 피곤한 상태에서도 야동 볼 사람은 본다. 눈이 감기고 뇌는 자고 있는데 클릭은 계속 한다. 계속 강조하지만 스스로 후회하지 않는다면 얼마든지 봐도 좋다. 그러나 후회할 것 같으면, 맘 잡고 한 달만이라도 참고자 한다면, 몸을 최대한 피곤하게 만든 그 상태로 집에 들어가서는 온수 목욕하고 바로 푹 자라.

　주말이나 휴일에는 무조건 나가자. 특히 주말을 잘 관리하자. 주말! 얼마나 소중한가. 한 주 동안 지친 학생에게도, 개고생 했을 직장인에게도, 육아에 찌든 부부들에게도, 데이트를 기다리는 연인들에게도 주말은 그 자체로 재충전이 되는 행복의 시간이다. 그러므로 이 한정된 주말 시간은 무조건 알차게 써야 한다. 주말을 후회 없이 보내기 위해서 반드시 계획을 세우도록 하자. 거창하게는 아니어도 대략적인 플랜이 꼭 있어야 한다. 주말에 '무엇을 하겠다'라는 식으로 최소한의 실행 목표를 금요일에는 정해보자. 그리고 꼭 어딘가 써놓고 보자. 그래야 하게 되는 경우가 많다. '누구를 만나겠다.' '어디를 가겠다.' '어떤 책을 읽겠다.' '어디까지 공부하겠다.' 하는 식의 목적의식을 가지고 주말을 대하자. 무얼 할지 시간대 별로 세분화 하면 더욱 좋다. 다만, '푹 쉬겠다!'라고 목표를 잡았다면 제발 편하게 푹 쉬자. 잘 쉬고 있는 아랫도리 좀 흥분시키지 말고. 그리고 집에서 청소도 하고, 빨래도 하고, 음식을 해먹는 것도 매우 중요한 부분이다. 하지만 집안일로 주말 이틀을 모두 소진해 버리는 것은 너무도 아까운 일이다. 이는 주말을 대하는 자세가 아니다. 청소와 빨래, 음식과 정리 정돈은 항상 최단시간에 끝내도록 늘 '시테크' 해야 한다. 집안일로 행동이 늘어지다 보면 어느새 주말은 다 끝나있기 때문이다. 그래서 주말 아침에는 늦잠을 잘 것이 아니라, 일찍 일어나는 것이 좋다. 주중에 남을 위해 충분히 배려했고, 회사를 위해 열심히 살았다면 주말만큼은 나 자신과 가족을 위해 충실해야 한다. 그러기 위해 주말을 아침 일찍부터 시작하여 집안일을 후딱 해치우고, 주로 밖에서 많은 시간을 보내도록 미리 계획을 짜자. 제발 이러한 '완소' 주말을 어이없게 야동으로 날려 보내지 말기를 바란다. 야동은 에너지 소진의 주범이

자, 무기력함의 원인임을 잊지 말자. 평소 나의 의지력과 야동이 만나 싸웠을 때 내 의지력은 항상 백전백패였다. 앞에서도 이야기 했다. 싸움에 질 것 같으면 피하라고. 그러므로 다음 싸움에서 나의 의지력이 승리하는 방법은 간단하다. 집에서 그냥 나오면 된다.

5. 청소 - 주변을 깨끗이 정리하자

청소를 하는 것이 야동과 무슨 상관이 있을까? 의문이 들 수도 있겠다. 그렇지만 청소는 야동의 관리뿐만이 아니라 우리 삶 전체에 있어, 매사를 의미 있게 대하도록 마인드를 올곧게 만들어주는 아주 중요한 의식과 같은 행위임을 꼭 강조하고 싶다. 이 말을 듣고 '에이, 청소가 무슨 대단한 일이라고..' 할지 모르겠다. 사실 나 역시도 예전에 그랬었고 청소의 힘을 쉽게 믿지 않았다. 하지만 지금은 청소의 위대함을 항상 잊지 않고 그 위력을 절대 과소평가 하지 않는다.

'깨진 유리창의 법칙' 이라는 유명한 이론이 있다. 미국의 한 심리학자가 주창한 이론인데, 이 심리학자는 미국의 어느 치안이 불안한 지역에서, 자동차 두 대를 모두 보닛을 열어 둔 상태로 1주일간 방치하게 되면 어떤 일이 벌어지는지 실험을 하였다. 두 차량 간에 한 가지 차이점이라면, 차량 한 대는 유리창이 깨친 상태로 주차를 해두었고, 나머지 한 대는 유리창이 멀쩡한 상태로 세워 둔 점이었다. 1주일 후 어떤 일이 벌어졌을까? 유리창이 멀쩡한 차량은 1주일 후에도 별다른 이상이 발견되지 않았지만, 유리창이 깨져 있던 차량은 배터리며, 타이어며 차량의 주요 부품들이 대부분 도난 당하였고 낙서와 오물 투척까지 이어져서 1주일 후에는 거의 고철수준의 폐차 차량으로 변해 버렸다. 단지 유리창이 깨져있었다는 차이뿐이었지만 두 차의 운명은 이렇게 달라졌다.

이러한 이론을 배경으로 1990년대 미국 뉴욕 시에서는 높은 범죄율을 낮추기 획기적인 정책을 실행하였는데, 그것은 바로 낙서를 지우고, 쓰레기를 치우는 환경 정화 작업이었다. 그리고 쓰레기 무단투기 등에 대해 단속을 강화하고, 도심 내 도로와 벽면의 청결을 유지하였다. 이러한 대대적인 환경 정비 실시 후 뉴욕 시는 어떻게 변했을까? 깨끗한 도시가 된 것은 물론이고, 이와 더불어 악명 높던 뉴욕 시의 범죄율이 무려 75%나 감소하는 엄청난 성과를 달성하였다. 깨진 유리창 하나가 사람들에게 차량을 함부로 대해도 된다는 인식을 심어주며, 차가 점점 고철이 되어가도록 만든 출발점이 된 것처럼, 뉴욕시의 수많은 낙서와 더러운 쓰레기더미의 방치는 사람들에게 규율과 기준을 무시하고 마음대로 해도 된다는 인식의 기반이 되어, 이는 단순한 경범죄의 만연함을 넘어 강력 범죄의 증가로 이어져 그동안 뉴욕시를 무시무시한 '범죄도시'로 만들었던 것이었다. (참고로 영화 '택시 드라이버(1976)' 에서 주인공이 삶의 환멸을 느끼며 복수를 꿈꾸는 도시가 바로 뉴욕 시이며, 배트맨(1990)이 사는 범죄도시 '고담시티'도 역시 뉴욕이 배경이다.) 이러한 심각한 문제를 '청소'라는 역발상으로 해결한 뉴욕시는 현재 세계적인 안전 도시로 변모했으며, 지금도 수많은 관광객이 몰리고 있다.

이처럼 '청소'는 단순히 청결해 지는 것만 의미하는 것이 아니다. 그로 인해 파생되는 모든 것을 포함하고 있다. 두 평행선이 평행하게 나아가다가 한 선이 0.0000...1도 라도 각도가 틀어지게 되면, 그 순간에는 별 차이를 못 느끼지만 계속 나아가다 결국 두 선은 전혀 다른 곳에 도달하게 된다. 차를 타고 가다 고속도로 분기점을 만날 때도 마찬가지다. 순간의 착각으로 분기점을 잘 못 들어서면 가벼운 실수라 생각 되지만 차는 전혀 엉뚱한 방향으로 달리게 된다. 이렇듯 '청소'는 바로 이러한 인생이란 긴 여정에서 각도가 변하는 지점, 즉 인생의 분기점 같은 역할을 하는 작지만 엄청난 '동기 유발 행위'라 할 수 있다.

'청소력'의 작가 마스다 마쓰히로는 그의 저서에서 '청소는 긍정과 행복의 자기장을 가지고 있어 인생의 플러스 되는 요인들을 끌어들이며, 반대로 더러움과 불결함은 부정적인 자기장이 있어 안 좋은 상황들만 불러 모은다' 는 이야기를 했다. 즉 청소라는 작은 행위가 쌓여서 나를 비롯한 집과 회사 모두가 깨끗해지면, 사람의 내면도 단정하고 안정되며, 생각도 바른 방향으로 나아가게 되어, 주변 사람과 인간관계도 좋아지고, 생업에서도 성과를 나타나며 결국 행복한 인생을 사는 밑바탕이 된다는 이야기다. 그러나 그렇지 않고 청소와 주변 정비를 게을리 하면 집안 환경과 일터의 모습이 점점 엉망이 되고, 더러움이 쌓여갈수록 나태함이 가중 되어, 이는 마치 깨져있는 유리창을 가진 차의 비참한 종말처럼 인생 전체가 꼬여버릴 수 있다고 이야기 하고 있다.

청소의 힘은 바로 여기에서 나온다. '유유상종(類類相從)' 이라고 했다. 초록은 동색이고, 가재는 게 편이다. 비슷한 사람들끼리 어울리고, 동질 한 것끼리 모이듯이, 청소를 하는 것은 여러 긍정적인 성향들을 끌어 모은다.

깨끗하게 정리된 책상에서 공부하면 집중이 더 잘 되고, 깨끗한 음식점에서 식사를 하면 왠지 음식 맛도 좋다. 소개팅을 나왔는데 상대가 깔끔한 인상을 가졌다면 당연히 호감이 생기며, 보고서를 올렸는데 군더더기 없이 잘 정리 되어있고 명쾌하면 인정을 받을 수밖에 없다. 이렇듯 평소 청소로 시작된 자기 관리와 그에 따른 청결함은 계속해서 긍정의 시너지효과를 만들어 내며, 나를 좀 더 나은 사람이 되도록 끊임없이 도와준다. 청소, 깨끗함, 긍정적, 정리정돈, 안정적, 자신감, 깔끔함, 신뢰감, 유능함, 이성적, 창의적, 전도유망, 밝음 등은 모두 청소와 유유상종하는 수많은 유익한 덕목들이다.

반대의 유유상종은 어떨까? 청소를 하지 않는 더러움의 자기장에 끌려오는 친구들을 살펴보자. 더러움, 쓰레기, 냄새, 귀찮음, 무질서, 엉망진창, 게으름, 불안정, 의존적, 자기회피, 무관심, 비개선, 무능함, 어두움 등 인생에 하등의 도움이 안 되는 것들만 연결이 된다. 그리고 더러움으로 시작된 부정적 내용에는 반드시 야동이 포함되어 있다. 현실회피의 가장 좋은 '절친'이 야동과 자위라고 앞서 설명하였다. 집이 더럽고, 쓰레기는 쌓여가고, 옷은 여기저기 널려 있으며, 설거지 꺼리는 탑을 쌓고, 화장실은 노랗게 변해 악취가 나며, 창틀이나 가구에 먼지가 수북한 환경에서는 부정적 자기장이 집안 전체를 휘감고 있기 때문에 개선의 의지가 있다 해도 쉽게 먹혀들지 않는다. 오직 게으름과 나태만이 집안 공기의 주인공이 된다. 이런 환경일수록 현실보다는 환상이나 가상현실에서 본인의 자아를 찾고 싶은 경향이 강하다. 현실의 나는 이렇지만 가상의 나는 누구보다 뛰어나다는 자아에 대한 자존감이 엉뚱하게 발산되는 것이다. 그러기 때문에 게임중독이나 스마트 폰 중독, 야자 중독 등 여러 중독에 빠지기 쉽고, 특히 야자 중독은 이러한 사람들의 정신뿐 아니라 몸까지 상하게 하고 에너지를 소진시키니, 매사가 무기력하게 변하여 귀차니즘, 게으름, 더러움이 개선되지 못하고 오히려 순환하며 확대 재생산 되는 것이다.

이렇듯 더러운 환경은 여러 부정적 요인을 불러일으키며, 특히 야자중독을 가속화 시킨다. 야자중독의 순환을 깨기 위해서는 반드시 청소를 습관화 하여 주변을 깨끗하게 하고, 자기 본인 역시도 청결히 관리하여 몸과 생각을 매번 정갈하게 유지하여야 한다. 그리고 청소는 야자를 관리하기 위해서 뿐만이 아닌, 우리의 최종 행복한 인생을 이루기 위해 필수적으로 수반되어야 하는 중요한 삶의 가치임을 기억하자. 그리하여 청소에서 비롯되는 수많은 긍정의 에너지를 모두 자신의 것으로 만들기를 바란다. 분명 인생이 더 좋은 방향으로 바뀔 것이다. 야자도 끊고 더 나은 미래와 밝은 인생을 맞이하고 싶은가? 그렇다면 지금 당장 내 방 청소부터 시작하자.

6. 찬물 '바가지' 샤워를 하라

    인도의 독립 영웅이자 정신적 지도자인 '마하트마 간디'를 잘 알고 있을 것이다. 그는 금욕주의를 지키며 절제 된 삶을 산 것으로도 유명한데, 간디가 성욕을 억제하기 위해 자주 사용하던 방법이 바로 '찬물 샤워'였다고 한다.

    잠깐 간디의 금욕과 관련 된 이야기를 전하자면, 그는 1885년 아버지가 사망했을 당시 부인과 관계를 가지느라 아버지의 임종을 지키지 못하였는데, 이 일을 계기로 스스로에게 혐오감을 느끼며 금욕을 시작하게 되었다고 한다. 그 이후 금욕이 좋은 것이라 느끼게 된 간디는 금욕주의자의 삶을 살면서 몸과 정신을 가다듬고 스스로를 경계하며 살았는데, 이러한 그의 모습은 독립운동 지도자의 고결한 정신과 부합되면서 많은 사람들의 귀감이 되었다. 간디 역시도 항시 그의 추종자들에게 금욕을 권하고 찬물 샤워를 추천하는 등 절제된 삶의 중요성을 강조하였다고 한다.

그랬던 간디가 인생의 후반기에는 아주 독특한 행동을 하게 되는데, 영국의 사학자 재드 애넘스의 책 "간디: 벌거벗은 큰 뜻"에 보면 금욕을 과신한 간디가 이상한 행동을 하였다고 기록하고 있다. 간디는 자신의 금욕적 삶과 절제력을 실험하기 위하여 자신을 따르는 젊은 여성들과 매일 밤 동침을 하며 금욕주의를 시험하였다고 하는데, 상식적으로 이해가 가지 않는 그의 행동은 그의 열렬한 추종자들조차도 공분과 함께 비판을 하였던 부적절한 부분이었다고 전하고 있다.

위대한 업적을 이뤘음에도 스스로에 대한 엄격함과 절제력으로 더 높은 차원의 인격이 되고자 노력했던, 그야말로 자기계발의 '끝판 왕'이 간디라고 생각 했었다. 그런 그가 보여준 말년의 요상한 '금욕 실험'은 솔직히 너무나 실망스러운 그의 인생의 오점이었다. 그런데 가만히 생각해보면 젊은 시절에는 한창 금욕하고 절제하며 지내다가, 나이 들어서는 이상한 금욕 실험을 한답시고 젊은 여성들과 동침하는 간디를 그저 옆에서 지켜봐야만 했던 그의 부인은 그 당시 어떤 기분이 들었을까. 어쩌면 그녀야말로 진정한 금욕주의자가 아니었을까 싶다.

간디의 금욕주의가 말년에 '이상한' 방향으로 흘러갔다 하더라도, 그는 기본적으로 욕망을 절제하고 경계하는 생활이 바람직한 인간의 삶임을 강조하였다. 이런 간디의 기본 정신과 깊은 성찰에 대하여 백번 천번 존경과 동의의 갈채를 보내고 싶다. 하지만 앞서 살펴 본 그의 숨겨진 모습들을 확인해 볼 때, 오히려 극단적인 금욕은 이렇게 위대한 인간조차도 어긋난 방향으로 욕구를 발산 시켰듯이, 성욕을 무조건 참기만 하는 것이 최선의 자기 관리 방법이 아님을 다시금 확인할 수 있게 해주었다. 역시 'NO FAP' 보다는 'CON FAP' 이 정답임을 간디가 몸소 알려 준 셈이다.

그렇다 해도 간디가 성욕을 억제하려 노력했던 부분은 본받을 만 하다. CON FAP 역시도 스스로 절제의 노력을 익히는 것이다. 그런 의미에서 간디가 강조한 찬물 샤워는 아주 좋은 방법이다. 음란 마귀 등으로 인해 뜨거워진 몸의 열기를 찬물로 식히면서 육체와 정신을 진정시키는 것이다. 찬물 샤워는 머릿속의 온갖 잡념을 떨쳐버리게 하고, 지금 당장 해야 하는 '더' 중요한 일에 몰두할 수 있게끔 스스로를 잡아준다. 많은 설명 필요 없이 일단 한번 해보시라. 그냥 찬물 자체가 피부에 닿는 순간, 정신이 번쩍 들고 머릿속이 싹 정리될 것이다.

기회가 되면 산에 올라 차가운 계곡물에 발을 오래토록 담가 보기를 추천한다. 그리고 다시 양말을 신고 길을 걸어보면 발걸음이 사뿐사뿐 가볍고 온몸이 치유되는 것 같은 상쾌함을 느낄 수 있을 것이다. 차가운 물이 발의 혈액순환을 자극해서 그런 것인데, 발만 담가도 이 정도라면 몸 전체에 찬물 샤워는 얼마나 좋을까. 하지만 이런 찬물샤워를 하는 사람은 의외로 많지 않다. 이에 간단하게 집에서 찬물 샤워 하는 팁을 알리자면, 대부분 사람들은 주로 온수샤워를 하기 때문에 샤워기를 통해 찬물로 샤워하는 것을 꺼려한다. 그래서 집에서는 조금 큰 대하를 구비하여, 찬물을 받아둔 후 '바가지'로 머리부터 촥! 끼얹는 샤워를 해야 한다. 바가지도 손잡이가 길게 있는 바가지가 좋으며 온몸 구석구석 물을 제대로 뿌려줄 수 있게 그립감이 좋은 바가지가 좋다.

나는 아침에 일어나면 되도록 찬물샤워를 하는데, 바가지로 꼭 10번 찬물을 뿌리고 하루를 시작한다. 겨울철이나 추운 날에는 온수샤워를 먼저 하고, 그 다음 찬물 바가지 샤워를 하는데 이 방법을 꼭 추천하고 싶다. 특히 여름철이 되거나 잡생각이 들 때처럼 몸에 열기가 쌓이고, 뭔가 찌뿌드

드하며 게으른 돼지가 되어 가는 것 같은 찝찝함이 들 때면 '찬물 바가지 샤워'를 해보기를 권한다. 이것은 해본 사람만이 그 상쾌함과 짜릿함을 설명할 수 있다. 정신이 번쩍 들고, 온 몸이 살아 있는 듯이 반응하며, 기분이 정말 좋아지고, 긍정적 생각이 머릿속에 가득 채워진다. 그리고 에너지도 풀 파워로 다시 충전되는데, 야자가 에너지를 소진시키는 행위라면 찬물 샤워는 에너지를 다시 채워주는 셀프 주유소와 비슷하다. 피곤하고, 우울하고, 힘이 없고, 만사가 귀찮아서 처져 있을 때, 눈 딱 감고 바가지 찬물 샤워를 한번 해보시라. 맑은 정신과 함께 축 늘어졌던 기력이 다시 살아난다. 간디가 괜히 추천하는 게 아니다.

최단 시간 안에 자신이 바라는 이상적인 자기 모습으로 가장 빠르게 도달할 수 있게 하여, 자아의 만족감을 주고 자신감과 함께 몸 안의 에너지를 충만하게 채워주는 행위는 단연코 '찬물 (바가지) 샤워'라고 말하고 싶다. 찬물 샤워를 딱 하고 나와서 바로 야자 생각을 떠올리는 사람은 아마 없을 것이다. 찬물 샤워는 오히려 그런 잡생각들을 머릿속에서 몰아내고 내안의 있는 긍정적인 무엇에 바로 접속하게끔 도와준다. 그러므로 찬물샤워를 꼭 생활화 하자. 찬물이 처음 피부에 닿는 게 부담스럽다면 온수 샤워를 먼저 하고서라도 꼭 바가지 찬물 샤워로 마무리를 하자. 특히 아침에 찬물샤워를 하고 하루를 시작하면 그 여운이 계속 내 몸에 남아 있으면서 하루가 활기차고 생기 있게 유지된다. 그런 하루하루가 모인다면 인생 전체가 활력 넘치는 삶이 될 것임은 두말할 필요가 없다.

7. 일찍 자고 일찍 일어나라

역사는 밤에 이루어진다고 했다지만, 우리의 역사(?)는 밤에 너무 자주 일어나고 있다. 야자의 욕구는 외로운 밤이면 어김없이 찾아온다. 거부하기 힘든 밤손님임을 모두 잘 알고 있으리라 생각된다. 물론 아침이고 낮이고 뭐 언제든 함께 할 수 있는 야자이긴 하지만 특히 감성적이고 은밀해지는 밤이 되면 머릿속과 몸 일부분에서 더욱 당기는 것을 부인할 수 없다.

야행성 생활을 하다보면 이렇듯 야동과 친해질 확률이 높아진다. 그래서 불가피하게 꼭 야간이나 심야시간에 해야 할 일이 있는 것이 아니라면 되도록 일찍 잠자리에 들어서 '밤손님'을 피하는 것이 내 몸과 정신을 지키는 아주 간단하고 깔끔한 방법이다. 하긴 말로는 쉽게 간단하다고 했지만 사실 일찍 자고 일찍 일어나는 것은 그리 쉬운 일이 아니다. 특히나 요즘같이 밤이 더 재밌는 세상은 일찍 잠들기가 어렵다. 놀 거리, 볼거리, 즐길 거리가 풍성하여 아주 밤만 되면 세상은 다른 세상이 된다. TV프로그램도 밤에 더 재밌는 것이 많고, 술과 사람은 밤에 만날수록 더 재미있으며, 전화통화도 밤에 하면 더 진솔하고 즐겁다. 이렇듯 밤은 즐거움이 모이는 시간이고, 그 유희 속에는 야자도 필연적으로 들어가 있다. 이런 즐거운 밤 시간을 일찍 종료하고 그저 잠을 청하는 것이 말처럼 쉽지 않다는 것은 충분히 이해되는 부분이다.

하지만 조금만 생각해보면 이것은 내 삶의 '우선순위'의 문제로 세상이 어떻고, 환경이 어떤지 간에, 나에게 중요한 것을 순서대로 줄 세워서 중요한 순서에 따라 스스로 움직일 수 있도록 정해야 하는 부분이다. 앞서, 스스로를 불신하고 과소평가하며 세상 탓만 하고 변화하지 않는 것은 루저의 전형적 태도임을 이야기 한적 있다. 내 삶에 중요한 것이 무엇인지 자신만이 알고 있다. 그 내면 속 가치의 우선순위가 정해졌으면 힘들어도 해나가야 한다. 낮에 열심히 생활하고 힘든 하루 끝에 만나는 술 한 잔과 친구가 눈물겹게 반가운 것이고, 5일내내 열심히 달려온 사람에게 주말 이틀이 너무나 소중한 것이다. 우리가 그냥 흘려보낸 2박 3일 이지만, 최전방에서 근무하는 이등병의 2박 3일 휴가는 절실하고 간절한 하루하루다. 밤의 유희도 마찬가지다. 밤이 즐겁기 위해서는 낮에 열심히 살았기 때문이어야 한다. 그저 밤만 즐거운 사람이 되어서는 안 된다. 낮을 의미 없게 보내며 밤의 유희만 좇는 삶은 결국 알맹이가 없는 공허한 인생이 되기 쉽기 때문이다.

인간은 아침에 눈을 뜨고 밤에 잠이 드는 사이클을 가지고 인류의 탄생부터 지금까지 변하지 않는 생체리듬을 유지해 왔다. 해가 뜨면 눈을 뜨고, 달이 뜨면 잠을 잤다. 그런데 지금은 해가 뜨면 잠이 들고, 달이 뜨면 정신이 아주 또렷하다. 늑대인간의 후손이 점점 늘어가고 있는 것만 같다. 그리고 솔직히 밤에 그렇게 유희 활동이 많은가? 그렇지 않은 경우가 많을 것이다. 하루의 끝이 피곤하기도 하고, 돈도 많이 들어가며, 막상 그렇게 재미가 없는 경우가 다반사이기 때문이다. 이런 저런 이유들로 저녁 활동을 최소화하다보면 진짜 필요한 저녁 활동 외에는 집에 일찍 귀가하여 휴식을 취하고 잠드는 것이 얼마든지 가능한 일이다.

낮 시간의 소중함, 밤 시간의 변별력, 시간의 효율적인 사용과 자신을 위한 최적의 하루를 계획한다면 일찍 자고 일찍 일어나는 것을 추천한다. 밤마다 찾아오시는 야자선생도 빡센 하루를 보내고 일찍 잠드는 시스템에 익숙해지다 보면, 자연스레 내 몸의 관성에 따라가게 되어 같이 잠이 드신다. 그러나 이런 일찍 자고 일찍 일어는 것은 그저 마음만 가지고는 잘 되지 않는다. 무엇이든 방법론과 전략을 찾아서 적용해야 한다. 마음만으로는 절대 내 맘대로 되는 것이 정말 1도 없다는 것을 뒤늦게 깨달았다. 그래서 이런 조기 취침과 조기 기상에 대하여 내가 찾은 방법론을 잠깐 소개해 보도록 하겠다.

우선, 일찍 자고 일찍 일어나기 위해서는 그 '당위'에 대해 기본 전제가 깔려야 한다. '왜 일찍 일어나야 되는가?' 라는 질문에 대해 자신만의 답이 있어야 한다. 일반적인 '삶을 알차게 살고, 더욱 시간을 효율적으로 사용하며, 하루하루 생기 넘치게 살기 위해 아침에 일찍 일어난다.' 라는 대전제를 스스로 받아들이고 파이팅 하려는 자세가 필요하다. 단지 회사가기 위해, 학교가기 위해 아침에 일어나는 거지 뭐. 라는 모습보다는 내가 일찍 일어나서 내 삶을 활기차게 시작하도록 미리 준비하는 것이고, 그 중에 하나가 회사 가는 것이고 학교 가는 것이라고 마인드를 달리 가지는 것이 바로 아침 조기 기상의 '당위적'의 모습이다.

둘째로 일찍 일어나기 위해서는 당연히 일찍 자는 것이 필수이다. 기본적으로 수면양이 어느 정도 유지가 되어야 몸도 회복되고 피곤함도 덜 하다. 전문가들은 최소 6시간은 잠을 자야 몸의 피로도가 개선되고 활력을 얻을 수 있다고 한다. 나는 그래도 8시간은 잠을 푹 자야 몸이 개운하다고 보는데, 이를 따져보면 아침 6시 기상을 기준으로 볼 때 저녁 10시에는 잠이 들어야 한다는 계산이 나온다. 저녁 10시. 어떤가? 너무 이르다는 느낌이 오는가? 한창 재밌는 TV프로그램에, 친구들과 수다가 무르익고, 술자리가 이제 좀 흥이 나는 시간인데 잠을 자는 게 말이 되냐고? 말이 안 될 건 또 무엇인가? 그래 좋다. 그래도 11시에는 잠을 꼭 자도록 하자. 더 이상은 양보 못한다. 꼭 11시 이전에는 취침을 하자.

셋째로 아침에 정해진 시간에 일어나자. 그게 몇 시이던 오전 8시 이전으로 정하여서 매일 루틴하게 일어나도록 정하자. 자기 몸에 맞는 적정한 기상시간을 정해 취침과 기상시간의 사이클을 세팅하는 것이다. 나는 개인적으로 이상적인 아침 기상시간을 6시로 정했다. '6시가 뭐가 일찍 이야?' 하는 사람도 있을 것이고, '아침 6시에 어떻게 일어나!' 하는 사람도 있을 것이다. 사실 이런 남들 의견은 신경 쓸 필요가 없다. 자신이 할 수 있는 것을 스스로 정하면 된다. 수많은 명사들이 아침 기상시간에 대한 코멘트를 하였는데, 누구는 새벽 4시에, 누구는 새벽 5시에, 누구는 새벽 6시 반에 일어나서 '인생을 이렇게 행복하게 살았다' 이야기를 했다. 그건 그 사람들의 이야기고 우리는 우리 인생을 행복하게 살아야 한다. 그러므로 스스로 지킬 수 있는 이상적인 시간을 정해서 항상 루틴하게 실행할 수 있도록 노력하자.

넷째로는 아침에 일어나서 할 것을 정해두자. 아침에 일찍 일어나야 하는 당위도 받아들였고, 가열 찬 의지로 일찍 잠이 들어 일찍 기상하였다. 그렇게 막상 일어났는데 아침에 딱히 할 게 없으면 '모지? 별거 없잖아' 하며 '역시 자는 게 남는 거지!'하고 다시 잠이 들게 된다. 그래서 아침에는 반드시 해야 하는 나만의 무언가가 있어야 한다. 그냥 정하자. 아주 간단한 것이라도 좋다. 그걸 하기 위해서 일찍 일어나는 것이고, 그것으로 인해 내 하루는 충만한 의지와 함께 승리의 기분으로 시작된다. 아침 팔굽혀펴기 50회라든지, 그날 하루 계획을 다이어리에 적는 일, 영어 단어 30개 외우기, 학습 동영상 1편 보기, 책 10페이지 읽기, 동네 한 바퀴 뛰기, 조간신문 읽기, 방청소 하기, 자신을 멋지게 꾸미기, 집 앞을 빗자루로 쓸기 등등 찾아보면 아침에 할 것이 너무나 많다. 아침 기상과 이런 행동들을 붙여서 하면 아침에 일찍 일어날 수 있어 좋고, 자신을 위해 시간도 알차게 쓸 수 있어서 좋다.

다섯째로는 아침 기상을 돕는 도구를 침대 근처에 두는 것이다. 아침에 일어나면 막상 별거 없음에도 왜 이리 눈을 뜨고 이불 밖으로 나오기까지가 힘든 건지 모두 동감할 부분일 것 같다. 자연 상태에서 가장 좋은 것은 새벽닭의 '꼬끼오' 울음소리를 듣고, 동트는 햇볕의 따사로움을 느끼며 일어나는 것이지만, 도심에서는 닭소리를 듣기 힘들고 건물 등에 가려 햇볕도 직접 느끼기가 쉽지 않다. 그래서 아침 기상을 위한 알람 설정은 어쩔 수 없는 필수 조건이다. 요새는 스마트 폰 알람이 워낙 잘 되어 있으니 모두 잘 활용하고 있으리라 믿는다. 알람 설정도 순차적 알람 세팅이 중요한데, 나의 경우는 6시 기상을 위해 5시 30분부터 10분단위로 알람이 울리게 세팅을 해두었다. 그럼 의식이 점점 깨기 시작하여 6시에는 일어나지 않고 못 배긴다. 그런데 이런 알람만으로는 완벽한 기상을 하기가 조금 힘들다. 알람이 울리면 끄면 그만이기 때문이다. (찾아보면 안 꺼지는 알람 어플도 있다.) 그래서 나는 스마트 폰과 '미스트'를 고무줄로 묶어서 머리맡에 두고 잠이 든다. 아침에 알람이 울리면 소리를 끄기 위해 스마트 폰으로 손이 갈 때, 그냥 미스트를 쥐고 얼굴을 향해 한번만 분사 하면 그걸로 기상 완료이다. 이 방법은 기가 막힌다. 아침에 눈이 안 떠질 때 꼭 추천하는 바이다. 그렇다고 굳이 미스트를 살 필요는 없다. 분무기 빈 통 하나만 사서 물을 넣어서 쓰면 된다. 이 정도만 해도 아침 기상은 문제없다. 찜찜한 얼굴 때문이라도 일어나게 되어있다.

위의 다섯 가지 방법을 지속적으로 실행하다 보면, 나중에는 정해진 시간에 몸이 알아서 반응하며 하루가 자연스레 시작되는 나만의 '기상 시스템'이 만들어지게 될 것이다. 시작은 밤마다 찾아오는 야자 선생을 멀리하려고 잠을 일찍 청한 것뿐인데, 이른 아침 활기찬 기상은 우리 인생에 큰 도움을 주는 바람직한 습관으로 바뀌어 우리를 더욱 업그레이드 시켜 주었다. 아침 일찍 일어나는 습관은 야자와의 결별을 돕는 것은 물론이고 아침 시간의 여유와 자기계발 시간을 확보 해주며, 일상에서는 준비성 있는 자세와 안정적인 일처리, 폭 넓은 시야와 굳은 의지를 가지게 하는 정신적 밑바탕을 든든하게 깔아준다. 특히 아침에 일찍 일어난 뒤, 앞서 말한 찬물 바가지 샤워까지 더한다면 그 날 하루는 그야말로 '대박'이다. 그 자신감과 열정은 거의 호랑이라도 때려잡을 기세가 된다. 일상이 짜증나고 온갖 두렵고 불편한 마음으로 대해야 할 것들이 온 사방에 깔려 있을수록, 아침에 일찍 일어나서 찬물 샤워를 하고 하루를 시작해보자. 자신감이 충만해지며 의외로 쉽게 모든 것이 풀리는 기분 좋은 경험을 하게 될 것이다. 이렇듯 '이른 아침 + 찬물 샤워'는 '드래곤볼' 없이도 아주 간단하게 당신을 '초사이어인'으로 만들어서 모든 일이 해결될 수 있도록 도와준다.

8. 자연을 자주 접하라

인간의 자연의 일부이다. 자연의 섭리에 따라 인간 역시 살아간다. 자연의 섭리가 무엇인지 쉽게 논할 수는 없지만, 대체로 '그러하다'라고 생각되는 것이 자연의 섭리라고 보면 될 것 같다. 다시 말해 태어나고 죽는 것, 배고프면 먹고, 짝을 찾아 자손을 잇는 것, 노력한 만큼 얻어지고, 공생하며 사는 것, 주어진 것에 만족하고 욕심을 비우는 것, 밝고 좋은 기운이 어두운 기운을 걷어내는 것, 순리에 따라 사는 것 등과 같이 보편타당하며 말 그대로 '자연스러운 것'이 자연의 순리적 삶이 아닌가 싶다. 거대한 자연 속의 작은 구성원인 인간의 몸속에는 이러한 중요한 가치들이 기본적으로 함양되어 있다.

하지만 현대인들의 삶은 이러한 자연의 섭리나 기운을 느낄 수 없을 만큼 단단한 외벽을 지닌 새로운 세상 속에서 돌아가고 있다. 낮과 밤도 마음대로 바꿀 수 있고, 계절의 변화와 상관없이 항상 적정한 온도 속에서 살 수 있으며, 제철 음식도 상시 먹고, 야자가 그러하듯이 꼭 노력하지 않아도 원하는 걸 가질 수 있다. 좀 더 편하고 좀 더 윤택한 삶을 위해 진화해 온 인간의 삶이지만, 그 속에는 자연을 극복하는 것에 더 나아가 자연을 이겨보려는 '신'이 되고자하는 인간의 욕망이 내재되어 있어 보인다. 진화와 발전에 대한 긍정성 이면에 존재하는 수많은 문제들 - 예를 들어 인간을 포함한 모든 동식물의 복제와 유전자 변이, 인공지능의 윤리적 통제 가능성 문제, 좀처럼 해결이 어려워 보이는 자연파괴와 환경오염, 더 나아가 인간의 내면까지 모두 투명하게 내놓고 사는 개인 통제의 시대까지 점점 세상이 발전할수록 신격화 된 인간이 만드는 자연의 섭리를 초월한 과도한 '개선'은 더욱 더 많아질 것이 불 보듯 뻔 한일이다. 그것이 옳고 그른지 아직 논할 단계는 아니지만, 벼가 빨리 자라지 않는다고 뿌리를 당겨 놓았더니 벼가 모두 시들어 죽었다는 '조장(助長)'의 일화를 생각하면, 좀 더 편하고 좀 더 빠르게 세상이 바뀌는 것보다 강태공이 곧은 낚시대로 세상을 낚으며 미래를 준비했듯이, 자연의 순리를 역행하는 발전과 개선이 인류에게 과연 진정한 행복을 주는지, '자본'의 논리가 아닌 '자연'의 논리로 꼼꼼하게 짚어보면서 천천히 미래 사회를 맞이해야 하는 것이 중요한 것이 아닐까 생각해본다.

실제로 도심을 조금만 벗어나 산이며 강이며 바다로 가서 대자연과 마주해보면, 인간사 짜증나는 모든 것들이 부질없게 느껴지고 이런 자연 속에서 평온한 이 상태로 그저 살고 싶다는 생각이 간절해진다. 특히 우리나라처럼 산과 강이 많고, 삼면이 바다이며, 섬도 많고, 교통마저 편리한 곳은 세계 어디에서도 흔치 않다. 또한 어디를 가든지 모두가 명소이고 장관을 이루고 있다. 그야말로 우리는 축복받은 자연적 특혜를 가진 행복한 땅에서 살고 있는 것이다. 이럴수록 자연을 더욱 만끽하고 보존하며, 자연이 주는 교훈을 기억해야 한다.

야자를 이야기하며 장황하게 자연의 이야기를 한 것은 야자가 바로 자연스럽지 못한 부분이기 때문이다. 물론 야자중독을 두고 하는 말이다. 기본적으로 자연계의 번식 시스템은 암수 한 쌍의 노력을 전제로 한다. 새들은 노래하고, 곤충은 날개 짓하며 짝을 찾는다. 그렇게 짝을 이룬 한 쌍은 자손을 만들고 그렇게 종이 유지된다. 인간 역시 이 시스템에 반드시 따라야 한다는 이야기는 아니지만, 이 시스템이 지금의 인류를 이어져 오게 한 것임은 인정해야 한다. 즉 인간 역시도 혼자는 외롭고 거친 세상 버티기 힘드니, 짝을 찾으려고 노력해야 하고, 상대를 찾아 사랑에 빠지면 관계도 가지고, 그러다보면 아이도 생기고 가족을 이루는 것이 자연스러운 섭리인 것이다. 그런데 야자는 이 모든 것을 한꺼번에 뛰어넘어 그저 '욕구 해소' 부분에서만 포인트를 찾는다. 성적 행위가 인간의 일정한 노력과 의지를 기반으로 이루어져야 했던 기존의 불편함을 아주 간편하게 현대인의 신격화 된 '개선(야자)'이 전지전능하게 요런 부분까지 해결하여 주신 것이다. 지금의 현상에 대해 평가를 하고 비판 하는 것이 아니다. 다만 자연스럽지는 않다는 것이다.

중국의 고대 철학자 장자는 자신의 아내가 죽자 특이하게 북을 치며 노래를 불렀다. 황당한 주변 사람들이 이유를 묻자 장자는 '나의 아내는 본디 그 시작이 자연에서 시작되었고 춘하추동의 변화처럼 이제 다시 자연으로 돌아간 것일 뿐'이라며 죽음은 자연의 이치를 따른 것이므로 슬퍼할 일이 아니라고 장자 스타일로 슬픔을 승화하였다. 이렇듯 사람의 죽음조차도 '자연스러운' 자연의 일부로 받아들여야 하듯이, 장자는 순리의 따르는 삶을 인간이 지녀야하는 최선의 마음가짐으로 생각하였다. 이런 생각은 현대사회에서 모든 부분에 적용하기에는 무리일지 모르겠으나, 특히 야자문제에 있어서만큼은 아주 적절한 '현답'을 제시해 주신 것이라 생각된다. 인간의 성적 메카니즘을 억지로 자기 편의대로 바꾸고 난 뒤 발생한 수많은 폐단을 앞서 주야장천 설명하였다. 그것을 통제해야 한다는 당위성으로 당신도 지금 이 책을 계속 읽고 있을 터이다. 야자 역시도 물 흐르듯이 자연스럽게 이루어져야 한다. 삶의 주된 가치가 우선 행해져야 하고, 짝을 찾으려고 노력도 해야 하며, 매사에 진지하게 노력하고, 몸을 잘 관리하면서도 그래도 안 될 때 통제된 범위에서 허용되는 것이 야자여야 한다.

또한, 스스로 이렇게 자연스러워지기 위해서는 자연을 실제로 접하는 것이 아주 중요하다. 자연의 섭리에 따르고자 하는 성향이 우리 몸속에 내장되어 있다는 이야기를 했다. 예전부터 도를 닦거나 진리를 깨우치고자 하는 수행자들은 산으로 들어가거나 자연을 벗하며 정진했다. 고 노무현 대통령이나 문재인 대통령도 입산(入山)하시어 절에서 사법고시를 준비하신 것은 유명한 일화이다. 이렇듯 대자연을 접하면 생각이 바르게 정돈되고 마음속에 큰 뜻을 품는 '호연지기(浩然之氣)'가 생겨난다. 대자연의 위엄 앞에서 야자 같은 잡생각은 상대가 되지 않는다. 그러므로 자연을 자주 접하는 것은 야자를 떨쳐버릴 수 있는 아주 좋은 방법이다. 그렇다고 대자연을 만나는 것이 거창한 일은 아니다. 동네 뒷산에 오르고, 인근 하천을 걷는 것이 그 시작이며, 주말이면 산으로 들로 나가보는 것이 전부이다. 산새소리를 듣고, 시냇물 소리에 귀 기울이며, 석양의 풍광을 감상하고, 바다의 낙조를 보는 것만으로 자연의 일원으로써 얼마나 행복한 삶을 살고 있는지 충분히 느낄 수 있을 것이다.

밖을 자주 나갈 수 없는 상황이라면 집에서 자연을 접하는 상황을 만들면 된다. 간단하다. 자연 풍광의 사진들을 자주보고 집에 액자로 걸어 두며, 계곡 소리나 빗물소리, 풀벌레 소리 등을 다운받아 들어보자. 햇볕을 자주

쬐고, 맑은 날 환기도 항시 시켜주자. 집에서 식물을 키우는 것도 아주 바람직하다. 이렇게만 해도 집에서 충분히 자연의 기운을 받아 맑은 정신으로 몸과 마음을 정화할 수 있다. 또한 여유가 되면 넓은 세상으로 여행도 떠나보자. 대자연은 온 세계에 더욱 많다. 대자연뿐만 아니라 여행에서 보고 들은 모든 것들이 스스로를 성장시키고 세상을 살아갈 때 필요한 밑천이 된다. 자연을 접하고 세상을 여기저기 돌아보면 무엇이 순리에 맞게 잘 살사는 것인지 저절로 깨닫게 될 것이기 때문이다.

자연스러운 삶을 위해 자연과 자주 접한다는 것. 말장난 같지만 인생의 수많은 질문에 대한 '우문현답'이다. 인간이 자연을 뛰어 넘어 신이 되려 하는 것은 매우 오만하고 우매한 시도이다. 일단 바벨탑을 짓는 것까지는 좋았다. 더 높이 세우고 더 강한 탑을 쌓는 것은 인간만이 할 수 있는 창의와 협동 그리고 무한한 가능성을 보여준 성과물이었다. 다만 거기까지였어야 했다. 바벨탑을 지어 신의 영역까지 가보겠다는 것은 오만이었다. 결국 신의 노여움으로 바벨탑은 무너지고 그 안에 있던 인간들도 모두 산산조각 나서 흩어졌다. 이런 바벨탑의 교훈을 항상 잊지 말아야 한다. 자연을 극복하고 삶에 도전하는 자세는 좋다. 하지만 자연과 벗하며 평생 자연의 순리에서 벗어나지 않도록, 늘 경계하고 노력하는 것이 궁극의 행복한 삶을 유지하는 길임을 기억하자.

9. 운동은 필수다

야자를 통해 쇠하여진 기력과 멍해진 두뇌를 다시 예전처럼 건강한 신체와 총명한 정신상태로 되돌리기 위한 최고의 방법은 역시 뭐니 뭐니 해도 '운동'을 하는 것이다. 운동의 중요성은 아무리 강조해도 지나치지 않겠지만, 특히 야자중독을 해결하고 건강한 몸과 마음을 회복하기 위해서도 운동은 필수 사항임을 다시금 강조하고 싶다.

운동은 인생이 순기능으로 순환하기 위한 핵심 역할을 한다. 즉 순기능의 시작점이다. 달걀이나 우유가 '완전식품'으로 항상 몸에서 환영 받듯이 운동은 '완전행위'로써 우리의 삶에서 항상 필요로 하는 중요한 '가치'이다. 운동을 함으로써 육체와 정신은 마치 윤활유를 친 것처럼 제대로 유지되며 그 쓰임도 날로 좋아지는데, 신체가 건강해지면 정신도 따라서 맑아지며, 그 정신력은 생산성과 효율성을 더욱 발휘시키는 원천으로 쓰여 우리의 삶을 더욱 윤택하고 활기차게 이끌어 준다. 뿐만 아니라 운동은 야자중독이

나 게임중독과 같은 우리안의 안 좋은 생각, 습관, 기운들도 멀리 쫓아버릴 수 있도록 도와준다.

실제로 운동이 중독을 이겨내는 효과에 대해서 EBS 다큐프라임 '아이의 사생활2' 제작팀은 특별한 실험을 진행하였다. 게임중독으로 손상된 뇌를 운동을 통하여 건강하게 변화시킬 수 있는지 알아보는 실험이 그것이었다. 중앙대 용산병원 정신과 한덕현 교수팀과 공동으로 진행된 이 실험은 게임 중독자로 판명이 난 중학교 3학년 남학생 5명에게 2주 동안 하루 2시간씩 게임 대신 농구를 하게 하였다. 그리고 실험 전후로 뇌 기능성 자기공명영상(FMRI)을 촬영하였다. 그 결과, 전체 학생들 뇌의 전두엽 부위에 변화가 일어났는데, 실험 전 게임에만 집중하던 시기에는 수학문제를 풀어도 전두엽이 활성화 되지 않았으나, 농구를 한 후에는 전두엽을 눈에 띄게 활용하여 문제를 해결하였음이 나타났다. 이는 중독으로 손상된 전두엽을 운동을 통하여 원래의 기능으로 회복 할 수 있음을 보여준다고 연구진은 밝혔다.

이렇듯 운동을 통한 뇌기능 회복이 중독의 특효약임을 실험을 통해 알 수 있었다. 또한 운동은 이러한 뇌기능이 회복뿐만이 아니라 야자로 소진된 성호르몬을 다시 회복시켜주어 건강한 몸이 유지되도록 도와준다. 대표적인 남성 성호르몬인 테스토스테론은 남자를 만들어주는 호르몬이라고도 하는데, 남성의 생식조직인 정소와 전립선 생성에 중요한 역할을 하고 근육과 뼈, 체모의 발달을 촉진하는 아주 중요한 호르몬이다. 테스토스테론은 남성의 자신감이나 용기, 도전감 등 자존감을 높이는 데에도 관여를 하는데 이런 테스토스테론이 부족하면 정신적으로 생기를 잃고 육체적으로도 쇠약해지기 쉽다. 그래서 테스토스테론은 과해서도 부족해서도 안될 만큼 적정한 수준으로 유지되는 것이 중요한데, 잦은 야자행위는 테스토스테론의 급격한 감소를 야기 시켜 생활의 활기를 떨어트리고 매사에 의욕을 잃게 만든다. 이런 테스토스테론의 생성을 촉진하는 것이 바로 근력운동을 포함한 운동하는 습관이다. 운동을 하고나면 몸 내부에서 활기차고 무엇이든 다 할 수 있을 것 같은 자신감이 충만해지는데, 이 역시 테스토스테론이 활성화되면서 느껴지는 기분이다. 이렇듯 운동은 야자로 인해 낮아진 남성 호르몬 수치를 높여주어 건강한 몸과 함께 정신적 쾌감을 준다. 앞서 전두엽의 활성화로 뇌기능이 살아남과 동시에 근육과 뼈 그리고 자신감까지 관장하는 테스토스테론이 강화되어 신체의 전반적인 부분이 운동을 통해 모두 최상의 상태를 이루게 된다.

사실 운동이 좋다는 것은 모두 다 알고 있다. 문제는 무슨 운동을 어떻게 하느냐 일 것이다. 운동 전문가가 아니므로 운동의 방법론을 명확히 제시할 수 없지만, 운동을 너무 거창하고 어렵게 생각하는 것도 귀차니즘을 쉽게 도래시키므로 경계할 부분이다. 그래서 '야자'를 멀리할 수 있을 정도의 가벼운 추천운동 정도를 이야기 하고 싶다. 일단 운동은 뭐든지 다 오케이다. 땀 흘리고 몸 전체를 움직일 수 있는 것이라면 무엇이든 좋다. 농구, 축구, 탁구, 테니스 등 구기운동을 하던지, 헬스장을 다니고, 수영을 하는 것도 좋다. 그러나 수많은 운동 중에서 돈도 안 들고 효과만점이며 간편하게 할 수 있는 운동을 3가지 정도 추천하자면, 바로 첫째는 달리기, 둘째는 팔굽혀펴기, 셋째는 저글링을 '강추' 하고자 한다. 이 3가지 운동은 장소에 딱히 구애받지 않으며 아주 간단하면서도 운동효과가 뛰어나다. 우선 국민운동인 달리기는 러닝머신에서 뛰는 것도 좋지만 날씨 좋을 때 자연에서 뛰는 것을 추천한다. 앞서 이야기한 대자연을 느끼며 달리는 것은 몸에서 에너지 뿜뿜과 함께 기분마저 너무 상쾌하게 만든다. 그런데 요즘은 미세먼지가 너무 많아 사실 야외 달리기가 쉽지 않다. 이럴 때는 미세먼지 차단 러

닝 마스크가 있으니 참고하기 바란다. 두 번째로 팔굽혀펴기도 인생운동 중에 하나이다. 몇 안 되는 전신운동 중에 하나로써 유투브 등에서 보면 팔굽혀펴기만 꾸준히 해서 몸짱이 된 사람들의 이야기가 꽤 많다. 그저 공간만 있으면 골방이든 회사나 학교에서 어디서든 할 수 있으니 매우 간편하고 습관화하기 좋은 운동이다. 마지막으로 추천하는 '저글링'은 약간 의외라고 생각할 수 있는데, 서커스에서나 주로 봤던 저글링은 집중력을 강화시키고 특히 뇌의 정보전달 물질인 회백질 생성을 도와주어 손상된 뇌기능을 회복하는데 아주 적합한 운동법이라 전해진다. 그리하여 아이들의 집중력 향상이나 뇌기능 발달에도 효과적인 영재발달 운동 중에 하나이다. 뿐만 아니라 저글링은 하다보면 팔운동도 되고 성취감도 느껴지며 무엇보다 재미지다. 이상의 3가지 운동을 자신만의 운동 강도와 시간을 정해서 단계적으로 수준을 높여가는 방식으로 꾸준히 하게 되면 어느새 신체의 밸런스도 유지되고, 건강을 되찾으며, 야자중독에서도 조금씩 벗어나는 자신을 발견할 수 있을 것이다. (운동 후에는 마무리로 찬물 바가지 샤워를 추천한다!)

운동이 아무리 좋다하더라도 주의사항이 있다. '야자' 후에 몸이 허해졌으니 운동으로 기력을 만회해 보려고 바로 운동을 하는 것은 오히려 몸을 혹사시키는 결과가 되므로 항상 충분한 휴식을 병행하며 운동을 해야 함을 명심하자. 그리고 운동이 중독을 몰아낸다고 하여 오히려 운동에 빠져서 운동중독이 되는 현상도 바람직하지 않다. 항상 적절하면서도 꾸준한 운동으로 내 몸과 정신을 지키는 것이 내 안의 중독을 몰아낼 뿐만 아니라 자신이 원하는 자기 삶을 이루기 위한 가장 기본적인 필수 사항임을 잊지 말자. 운동은 영원한 진리다!

10. 습관의 역이용

가수 하림의 '사랑이 다른 사랑으로 잊혀지네' 라는 노래가 있다. 가사 내용처럼 헤어진 연인을 잊는 가장 자연스럽고 좋은 방법은 새로운 사랑을 만나서 지금의 행복함으로 이별의 아픔을 지우는 것이다. 이 노래를 인용하여 나는 '습관(중독)이 다른 습관으로 잊혀지네' 라는 습관을 역이용하여 야자중독을 개선하는 방법에 대해 이야기 하고 싶다. 즉 습관을 다른 습관으로 대체하여 과거의 부정적 기운을 내 몸에서 잊게 만든다는 전략이다.

중독은 습관이다. 다만 안 좋은 습관이다. 엄밀히 분류하여 중독과 습관을 다르게 보는 시각도 있지만 '오랫동안 되풀이하면서 관성에 의해 행해지는 몸에 베인 행동'을 습관이라고 볼 때 중독도 습관의 범주에 속한다고 하겠다. 습관은 각종 중독과 같이 스스로에게 해를 끼치는 부정적 부분도 있지만, 운동, 독서, 식후 양치, 일찍 자고 일찍 일어나기 등 삶을 유익하게 만드는 긍정적 습관들도 굉장히 많다. 그렇다면 좋은 습관과 나쁜 습관은 어떻게 생기는 것이고 왜 나뉘어져서 몸에 베이게 되는 것일까? 이에 대해 정신과 전문의 문요한 님은 그의 저서 '굿바이 게으름'에서 다음과 같은 분석을 내놓고 있다.

"습관은 '만족'을 주는 어떤 행위를 '반복'했을 때 만들어진다. 나쁜 습관과 좋은 습관의 차이는 만족의 내용에서 비롯된다. 나쁜 습관은 '수동적인 만족'을 추구하다가 만들어지고, 좋은 습관은 '능동적인 만족'을 추구했을 때 만들어진다. 예를 들어 중독과 같은 부정적인 습관은 외부의 약물, 물질, 수단에 의지해 만족을 찾다가 생겨난다. (중략) 대개 그때의 만족감이란 쾌락, 편안함 혹은 안전감을 의미한다. 반대로 좋은 습관은 자신의 강점과 미덕을 발휘하여 도전을 통해 얻게 되는 능동적인 만족감을 바탕으로 생겨난다."

다시 말해 중독은 수동적인 만족. 즉 일차적으로 느껴지는 편안함과 쾌락 등을 만족감의 최우선으로 둘 때 생겨나는 부정적인 습관이며, 이와 반대로 자신의 강점 및 좋아하는 부분에 집중하고 내면의 가치에 관심을 기울이는 능동적 행동은 '성장'이라는 고차원적 만족감을 느끼게 해주어 좋은 습관으로 이어준다는 것이다. 결국 좋은 습관을 들이기 위해선 '능동적 노력'이 필요하다는 것이 핵심이다.

헤어진 연인을 잊기 위해 신세 한탄만 할 것이 아니고, 적극적으로 소개팅도 하고 여기저기 활동에도 참여하는 등 여러 노력을 해야 새로운 인연을 만날 확률도 높아진다. 이처럼 내가 떨쳐버리고 싶은 중독이나 안 좋은 습관들이 있다면 이를 대체할 수 있는 새로운 (좋은) 습관을 다시 들이기 위해 부단한 노력을 해야 한다. 그리하여 내 안의 부정적 습관이 차지하고 있던 자리를 새로운 습관이 다시 차지하도록 내주어야 한다.

하지만 단기간에, '야자중독 같은 습관이 좋지 않으니, 이를 떠올리지 않게 할 새로운 습관을 찾아서 몸에 적응 시키세요.' 라고 한다면, 아마 공허한 메아리로만 끝날 공산이 크다. 그래서 제안하기를 우선은 기존의 중독을 한 번에 모두 끊겠다는 일도단 (一刀斷) 식의 접근은 피하도록 하자. 그냥 두고 보자. 중독을 그냥 과거에 잠깐 사귀었거나 잠깐 좋아했던 '걔' 정도로 생각하자. 근데 절대 이루어질 수 없는 애다. 같이 있으면 진짜 힘들고 사귀면 정말 피곤한 애다. 그럼 굳이 걔를 만나야 하겠는가? 걔는 그냥 걔로 두고, 다른 사람을 찾도록 하자. 즉, 중독을 인정하되 다른 습관이나 취미를 찾아보는 것이다. 단 이 때는 어떤 식으로든 스스로의 성장을 돕는 그 '무엇'을 찾기로 전제를 달자. 야자중독 안하겠다고 게임중독이 되는 것이나, 게임중독을 벗어나겠다고 알코올중독이 되는 것은 아니라는 얘기다. 내가 그전부터 관심 있어 했고, 좋아해 온 분야와 그동안 중요하게 생각하는 생활 속 가치들에 대해 리스트를 한번 쭉 적어보고, 지금의 삶을 개선하는데 도움을 줄 수 있는 실천 가능한 부분이라고 생각이 들면 그냥 닥치고 과감히 실행하는 것이다. 드디어 새로운 '애'랑 사귀는 것과 같다. 이 애가 점점 좋아지면 아마 이런 생각이 들 것이다. '아 내가 예전에 왜 그랬지? 힘들게 걔(중독)랑 왜 만나려 했을까? 지금의 얘(좋은 습관)를 만나 너무 행복한데.' 하고 말이다.

지금부터라도 사귀어야 하는 긍정적 습관은 너무나 많다. 개인 취향에 따라 다르겠지만 보편적 진리 같은 추천 습관들도 꽤 많다. 아침에 일찍 일어나기, 목욕하기, 하루 세 번 양치하기, 외출 후 손 씻기, 자투리 시간 독서하기, 정리정돈 하기, 메모하기, 일정 시간 운동하기, 일기쓰기, 먼저 인사

하기, 사전에 준비하기 등등이 의식하고 적용하면 생활에 득이 되는 좋은 습관들이다. 또한 내면의 만족감을 높이기 위하여 주말이면 봉사를 한다든지, 종교인이라면 회개를 하고, 철인삼종 경기나 외국어 시험에 도전하는 등 스스로에 대한 목표 의식을 가지고 이를 실천하는 습관을 가지는 것도 더 높은 차원의 만족감을 얻는 긍정적 습관의 전형이라 할 수 있다.

달리기를 일단 시작하면 달리는 상태에 금세 익숙해져서 갑자기 멈춰서 누군가와 이야기를 나누고 싶다는 생각은 별로 안 든다. 반대로 신나게 수다 떨고 재밌는데 갑자기 공부를 해야 한다던지 운동을 해야 한다면 이 역시 전환이 쉽지 않다. 또 간만에 집중이 되어 1시간이상 독서나 공부가 잘 되고 있는데 친구가 말을 걸거나 주위가 시끄러우면 지금 상태를 중단하기가 뭔가 아쉽게 느껴진다. 이렇듯 '어떤 습관을 들이느냐'는 그 습관을 만드는 '관성을 어떻게 유지하느냐'에 달려있다. 즉 나에게 유리한 방향, 나에게 도움이 되는 방향으로 관성의 방향을 틀고 잘 유지하여 그것을 습관으로 만드는 것이 핵심이다. 야동도 계속 보게 되면 뇌가 관성을 타면서 주기적인 습관처럼 몸이 반응한다. 이럴 때 운동이라든지 좋아하는 취미, 중장기 계획이나 꼭 이뤄야 하는 목표 등과 같은 긍정적인 습관들로 야자에 맞대응하여 나에게 도움이 되는 관성을 항시 유지하도록 하면, 두 습관이 내면에서 충돌할 때 조금씩 야자중독을 밀어내고 좋아하는 것을 우선으로 하려는 자신을 발견하게 될 것이다. 그렇게 야자와 멀어지게 되면 이 '멀어짐'마저도 관성을 가진다. 지금까지 참고 버틴 것이 아까운 생각에 자중하려는 의지가 예전보다 커지게 된다. 이런 것이 바로 (나쁜) 습관이 (좋은) 습관으로 잊혀져가는 모습이다.

좋은 습관들이 늘어갈수록 내 안에 야자는 설 자리를 잃어간다. 왜냐하면 결국 내가 진짜 원하는 만족감의 실체가 그저 한순간의 사정을 통해 얻어지는 후련함이 아니라, 어제보다는 더 나은 내가 되었다는 '성장의 뿌듯함'에서 기인한다는 사실을 긍정의 습관들이 쌓여 갈수록 계속 깨닫고 확인하기 때문이다.

11. 이성을 만나라

야자와 결별하기 위해서 이성을 만나라는 이야기는 굉장히 조심스럽다. '누가 그걸 모르나? 이성을 만나기 어려우니 야자를 하는 것 아니냐?' 하는 원성이 여기까지 들리기 때문이다. 사실 여자 친구가 있고 결혼을 하였더라도 야자는 야자대로 별도 영역을 유지하는 남성들의 라이프스타일을 볼 때, 과연 야자를 끊기 위해서 이성을 만나라는 것이 도움이 되는 조언일까 의구심이 들기도 했다.

하지만 그래도 이성을 만나서 짝을 찾으려고 노력해야 한다. 여기서 오해하면 안 되는 것이 욕구 불만을 해소하기 위한 외도를 하거나 성매매를 하라는 이야기가 절대 아니다. 차라리 그럴 거면 그냥 야자중독으로 계속 지내기를 추천한다. 가정이 파탄 나거나 자칫 인생에 오점을 남기는 것보다 그게 낫다. 이성을 만나는 방법에는 그런 것만 있지 않음을 잘 알고 있지 않은가. 누구나 하는 평범한 연애와 결혼에 대해 다시금 관심을 기울이자는 것이다.

그 평범함이 요즘 세상에선 쉽지 않다는 것이 현실이다. 하지만 진정으로 이성을 이해하고 사랑하는 감정이 있을 때 더욱 열심히 살고자 하는 강한 동기가 부여 되며, 그 선상에서 야자도 끊을 수 있다. 좋아하는 사람을 위해 더 멋진 모습을 보여주고자 열정을 불태운 기억이 누구나 한번쯤 있을 것이다. 영화 '이보다 더 좋을 순 없다'에서 괴팍한 연애불구자 주인공이 좋아하는 여성에게 어렵게 말했던 명대사 "you make me want to be a better man. (당신은 나를 더 나은 사람이 되고 싶게 만들어요)" 는 사랑을 계기로 더 나은 인생을 살고 싶은 많은 이들의 공감을 샀던 멋진 표현이다. 삶을 원점에서부터 다시 움직일 수 있게 하는 원동력 - 연애와 사랑의 감정은 그래서 인생에서 꼭 필요하다. 끊임없는 성장과 발전을 원한다면 늘 사랑하고 있어야 한다.

갑자기 태진아의 '사랑은 아무나 하나'가 떠오른다고? 그러지 말자. 오래 살지는 않았지만 살면서 느낀 연애에 대한 짧은 고찰을 이야기 하자면 연애는 하는 놈만 계속한다는 점이었다. 그게 무슨 말이냐. 연애의 핵심은 외모, 재력, 화법, 매너, 센스 이런 것들이 아니었다. 물론 모두 중요한 부분들이지만 시간이 흘러 돌이켜 봤을 때 연애를 잘하는 사람의 특징은 얼마나 연애를 갈망하는지, 즉 '연애의지'를 얼마나 가지고 있느냐에 따라 정해졌다. 이 '연애의지'가 확고한 사람은 어떻게든 짝을 만든다. 그 마인드 안에서 외모이건, 화법이던, 매너이던, 인내이던 전략을 짠다. 쉽게 말해, 이런 사람들은 두문불출 하며 카톡으로 연애하고 헤어지는 그런 소극적인 생활을 하지 않으며, 문자나 카톡이 늦게 온다고 온갖 상상 속에서 상대를 억측하고 매도하는 그런 조급함도 없다. 그리고 언제 어디서든 이성을 만난다.

소개팅이건 미팅이건 꾸준히 나가며, 다양한 활동이나 모임에도 활발히 참여한다. 온-오프라인이나 애플리케이션도 가리지 않는다. 이러한 그들의 연애의지가 결국 어떤 식으로든 연애를 성공시킨다. 마치 비 올 때 까지 기우제를 지내는 제사장의 정성과도 같다. 물론 연애를 하고 있으면서도 이런 연애의지가 계속 발동되는 것은 문제겠지만, 사랑을 얻기까지 숱한 노력과 과정에 기꺼이 헌신한 모습은 아낌없는 박수를 받기에 충분하다.

그런데 굳이 그렇게까지 연애의지를 가지고 이성을 만나야 하나? 귀찮고 돈도 써야하고 그냥 집에서 야동 보는 게 더 낫지 않나? 혹시라도 이런 생각이 아직도 드신다면 지금까지 이 책을 읽어주신 점에 너무 감사드린다. 분명 이 책 초반에 이야기 했다! 변화의 의지가 없으시면 책을 안 읽으셔도 된다고! 그래도 지금까지의 생활에 신물이 나신 분들이 더 많으실 거라 믿고 계속 글을 이어 가겠다.^^ 사실 이런 강조를 하는 이유가 야자를 줄이기 위해서도 이성과의 교류는 아주 중요하기 때문이다. 야동은 결국 이성과 나누어야 하는 사랑과 욕망의 '대체재'일 뿐이다. '배칠수의 음악캠프'보다는 그래도 '배철수의 음악캠프' 아니겠는가. 연애를 하고 사랑의 마음이 충만해지면 야자는 자연스레 멀어질 수밖에 없다. 적어도 최소한 그 빈도가 줄어든다.

연애와 사랑이 힘들고 어려우니 어쩔 수 없이 야자와 벗하고 지내는 것이라면, 반대로 야자와 헤어지기 위해서라도 연애와 사랑에 다시 한 번 도전해 보라는 이야기를 하고 싶다. 고등학교 시절 아침 등교 시 버스를 탈 때면, 늘 같은 자리에 앉아 창밖을 바라보던 이웃학교 여학생이 있었다. 비슷한 시간대에 자주 보게 되니 뇌리에 남을 수밖에 없었고, 어여쁜 외모 때문에 조금씩 호감이 생겼다. 때마침 그 당시 유행했던 노래가 자자의 '버스 안에서'였다. 가사가 어찌나 나의 상황과 맞아 떨어지는 지, 매일 그 노래를 들으며 한동안 지냈던 기억이 난다. 결국 아무 말도 못 한 채 조용히 끝난 사건이지만, 그 때 한 가지 깨달은 점이 있다. '버스 안에서'의 가사 중 '넌 너무 이상적이야. 네 눈빛만 보고 네게 먼저 말 걸어 줄 그런 여자는 없어. 나도 마찬가지야' 이 부분이 여성을 대할 때 잊지 말아야 하는 '진리'였다는 점이었다. 정말 내가 조인성 같은 외모의 소유자가 아니고서야 내 눈빛만 보고 다가와서 호감을 표하는 매력적인 여성은 없다. 있다면 당신에게 뭔가 빼먹으러 다가오는 건 아닌지 의심해 봐야 한다. 이렇듯 남녀관계에서는 남성의 적극성과 진심이 연애를 성사시키는 핵심 요소이다. 어쩌면 적극성만으로도 의외로 쉽게 연애가 풀리기도 한다. 왜냐하면 자신을 좋아해 주는 사람을 싫어하는 사람은 없기 때문이다. 물론 사귀는 것은 다른 문제 겠지만 연애가 그렇게 너무 어렵다고만 생각하는 것도 문제다. 적극적으로 해보고 안 되면 '어쩔 수 없지' 하는 정신이 필요하다. 소설 '아큐정전'의 아큐만 '정신승리' 하는 게 아니다. 연애를 갈망하는 모든 이는 이런 뻔뻔함을 가지고 '안 되면 말지 뭐' 하는 '정신승리법'을 가져야 한다. 앞선 '연애의지' 도 그렇고 '버스 안에서'의 진리도 마찬가지다. 혹은 남녀관계를 넘어서 모든 관계가 그렇다. 먼저 다가가지 않으면 원하는 관계를 만들기 어렵고 진심을 나누기 힘들다. 사랑도, 우정도, 사회생활 인간관계도 그렇다. 인간들의 모든 관계는 크게 다르지 않기 때문이다.

적극적으로 이성에게 다가가서 원하는 사랑을 얻고, 이를 삶의 동력으로 삼아 힘찬 기차처럼 칙칙폭폭 앞으로 나아가자. 그 기차는 게임 역을 지나고 게으름 역을 지나치며 수많은 중독의 역들을 지나 힘차게 달려 나갈 것이고, 가장 먼 야자 역까지도 힘겹게 도착해서 결국 그마저도 멀리 떠나보낼 것이다. 그리고 계속 그렇게 달려서 최종 목적지인 행복 역에 무사히 안

착하여, 그곳에서 사랑하는 이들과 함께 영원히 행복한 삶을 보낼 것이다.

12. 의지를 도울 협조자를 만들자

야자를 관리하고 통제하는 것은 무척 외로운 싸움이다. 흔히 이야기 하는 '자기와의 싸움'의 결정판이며, '수신제가'에서 '수신'의 핵심이다. 욕망을 자기 의지대로 조절할 수 있다는 것은 고수의 수행자들이 속세를 떠나 모든 것을 비운 후에야 비로소 도달 할 수 있는 경지인데, 물질문명의 중심에서 수많은 욕망의 교차를 몸소 겪으면서 이러한 내면의 경지에 이르고자 노력하는 것은 사실 너무 어려운 과제라 할 수 있다.

하지만 의미 있는 도전은 우리를 성장시킨다. 자신과의 싸움에서 승리하여 욕망을 절제하는 것은 더 나은 나로 거듭나기 위한 굉장히 의미 있는 '자기 혁명'이다. 그래서 'SHOW MUST GO ON' 도전은 계속 되어야 한다. 그런데 혼자 싸우기는 아무래도 막강한 상대이다 보니 함께 할 협조자들을 찾아 같이 싸우는 것이 현명한 방법이다.

협조자들을 만드는 법은 다양하다. 가장 쉽게는 친구들과 함께하는 방법이다. 그냥 솔직하게 비슷한 고민을 가진 친구끼리 툭 터놓고 이야기 하는 것이다. 그래서 서로 목표를 정하여 야자를 참는 노력을 해보고 지는 사람이 이긴 사람의 소원을 들어주는 등의 규칙을 정하는 것이다. 이런 식으로 서로에게 격려도 하고 야자를 경계하는 '공통 인식'을 나누는 것은 재미도 있고, 효과적이며, 우정을 더욱 돈독하게 한다. 만약 친구들과 이런 얘기를 나누기 좀 그렇다면 인터넷의 '금욕카페' 등에 가입하여 카페회원들과 단체방(카톡)에 참여하며 매일 자극을 받는 방법도 추천 한다. 또한 스마트 폰에서 '금욕어플' 등을 다운 받아 활용하는 방법 (스마트 폰은 이미 잘 잠가서 사용하고 있다고 믿고 있겠다)도 찾아 볼 수 있다. 하지만 이런 모든 방법들 중에서 최고의 협조자를 추천한다면 단연코 '독서'를 권유하고 싶다.

지금 이 책을 읽고 있는 것도 야자에 대한 해법을 모색하고자 '독서'를 하고 있는 것이다. 야자의 절제를 돕는 협조자의 주된 역할이 적절한 조언을 하고, 마음을 잡도록 자극을 주며, 바람직한 방향을 제시하는 것 이라면 '독서'는 최고의 협조자이며 야자 뿐 아니라 인생의 모든 방면에서 최고의 가르침을 주는 스승이다. 독서는 혼자서 하지만 책을 읽는 그 순간부터 책속의 수많은 저자들이 내 곁에 다가와서 내가 목표한 바를 이룰 수 있게 정말 최선을 다해 방법도 알려주고 격려도 해주면서 도와준다. 그래서인지 독서를 하면 할수록 야자처럼 혼자서 해야 하는 모든 싸움이 더 이상 외롭지 않은 싸움처럼 느껴진다.

그러나 독서습관이 없는 사람에게 갑자기 책을 읽으라고 권하면 이 역시 고리타분한 권유가 된다. 독서의 방법과 책의 종류가 너무도 다양하고, 활자를 계속 읽어나가야 하는 부분은 어느 정도 훈련이 필요한 부분이기 때문이다. 많은 현대인들이 자극적인 미디어 속 영상 시청을 더 익숙하게 받아들이면서 독서는 점점 관심 밖으로 밀려나게 되었고, 이는 책을 통해서만이 만날 수 있는 '고요한 사고체계'를 경험하는 사람들이 점점 줄게 되는 현상을 만들었다. 독서의 장점을 이야기 하자면 끝이 없지만 이 또한 개인의 선택 사항이므로 강요할 부분은 아니라고 본다. 다만, 독서에 관심을 가지고 싶고, 삶의 변화를 위해 독서를 시작하고 싶은데 어떻게 책을 읽어야 할지 막연하신 분들에게 독서 문외한에서 독서 애호가로 거듭나게 되었던 나만의 독서법을 잠깐 설명 드리고 싶다.

그동안 독서법과 관련한 수많은 책을 읽어 보았다. 주된 내용들이 '몇 년 동안 몇 권을 읽어라. 100권을 읽어라 1,000권을 읽어라 10,000권을 읽어라 다양하다. 속독을 해라. 다독을 해라. 눈으로 읽어라. 머리로 읽어라. 소리 내서 읽어라. 원서를 읽어라. 흥미로 읽어라. 목표를 가지고 읽어라. 닥치는 대로 읽어라.' 등등 수많은 이야기가 있었다. 이러한 독서법에 대한 책들을 보며 최종으로 내린 나만의 결론은 '독서법이란 건 따로 없다' 는 것이었다. 즉 이러한 수많은 독서법들 속에서 나에게 맞는 독서법을 찾아 이를 통해 꾸준히 독서만 할 수 있다면 그것이 '나만의 독서법'인 것이다. 이를 전제로 내가 적용하고 있는 독서법에 대해 짧게 이야기를 해보겠다. 단지 참고만 하시라.

내가 추천하는 독서의 시작은 무조건 '흥미'로 부터의 출발이다. 재미가 있어야 책도 잘 읽히고 계속 읽고 싶어진다. 같은 이야기도 재밌고 흥미로운 설명이면 더 잘 이해되고 관심도 높아진다. 과거 영문법의 바이블이었던 '성O기본영문법'은 영어 문법서인데 한문으로 일부 내용을 기재하는 충격적 서술 방식을 택하고 있었다. 처음 영어를 접하는 사람들이 옥편 찾아가며 영어공부를 해야 할 판이니 영어에 대한 흥미는 고사하고 영어에 대한 두려움마저 생기게 했던 '불편한' 교재였다. 독서방법도 마찬가지다. 꼭 쉬운 얘기를 어렵게 하는 사람이 있고, 어렵고 복잡한 얘기를 쉽고 재밌게 하는 사람이 있다. 우리가 지향해야 하는 사유의 방식도 세상의 수많은 어렵고 복잡한 내용을 쉽고 재미있게 풀어서 이해하는 방식이다. 이런 사유를 하기 위해서는 비슷한 논리적 전개를 가진 책들을 많이 읽어야 하고, 그렇기 때문에 독서의 시작은 스스로 재미를 느낄 수 있도록 쉬우면서도 흥미로운 독서에서 출발해야 한다. 그래서 학생들에게 고전읽기 라든지, 원서읽기 등은 추천하지 않는 바이다. 오히려 학습 만화책이 더욱 더 유익하다. 요즘 만화책을 무시하지 말지어다. 내공이 깊은 만화책은 어떠한 고전보다 더 많은 교훈과 성찰을 준다.

두 번째는 독서하는 이유에 대한 것이다. 어떨 때 독서를 해야 하느냐. 물론 이유 없이 '수불석권(手不釋卷)' 하여 늘 손에서 책을 떼지 않고, 안중근 의사처럼 '하루라도 책을 읽지 않으면 입안에 가시가 돋는' 경지에 이르러 항시 독서를 하면 좋겠으나, 책 말고도 볼 것들이 너무 많은 요즘이기에 독서만 하라고 강요할 수도 없는 현실이다. 그렇지만 그럼에도 불구하고 독서가 꼭 필요한 상황이 있다. 바로 자신에게 필요한 주제, 지금 처해진 상황에 대한 객관화, 평소에 관심 있던 부분이나 해결이 시급한 문제 등에 대해서는 독서만한 해결책이 없다. 주위 사람들의 조언이나 인터넷 검색, 유투브 등의 설명도 이 갈증을 완전하게 채워주지 못한다. 오로지 책만이 그 갈증을 최대한 해소시켜준다. 지금 이 책을 읽는 것이 인터넷 검색에서 '야동을 줄이세요' 한 줄 읽는 것보다 훨씬 도움이 되는 것과 같은 이치이다. 나에게 필요한 부분에 대한 독서. 이것이 독서를 하는 주된 이유이다. 깊이 있고 명확한 통찰은 책을 통해 글을 꾸역꾸역 읽어 나갈 때만 얻을 수 있는 값진 선물이다.

그리고 나에게 필요한 책을 어떻게 찾아야하는지 묻는다면 그저 한권만
이라도 제대로 읽으라고 추천하고 싶다. 왜냐하면 한권만 제대로 읽으면
다음 독서는 흐름을 타고 계속 이어지기 때문이다. 나의 경우도 대학시절
거의 독서를 하지 않는 '독서문맹' 이었는데 어느 날 친구가 선물해 준 고
리영희 교수의 '대화'라는 700페이지에 달하는 책을 우연치 않게 읽게 되면
서 독서하는 습관이 시작 되었다. 독서를 통해 인생의 의미를 늘 탐구하고
현실을 외면하지 않으셨던 리영희 교수의 일생이 너무 닮고 싶기도 했고,
700페이지가 넘는 이 책도 읽었으니 기존의 분량이 적은 책들은 왠지 쉽게
읽힐 것 같은 자신감이 생겼기 때문이다. 이렇듯 한권의 책이 의외로 우리
의 독서 인생의 마중물 역할을 하기도 한다.

셋째로 독서가 흐름을 타는 부분이다. 앞서 한권만 제대로 읽으면 독서
는 흐름을 탄다고 했다. 그게 무슨 말일까. 예전에 '꼬리에 꼬리를 무는 영
어' 시리즈가 유행한 적 있다. 독서 역시도 꼬리에 꼬리를 문다. 적어도 나
의 독서법은 그랬다. 스스로 꾸준하게 읽을거리를 찾아 나가는 것이다. 예
를 들어 무라카미 하루키의 소설 '상실의 시대'를 읽으면 그 속에서 계속 언
급되는 '위대한 개츠비'와 '호밀밭의 파수꾼' 의 내용이 궁금해진다. 그래서
그 두 책을 읽게 되면 '호밀밭의 파수꾼'이 예전 케네디 대통령 암살범과 레
이건 대통령 암살 미수범이 좋아했고, 존 레논 암살범이 사건 현장에서 읽
고 있었던 독특한 사연이 있는 책이라는 사실도 알게 된다. 그러면 케네디
대통령 암살에 대해 궁금해지고, 존 레논 암살이 궁금해진다. 그러다 보면
존 레논과 비틀즈가 알고 싶어지고 팝의 역사와 시대적 배경도 궁금해진
다. 이런 식으로 어떤 분야이든 궁금증과 호기심은 계속 꼬리의 꼬리를 물

고 이어진다. 또한 이 모두가 독서로 연결되어지는 일련의 과정으로 엮을 수 있다. 어느 순간 궁금하고, 알고 싶은 분야가 생기면 거기서부터 독서가 시작되는 것이고 이후 지적 호기심이 잦아질 때까지 계속 흐름을 타고 책을 읽어 나가면 되는 것이다.

넷째는 독서하는 방법이다. 제대로 꼼꼼히 보는 '정독(精讀)'보다는 다양한 책을 읽는 '다독(多讀)'을 추천하며, 다독을 위해서는 책을 빠르게 읽는 '속독(速讀)'을 권유한다. 독서가 효과를 보려면 어느 정도 독서량이 뒷받침되어야 한다. 그래야 논리적인 생각, 설득력 있는 글쓰기, 조리 있게 말하기, 합리적인 문제해결 능력, 창의력의 발휘 등 독서에서 파생되는 참된 결과물이 조금씩 나오게 된다. 다독이 그래서 필요하다. 다독을 통해 다양한 분야의 수많은 정보를 알게 되면 흥미도 배가 되고, 머릿속에서 많은 것들이 서로 연관되는 놀라운 통섭 체험도 하게 된다. 또한 꾸준한 독서를 통해 현상을 보고 그 이치를 파악하는 능력이 어느새 굉장히 향상되었음을 스스로 느끼게 된다. 즉 그만큼 사고능력이 향상 된 것이다. 이러한 다독을 위한 속독의 방법은 사실 대단한 것이 없다. 그저 연습이고 습관이다. 계속 읽다 보면 읽는 것이 빨라진다. 한 가지 팁을 주자면 요즘 대세인 전자책을 읽으면 읽는 속도가 확실히 빨라진다. 활자나 밝기, 자간 등을 조절 할 수 있고, 책 넘김이 간편하고, 요약이나 메모 등이 쉬워서 종이책에서 느낄 수 없는 빠른 속도감을 느낄 수 있다. 그렇지만 속독을 하는 것이 무조건 빠르게만 읽어서 되는 것은 아님을 강조하고 싶다. 책을 읽고 '지금 뭘 읽었지?' 하며 아무 기억이 남지 않는다면 속독은 의미가 없다. 속독을 하면서도 책의 요점과 핵심을 놓치지 말고 읽어야 한다. 책의 핵심 내용을 잘 파악하고 이해했다면 솔직히 완독하지 않고 뛰어넘어 읽어도 크게 문제가 없다고 생각한다. 지엽적인 부분에 매달려 왠지 책은 다 읽어야 한다는 강박관념으로 기어코 완독을 할 바에는 나의 호기심을 채워줄 다른 책을 찾아 얼른 다른 독서를 하는 것이 나의 '책을 계속 읽고 싶은' 독서력을 유지하는데 더욱 유익하다.

마지막으로 독서의 수준을 조금씩 높여가는 부분이다. 흥미와 다독으로 어느 정도 독서량이 확보 되었다면 조금씩 고만고만한 내용들에 답답함이 느껴지는 지적 정체기를 겪을 것이다. 그래서 예전에는 엄두가 나지 않았던 고전이나 원서 또는 학자나 저명인사들의 수준 높은 학술서와 통찰서 등이 조금씩 관심이 가고 한번쯤 도전하고 싶다는 생각이 들게 된다. 그런 식으로 독서의 시야를 넓혀가는 것이다. 이쯤 되면 버티기 독서가 필요해진다. 흥미위주의 독서에서 인내의 독서로 도전을 해보는 것이다. 도대체 무슨 소리를 하는 건지 머릿속에서 나름의 정리를 해가며 책과 씨름을 하다보면, 어려운 책을 읽었다는 뿌듯함과 함께 놀랍게도 내용이 어느 정도 이해가 되는 신기한 경험을 하게 된다. 이런 것이 바로 자체 업그레이드 되어가는 것이고 내공이 쌓여가는 모습이다. 책은 사람이 만들지만, 결과적으로 사람을 최종 완성시키는 것은 책이다.

야자를 관리하기 위해서라도 독서에 입문하는 계기가 되었으면 좋겠다. 혹자는 독서에 문외한이었는데 이 책을 읽다보니 어느새 완독하게 되면서 독서에 흥미가 생겼다는 분이 계신다면 정말 눈물겹게 고맙겠다. 야자를 절제하기 위한 협조자로서의 독서의 중요성을 소개했지만, 세상에 홀로 설 수 밖에 없는 당신을 끊임없이 지켜주고 발전시키며 정신 무장을 시켜주는 최고의 무기가 '독서하는 습관'임을 꼭 기억하자. 모두 독서를 평생 가까이 하면서 스스로를 단련하고 객관화시키며, 현실에 안주하지 않는 삶을 이루기를 기원한다.

13. 30일 스케줄 표를 만들어보자

현대 경영학의 창시자로 평가받는 경영학의 아버지 '피터드러커'는 생전에 경제적 자원의 효율적 관리를 강조하였는데, 그와 관련하여 유명한 말을 남겼다. 바로 "측정되지 않으면 관리 되지 않는다." 라는 명언이다. 즉 어떤 일을 제대로 '관리'하기 위해서는 그것이 이루어지고 있는 현황을 제대로 '측정'하지 않고는 효율적이고 정확한 관리와 개선이 불가능하다는 것이었다.

이는 비단 경영학뿐만 아니라 우리 생활 전반에 적용되어도 보편타당 할 만큼 굉장히 설득력 있는 관리 방법이다. 특히 야자 집중 관리가 필요한 우리에게는 굉장히 맞춤형으로 명언을 해주신 것과 같다. 앞서 야자의 30일 관리를 이야기 하였지만, 제대로 된 관리를 위해서는 본인 스스로 얼마나 잘 버티고 있는지에 대한 측정이 이루어져야 한다. 그래서 야자와 관련한 자기만의 30일 스케줄 표를 만들어 보는 것을 제안하고 싶다.

스케줄 표라고 거창하게 새로 만들 필요가 없다. 그냥 한 달 동안의 달력이나 다이어리가 있으면 그만이다. 그래서 되도록 새로운 달이 시작될 때, 새롭게 같이 마음먹고 야자 관리 30일 목표에 도전하는 것이 좋다. 1일부터 진행하면 한눈에 한 달 현황을 파악하기 편하기 때문이다. 스케줄 표 운영은 간단하다. 무사히 하루를 넘겼으면 O표, 못 참았으면 X표를 하는 식으로 체크를 해보는 것이다. 다양한 방법으로 어떻게 표시를 하던지 간에 스케줄 표를 보고 자신의 야자생활을 객관적 수치로 확인해 보는 것이 중요하다. 남들이 볼까봐 좀 그렇다면 스마트 폰을 이용하는 등 자신만의 방식으로 최소 한 달간 우직하게 진행을 해 보자. 이렇게 측정을 하다보면 스스로에 대해 더욱 잘 알게 되고 야자의 경계심도 강해지며, 자연스레 그 횟수나 욕구가 조금씩 통제 되어 진다.

흔히 나 자신과의 싸움에서 승리하는 자가 인생의 최종 승리자라고 이야기를 하지만, 자신을 극복하는 극기(克己)는 절대 쉬운 일이 아니다. 그래서 자기와의 싸움에도 요령이 필요하다. 자신을 제일 잘 아는 사람은 본인이기 때문에 스스로를 잘 달래가며 '극기'를 해야 한다. 요지는 이렇다. 러닝머신 5km를 무작정 뛰는 것보다 모니터로 좋아하는 프로그램을 보면서 뛰면 덜 힘들 듯이 '극기'에도 재미의 요소가 있어야 한다. 밤 새가며 게임하고, 피곤하고 아픈 와중에도 왜 게임을 기어이 하게 될까? 그것은 바로 게임이 재미있기 때문이다. 또한 게임은 열심히 하는 만큼 레벨이 상승하고 보상이 확실하다. 이런 게임의 원리를 '극기'쪽으로 돌리게 되면 극기도 게임처럼 재밌어지지 않을까. 무엇이든 재미가 있고 보상이 확실하다고 느껴진다면 비단 게임뿐만이 아니라, 원하는 어떤 부분에서도 분명한 두각을 나타낼 수 있는 기반이 마련된 것과 같다. 게임에 빠진 것처럼 밤새고 몰두하고, 피곤하고 아파도 그 일에 매달리는데 그것과 관련해서 아무런 성과

나 성공이 없다는 것은 오히려 불가능에 가깝기 때문이다.

그래서 자기관리나 업무, 공부 등 모든 것을 어렵고 힘든 '극기'의 대상으로 볼 것이 아니라 게임처럼 재미있고 보상도 얻을 수 있는 즐거운 영역이라고 프레임을 바꿔서 생각해 보는 방식이 필요하다. 예를 들어 업무를 할 때 시간을 정해두고 언제까지 어떤 일을 마치겠다는 나만의 게임에 돌입하는 것이다. 스톱워치를 이용해 그 일을 시간 내에 마쳤다면 보상으로 차를 한잔 하며 휴식을 갖던지, 인터넷을 하며 개인 시간을 보내자. 그러면 점점 일하는 시간이 빨라지게 될 것이다. 공부 역시 마찬가지로 오늘 목표한 양을 정해두고 공부를 다 마치게 되면 나만의 보상으로 맛있는 것을 먹는다던지, 영화나 책을 보거나, 하고 싶은 게임을 시작하는 것이다. 또한 공부를 할 때에도 오늘은 책을 봤다면 내일은 관련 동영상으로 공부를 해보고 이 과목을 공부했다가 지루해지면 저 과목을 공부하는 식으로 계속 재미와 흥미를 잃지 않고 집중을 유지할 수 있도록 관리하는 것이 중요하다. 이렇게 나와의 싸움은 과거 소림사에서 고승들이 물지게를 머리에 이고, 양손에도 하나씩 들고, 나무토막 위에 한발로 서있는 훈련하는 것처럼 고통스럽게 하는 방식으로는 지속하기가 어렵다. 재미와 보상이라는 두 가지 원리를 적용하여 자연스럽게 '극기'를 이루는 것이 현명한 자기 발전의 방법이다.

야자 관리 역시 30일 스케줄 표를 통해 게임하듯이 하루하루 승리의 기록을 표시해 보자. 그래서 3일이 지났고, 일주일이 지났으면 스스로에게 보상도 해주는 것이다. 친구에게 소개팅을 잡아달라고 하던지, 맛있는 음식을 먹거나 평소에 사고 싶었던 물건을 사는 것이다. 이런 식으로 노력에 대한 대가로 무언가를 얻는 방식이 체현이 되어야, 무언가를 이루기 위해 진정한 노력이 반드시 수반되어야 함을 역설적으로 깨닫고, 그런 노력하는 모습이 쌓여가며 삶이 의미 있게 변해간다.

영화 '라이터를 켜라'에서 깡패에게 억울하게 라이터를 빼앗긴 주인공은
라이터를 돌려받기 위해 깡패들을 다시 찾아가 얻어맞는 등의 갖은 노력을
한 끝에 기어코 라이터를 받아낸다. 마지막에 그 되찾은 라이터로 참았던
담배를 피우는 장면이 인상적이다. 마지막 장면만 봤다면 그저 부적절한
흡연 장면이겠지만, 맥락을 이해하면 어렵사리 다시 찾은 라이터를 가지고
그동안 꾹 참고 있던 담배를 피우는 모습은 그동안의 노력에 대한 매우 값
진 대가로 보여 지며, 그 순간을 매우 의미 있는 시간으로 변화시켰다. 이렇
듯 인간은 매순간 의미를 찾는 동물이며 그 의미들이 모여서 인간을 인간
답게 만들고, 이 엄청난 문명의 주역이 되게 하였다. 에베레스트 산에 왜 굳
이 올라가고, 왜 굳이 남극과 북극을 탐험하고, 왜 신대륙을 발견하기 위해
죽음을 각오하고 항해했는지 그리고 왜 굳이 우주를 탐험하고 달에 가려고
노력했는지 이런 수많은 행위들이 결국 삶에서 의미를 찾고자 했던 인간들
이었기에 가능했던 도전들이었음을 기억해야 한다. 나의 삶과 나의 존재가
아무런 의미 없이 세상에 나왔다가 사라지는 것이라고 생각해보라. 좀 허
망하지 않겠는가? 의자는 앉기 위해 필요하고, 칫솔은 양치하기 위해 존재
하는 것처럼 나도 그냥 세상에 나온 것이 아니다. 절대 스스로를 과소평가
하지 말자. 우리 모두는 하나하나 분명한 의미가 있는 존재들이다.

30일 관리 스케줄 표를 이용하여 게임하듯이 야자를 관리하고 체크해가
며, 또한 중간 중간 적절한 보상으로 자신과의 싸움인 '극기'를 재미있게 완
성해 가자. 극기를 통하여 자신에게 '의미'를 부여함으로써 더 높은 차원의
기쁨과 만족을 느낄 수 있을 것이다. 그것은 쉽게 느낄 수 없는 만족감이라
더욱 간절하다. 결국 시간이 지나 언젠가 스스로를 돌이켜 볼 때 기억에 남

는 진정한 만족감과 행복감은 이런 극기를 통해 느꼈던 최고의 뿌듯하고 벅찼던 감정일 것이라 생각된다. 내가 이렇게 까지 했고, 이런 것을 해냈다는 '자부심' 말이다. 야자 관리 30일의 기억도 굉장한 자부심으로 우리 내면의 역사에 오래토록 남을 것이다.

14. 단기 목표를 세우고 달성하자

    삶의 목표나 방향성이 없으면 야동과 같은 중독에 쉽게 빠진다고 앞서 설명한바 있다. 세계최고의 양궁 선수들이 모인 대한민국 양궁의 신들도 만약 과녁 없이 무작정 활만 쏘는 연습만 했다면 실력이 나아지기는커녕 흥미와 성취감을 잃고 아마도 양궁을 포기했을지 모른다. 당연하겠지만 활을 쏘기 위해서는 표적이 있어야만 활 실력이 어떤지, 더 잘할 수 있는 방법은 없는지, 고민할 수가 있고 그로 인해 의욕과 성취감이 생겨 더욱 열심히 하고 싶은 선순환이 이루어진다. 이처럼 우리 모두의 마음 안에도 작은 과녁(목표) 하나쯤은 가지고서, 활 쏘는 연습을 꾸준히 할 수 있게 해야 한다. 과녁이 없으면 활쏘기를 멈추게 되거나, 마냥 허공에다 활을 쏴서 애먼 화살만 소진하기 때문이다.

    그럼 마음 속 과녁 즉 '목표'를 어떻게 설정해야 할까. 모든 사람마다 취향 성격 능력이 다 다르기 때문에 무슨 목표를 어떻게 설정하라고 이야기

할 수는 없다. 하지만 목표에 대한 분류는 가능할 것 같다. 대개 사람들은 자신의 꿈이 있고, 하고 싶은 일이 있으며, 좋아하고 관심 있는 분야가 있다. 이것들이 모두 마음속 과녁이 될 수 있는 대상들이다. 목표는 대분류로 종국에는 '내가 어떻게 되겠다'라는 최종 목표가 있으며, 소분류로 당장 내 일까지 해야 하는 식의 단기 목표가 있다. 중요한 것은 대분류이든 소분류이든 내가 계획한 큰 그림의 범위 안에서 노력이 이루어져야 한다는 점이다. 다시 말해 배우가 되고자 하는 것이 최종 목표라면 배우가 되기 위한 연기 연습을 하고, 춤과 노래 실력도 쌓으며, 몸과 외모도 가꾸고, 영화와 드라마를 보며 감을 익히고, 시나리오나 글쓰기 등으로 대본이나 극을 이루는 수많은 내용에 대해서도 깊은 이해가 필요할 것이다. 배우라는 최종 목표를 위해 노래, 춤, 시나리오, 모니터링, 연기연습, 외모관리 등 수많은 단기 목표들이 이루어져야 결국 실력 있는 멋진 배우로 거듭나게 되는 것이다.

메이저리그에서 활약하고 있는 일본의 천재 투수 '오타니 쇼헤이'가 고등학교 시절 만들었다는 '만다라트 계획표'가 한국에서도 큰 이슈가 된 적이 있다. (한번 검색해 보시라) 최고의 야구선수가 되기 위해서 필요한 수많은 항목 (제구, 구위, 스피드, 변화구, 운, 인간성, 멘탈, 몸 만들기)을 세분화시켜서 정한 다음, 각 항목별 사항을 향상시키기 위해 그 향상방안을 세부적으로 다시 기재한 것을 표로 만든 것이었다. 오타니는 그것을 보며 하나씩 목표를 이뤄가면서 최고의 야구선수가 되는 꿈을 키워갔다고 한다. 그렇게 노력한 오타니는 실제로 일본 최고의 투수가 되어 현재 메이저리그에서 이름을 떨치고 있다. 무작정 '최고의 야구선수가 되겠다'라는 막연한 노력이 아니라, 최종 목표를 달성하기 위해 세분화 한 수많은 목표들을 하나씩 이뤄가면서 최고의 선수가 되는 길을 밟았다.

이렇듯 최종 목표를 이루기 위해서는 종속적으로 따라오는 세분화된 여러 목표들을 차근차근 이루는 것이 중요하다. 이러한 단기 목표들이 마음속에 항상 있으면 늘 성취욕구가 가득하여 스스로를 매일 정진시키기 때문에 곁다리로 비집고 들어오는 야동 생각에 기력을 쏟을 여지가 없다. 이는 야동중독자의 삶과는 완전하게 다른 삶이다. 그래서 이런 목표의식을 가지는 것이 끊기의 기술의 핵심 중에 핵심 솔루션이다.

　하지만 문제는 되고 싶은 것도 없고, 하고 싶은 것도 없기에 목표의식도 안 생긴다는 무기력증이다. 염세와 비관, 또는 근거 없는 낙관을 가진 골방 현자들이 주로 가지고 있는 마인드인데, 그럴 수 있다. 우리 모두 꼭 뭐가 되고 무엇을 이룰 필요는 없으니 말이다. 다만 그래도 좋아하는 취향은 있을 것이다. 음악을 좋아하거나, 영화를 좋아할 수도 있고, 스포츠를 좋아하거나 여행을 좋아할 수도 있다. 그렇다면 그런 취향을 목표로 삼는 것을 추천한다. 취미도 목표가 될 수 있다. 좋아서 하는 사람을 아무도 못 당한다고 공자님도 말씀하셨다. 취미도 전문성을 가지면 그냥 취미가 아니다. 취미가 본업이 될 수도 있는 것이다. 좋아하는 것을 삶의 목표로 삼아 최선을 다해 사는 것은 오타니의 노력하는 삶과 근본적으로 다르게 없다. 그리고 그것이 무엇이든 남에게 해가되는 것이 아니라면 주위의 시선을 신경 쓸 필요도 없다. 파이팅이다! 그런데 만약 야동이 취미의 전부이고, 내 인생의 최고의 선(善)이자 행복이라고 한다면 그 부분에 대해서는 더 이상 할 말이 없다. 미안하다. 야동과 함께 그냥 이대로 한평생 가야지 어쩌겠나. 최고의 선이자 행복이라는데.

　목표를 세분화하여 늘 마음속에 단기 목표를 가지고 그것을 이루기 위해 노력하는 삶을 사는 모습. 딱히 이루고 싶은 것은 없더라도 좋아하는 것에 빠져서 최선을 다하는 생활. 이런 모든 목적의식과 능동적인 움직임은 스스로를 앞으로 나아가게 하고 인생을 즐겁게 변화 시킨다. 내가 노력해야 하는 이유와 목적이 뚜렷한 이상, 더 이상 야자중독 따위는 나의 발목을 잡지 못한다. 결국 야자중독을 떨쳐버리는 최고의 방법은 내가 바라는 삶의 목표를 가지고 부단히 정진하는 것이다. 목표가 없어 마음이 휑하고 마음에 과녁을 두는 자리가 아직 빈공간이라면 이것부터 진지하게 고민하고 해결하기를 제안 드린다. 하지만 너무 어렵게 생각은 마시라. 의외로 심플하다. 내가 좋아하고, 할 수 있는 것. 그 중에서 찾으면 된다. 참고로 나의 경우는 그것을 글쓰기로 찾았다.

15. 세 가지 당부 사항

  야자 관리 시 꼭 유념해야 할 몇 가지 사항을 강조해서 이야기 하겠다. 먼저, 가장 당부하고 싶은 부분은 아침에 '야자'하는 것은 절대 금물이라는 점이다. 아침 야자는 제발 피하자. 그것은 그냥 하루를 쓰레기통에 버리는 행위이다. 물론 남성들은 아침부터 자연스레 텐트(?)가 쳐지는 발기 찬 아침을 맞이할 수밖에 없음을 잘 알고 있다. 하지만 화장실 가서 소변 한번 보면 그만이다. 제발 아침부터 왕성함을 주체할 수 없다고 야동으로 하루를 시작하지 말자. 가장 활기차고 에너지가 충만한 아침시간부터 야자를 하게 되면 하루 시작부터 기력이 쭉 빠지고 오전 내내 허기진다. 정신도 멍해지고 하루 종일 무기력함이 스스로를 옥죄며 업무나 공부를 할 때 집중도 잘 안 된다. 대인관계, 일, 학습의 진행도 모두 수동적으로 바뀌어 그저 쉬고 싶고 눕고 싶은 생각만 머릿속에 가득해진다. 숨 가쁜 일상을 거치면서 피곤함은 가중되고 생기를 더욱 잃어, 집에 돌아오면 완전히 녹초가 되어버리는 그야말로 넉 다운 상태가 된다. 혹시, 그러고서 바쁜 하루 탓을 하고 있는 건 아닌가? 그러지 말자. 아침야자가 하루를 망친 진짜 주범이라는 것을 정말 모르는 것인가? 꼭 명심하도록 하자. 아침야자는 하루를 그냥 낭비하는 행위이다. 절대 아침에 야동보지 마라.

두 번째 당부사항은 '술'마신 상태와 그 다음날을 조심하자는 것이다. 술과 성욕은 굉장히 밀접한 관계가 있다. 술은 뇌에 이성을 담당하는 대뇌피질을 마비시켜, 이성보다는 본능에 충실하도록 욕구를 무장해제 시킨다. 또한 도파민 등 쾌락을 전달하는 신경전달물질을 자극시켜 성욕을 더욱 부채질 한다. 즉, 알코올을 통해 혈액순환이 활발해지고, 기분도 좋아지며, 잠재되어 있던 욕구가 본색을 드러내며 성욕이 솟구치는 것이다. 그렇기 때문에 술 마신 후에는 야동을 찾을 확률이 높아진다. 통상 술 마신 직후는 피곤하므로 그 다음날 야자를 하고 싶은 욕구로 대부분 이어진다. 그래서 앞서 그렇게 하지 말라는 아침 또는 오전 야자가 행해질 소지가 굉장히 높다. 술은 적절히 마시고 잘 활용하면 기분전환도 되고 삶의 활력소 역할을 하며, 성기능 향상에도 도움이 되는 유용한 기호식품이다. 하지만 술 역시도 관리되지 않으면 수많은 부작용을 낳는 중독 유발 물질 중에 하나임을 잊지 말자. 특히 성욕과 연관되어 고삐를 풀어버리게 만드는 술의 위험성을 항상 본인 스스로 자각 하고 자중해야한다. 술과 성욕이 만났을 때 야동에 대한 저항력이 승리할 확률은 매우 낮기 때문이다. 그래서 항상 술 마신 후 성욕관리가 필요함을 염두하고 있자.

마지막 당부사항은 굉장히 어렵다는 것을 알면서도 드리는 당부이다. 인지하는 자체만으로도 도움이 될 것이라는 생각에서 드리는 제안이다. 바로 '야동은 보더라도 자위는 하지 마라.' 이다. 야동과 자위는 어쩔 수 없는 시스템이라는 것을 잘 알고 있다. 그래서 이 책에서도 줄곧 '야자'라고 통합하여 불러왔다. 야동을 보기 시작하면 필연적으로 자위로 이어진 후에야 종료가 되는 이 시스템은 일단 시작되면 스스로 통제하기 거의 불가능하다. 이를 인정하지만 그래도 야동과 자위를 분리하려는 시도를 하려고 노력하자. 정말 자위만 안하더라도 몸이 그렇게 쉽게 상하지 않는다. 안 보는 게 가장 좋긴 하지만 정 욕구가 넘친다면 야동만 보자. 손을 아래로 가게 하지 말자. 아니면 시간을 정해두고 본다던지, 스마트폰 잠금을 이용해서 일정 시간 후 강제종료 되게 하자. 이 역시도 꾸준한 연습을 하면 가능한 부분이다. 욕구와 건강을 모두 만족시키는 불가피한 차선책이다. 스스로를 보호하기 위해서 야동을 보더라도 자위는 피하자.

지금껏 이야기한 세 가지 당부사항을 다시금 강조하겠다.

1. 절대 아침에 야동보지 말고, 자위하지 말 것.
2. 음주를 줄이고, 술 마신 날과 다음날 아침을 무사히 보낼 것.
3. 야동을 보더라도 자위는 하지 말 것.

　이 세 가지만 제대로 지켜도 당신의 정신과 건강은 야자로부터 벗어나서 활기차고 밝은 생활을 유지할 수 있을 것이다.

16. 자책하지 말자. 다시 시작하자. 포기하면 안 된다.

　지금껏 야자 관리를 위한 많은 이야기를 하였다. 이 많은 것을 한꺼번에 모두 적용하기는 쉬운 부분이 아닐 것이다. 모두 실현 못한다 하더라도 각각의 취지에 공감을 하고 스스로 경계하려는 의식이 생겼다면, 이 책이 가진 소기의 목적을 달성했다고 생각한다.

　그러나 야자 관리에 대한 당위를 받아들이고 인식이 바뀌었다고 하여도 생각만큼 쉽게 야자가 통제되어지지 않을 것이다. 30일을 계획했지만 3일도 못 버티고 스스로를 자책할지 모른다. 자책하지 말자. 성욕은 인간의 본능이다. 식욕, 수면욕과 같이 생존하기 위해 필요한 기능인 것이다. 먹을 것을 계속 안 먹으면 허겁지겁 먹게 되고, 잠을 며칠간 안자면 몸에 무리가 오듯이, 성욕도 자연스럽게 발휘가 안 되면 내재적 불만으로 쌓이기 마련이다. 그래서 자책할 필요는 없다. 다만 자연스런 성욕을 인정하는 것이지 야동을 통한 억지 성욕을 짜내는 것은 다른 문제이다. 그렇기 때문에 관리의 필요성을 지금껏 역설한 것이고, 그것을 제대로 인식하고 있으면 된다.

이번에 실패했으면 괜찮다. 다시 시작하면 된다. 다음번에는 목표한 만큼 더 다가가려고 노력하자. 그저 포기만 하지말자. 우리의 건강과 정신 뿐 아니라 사랑하는 사람과 가족을 지키기 위해서, 또한 우리의 더 나은 미래를 만들기 위해서라도 야자 관리는 계속 도전해야만 하는 영원한 과제이다. 제발 포기하지 마라.

나는 나약한 욕망의 노예로 아무리 노력해도 육체가 바라는 모든 것들을 통제하기가 어렵다고 토로할지 모른다. 머리로는 이해하지만 정작 실현하기가 힘들다는 것이다. 이 책을 덮는 순간 지금까지 했던 모든 이야기가 마이동풍(馬耳東風)이 될지 모른다. 이해는 가는 부분이다. 책 한권 읽었다고 욕망이 자유자제로 통제된다는 게 오히려 이상할 수 있다.

이러한 수많은 욕망의 노예들에게 마지막으로 베트남의 '틱광득' 스님에 대한 이야기를 전하며 마무리를 하고 싶다. 1963년 남베트남 사이공에서 부패한 남베트남 정부와 전쟁을 기도하는 미국 정부에 항의하기 위해, 베트남의 큰 스님인 '틱광득' 스님이 소신공양을 실행하였다. 소신공양은 '부처에게 공양하기 위해 자신의 몸을 불사르는 행위'인데 굉장히 고통스러운 불교의 저항 의식이다. 틱 스님은 공양 전에 이르시길 소신(燒身)할 때 자신의 몸이 앞으로 쓰러지면 나라가 흥할 것이고 뒤로 넘어지면 나라가 길할 것이라고 하였다. 실제 소신의 과정이 충격적인데, 가부좌를 하고 꼿꼿하게 앉은 상태에서 주위 승려의 도움을 받아 수많은 사람들이 지켜보는 가운데 미동도 없이 소신을 진행하셨다. 그 후 불길 속에서 몸이 조금씩 기울어지시더니 결국 뒤로 몸이 쓰러지셨다. 의식적으로 뒤로 넘어지신 것이다. 그렇게 소신공양은 끝이 났고 주변에 있는 모든 사람들은 그 자리에서 절을 하며 통곡을 하였다. 그 장면은 현장에 있던 외신기자에 의해 영상과 사진으로 남겨졌고, 당시 이 사진을 찍은 말콤 브라운은 그 해 퓰리처상을 받았다. 이러한 틱광득 스님의 분신은 베트남 사람들의 저항의식에 도화선이 되었고 결국 베트남 전쟁은 베트남의 승리로 끝이 났다.

틱광득 스님은 그 육체가 타들어가는 고통 속에서도 가부좌를 벗지 않고 의식적으로 뒤로 넘어가셨다. 그저 육체가 원하는 대로 삶이 흘러간다는 수많은 욕망의 노예들에게 찬물을 끼얹듯 정신을 '번쩍' 들게 만드는 틱 스님의 울림이 강한 마지막 모습이다. 정신은 육체를 이긴다. 이것은 인간이 할 수 있는 것이다. 죽음마저도 정신력으로 극복한다. 어찌 보면 무시무시한 틱 스님의 마지막 교훈이었지만, 인간의 의식과 정신이 물질과 욕망을 압도할 수 있음을 몸소 보여주신 단적인 장면인지라 뇌리에 아주 깊게 남을 것 같아 소개를 하였다. 틱광득 스님의 분신 사진은 세계적으로 굉장한 반향을 불러일으켰으며, 미국의 록그룹 '레이지 어게인스트 더 머신'은 스님의 저항정신을 존경하여 자신들의 앨범 자켓으로 사진을 사용하기도 하였다. 나역시 한 때 프로필 사진을 틱 스님 사진으로 설정 해둔 적이 있다. 이를 통해 다시 한 번 확인하고 싶었다. '정신은 육체를 이긴다.' 라는 진리를.

야자 관리를 실패하였다고 자책하지 말자. 그럴수록 물도 많이 마시고, 휴식도 충분히 취하며 몸을 회복시키자. 삶은 계란 등 기력을 회복시키는 좋은 음식도 많이 먹고 운동도 하자. 그런 후에 다시 도전하면 되는 것이다. 3일을 버텼다면 다음엔 5일 그 다음엔 일주일을 보내는 식으로 30일을 달성해가는 것이다. 자책하지 말고 계속 도전해 나가자. 30일이 지난 후에는 6개월이 되고 1년이 될 수 있다. 30일 이후에는 스스로 알아서 하면 된다.

드디어 욕망에 간섭에서 자유로워지는 것이다. 이렇듯 포기만 하지 않고 스스로를 믿고 계속 노력하다 보면 조금씩 야자 관리가 완성되어 진다. 만약 회의감이 들고 귀찮아진다면 다시 끊기의 기술 처음으로 되돌아가 읽어보라. 야자가 후회의 반복이라면 관리를 위한 끊기의 기술도 대응의 반복이다. 하지만 지금까지 수많은 내용을 익혔고, 정신무장까지 완비한 당신은 분명히 이 싸움에서 승리할 것이다. 이제는 아는 바대로 실행만 하면 된다.

축하한다!
야동과 자위 중독이라는 어둡고 긴 터널을 벗어나서 새로운 희망의 광명을 맞이하게 된 것을. 그러나 이제부터가 진짜 시작이다. 지금껏 인생의 귀찮은 장애물 하나 치운 것일 뿐이다. 앞으로 각자 인생의 진짜 본게임이 남아있다. 그게 무엇인지는 모르지만 확실한 것은 당신은 이미 승리자라는 것이다. 건투를 빌겠다. 언제나 파이팅이다!

마치며

약 5개월 동안의 짧은 글쓰기 여행을 마쳤다.

글쓰기를 좋아했지만 이렇게 책을 낼 것이라고는 상상도 못했다. 더군다나 야동과 자위중독 이라는 민망한 주제로 이름까지 내놓고 책을 내다니 생각할수록 민망하기 그지없다. 글을 쓰면서 계속 들었던 생각은 내가 과연 이런 이야기를 쓸 자격이 되는지에 대한 자문이었다. 수많은 전문가들이나 저술가들도 다루지 않는 이야기를 평범한 내가 대중을 상대로 의견을 내어도 되는지 글 쓰는 내내 의문이 들었다.

사실 처음부터 누군가에게 보여줄 목적으로 썼던 글은 아니었다. 예전부터 야자중독에 대해 말 못할 고민이 있었는데, 툭 터놓고 이야기 할 사람도 없었고 그럴만한 주제도 아닌 것 같아서 야동관리는 늘 혼자만의 영역이었다. 그게 답답했다. 그래서 이런 이야기를 해줄 책이라도 있었으면 좋겠는데, 야동중독에 대해 속 시원히 이야기해주고, '괜찮아, 그럴 수 있어' 하며 격려를 해 준다던지, 대안을 제시하는 책들을 거의 찾아 볼 수가 없었다. 아마도 야자중독을 탈출하기 위해서는 본인이 야자중독자임을 고백해야하는데, 저명하신 분들은 이런 자기고백이 쉽지 않았을 것 같다는 생각이 들었다. 그래서 관련 된 주제로 책이나 저술이 부족한 것이 아니었을까 하는 나름의 결론을 내렸다. 그래서 남에게 의지할 생각을 버리고 어차피 개인의 영역이었으니 하나하나 스스로 해결책을 찾아보고자 노력하였다. 그리하여 야자중독에 관련된 이런 저런 방법을 강구하고 하나씩 글로 남기며 정리를 해 나갔다.

목마른 자가 우물을 파듯이 그래서 답답한 내가 그냥 책을 써버렸다. 분명히 어디선가 나 같은 고민을 하고 위로와 격려가 필요한 사람이 있을 것이라는 생각에서였다. 나의 글이 최고의 대안은 될 수 없더라도 작은 공감과 위안이 되기를 바라며 적어나갔다. 생각을 해보니 야자중독도 이겨내고 공부와 연애도 성공적으로 마쳤으며, 안정된 직장에 안착하고, 사랑하는 사람과 결혼하여 아이도 낳고 행복한 가정을 이룬 나였다. 오랜 골방 야동중독자가 이정도 이루었다면 꽤 성공한 것 아니겠는가? 스스로 자부심을 가지기로 했다. 특히 비디오시대를 거쳐 야동의 시대를 맞이했던 10대 시절부터 30대가 마감 되어가는 현재까지, 시대의 변화를 체감하면서 야동으로 인한 숱한 좌절과 고민을 거치고 결국 이를 극복하여 취업, 결혼, 출산을 성공적으로 이룬 대표적인 이 시대의 '장삼이사(張三李四)'인 나야 말로 야자중독에 대해 글을 쓰고 이야기를 할 수 있는 진짜 적격자라는 생각을 하였다.

율곡 이이가 19세 때 어머니를 여의고 상심하시어, 불교에 잠시 귀의하셨을 때 만드셨다는 '자경문(自警文)' 이라는 글귀가 있다. 학문에 정진하기 위하여 스스로 경계를 늦추지 않고자 선생께서 직접 평생을 지키며 살아가야 할 것들을 항목별로 구분하여 지으신 글귀이다. 쉽게 말하면 고시생이 책상 앞에 여러 자극적인 글귀를 써 놓았듯이, 율곡 선생도 비슷한 취지의 글을 지어서 늘 곁에 두시고 매사에 근신하신 것이다.

사실 우리 모두는 나름의 자경문을 만든다. 글을 마쳐가는 시점에서 다시 한 번 책의 내용을 되짚어 읽어보았다. 율곡 선생이 자경문을 곁에 두고 스스로를 경계하셨듯이, 현재 우리의 자경문인 '끊기의 기술' 하나하나가 다시금 내가 평생 지켜야 할 덕목처럼 느껴졌다. 망했다. 또한 부담스럽다. 하지만 표리부동(表裏不同)한 사람이 되기는 더더욱 싫다. 끊기의 기술 저자로서 평생 근신하는 모습으로 살고자 한다.

독자들에게는 이 책이 마치 고속도로에서 만나는 과속단속 카메라처럼 느껴지기를 바란다. 고속도로에서 신나게 속도를 높여 달려가다가도 과속단속 카메라가 있는 순간만큼은 속도를 늦추기 마련이다. 이런 식으로 카메라를 의식하다보면 속도가 저감되며 자칫 위험할 수도 있는 고속도로에서 큰 사고 없이 안전하게 목적지까지 도착할 수 있다. 욕망의 고속도로 역시 마찬가지다. 욕망이 거침없이 질주할 때 이 책에서 제시하는 많은 대안들이 단속 카메라 역할을 하여 조금씩 속도를 조절해 간다면, 모두가 원하는 최종 목적지에 무사히 도착하게 될 것이라 확신한다.

혹시 책읽기를 별로 안 좋아하시는 독자들이 계실지 몰라서 최대한 재미있고 쉽게 글을 쓰고자 노력했다. 만약 지금 마지막 이 부분까지 읽어주시는 독자분이 계시다면 정말 눈물을 머금고 감사의 큰 절을 올린다. 진심이다. 야자를 관리할 수 있다는 것은 스스로를 자신의 의지대로 움직이게 할 수 있음을 뜻한다. 자신의 의지대로 스스로를 움직일 수 있다면, 비단 야자 뿐만이 아니라 그 무엇이든 이뤄 낼 수 있고 해낼 수 있다. 자신이 뜻한 바를 모두 이뤄내는 것. 그것이 바로 성공한 인생 아니겠는가? 모두 뜻하는 바를 모두 이루는 행복한 인생이 되시기를 간절히 기원하겠다.

마지막으로 글 쓴다는 핑계로 육아와 집안일에 소홀했음에도 불평 한마디 없이 격려해준 우리 아내와 아빠의 노트북을 싫어하는 우리 아들에게 그동안 너무 미안했음을 고백하며, 영원히 사랑한다고 전하고 싶다. 더불어 지금까지 읽어주신 독자 여러분들께도 너무 감사드린다. [끝]